BESSORA • Ihr werdet glücklich sein

PH
V

BESSORA

# Ihr werdet glücklich sein

Roman

Aus dem Französischen von
Gudrun und Otto Honke

Peter Hammer Verlag

Ich widme diesen Roman
Peter Ammermann und Rabia Ismail.

Mit zerzausten Haaren, die Füße in unseren alten Tretern, sitzen wir mit Arno vor Frau Pfefferlis Schreibtisch. Drei Gerippe gegenüber einem Skelett. Nicht umsonst nennt man sie die Elster! Sie steckt in ihrer schwarz-weißen Uniform. Hinter ihr eine Frau in einem weißen Kittel, die mit den Fingern in ihren Taschen wühlt. Ein paar Stifte fallen heraus. Sie heißt Anna, ist fünfunddreißig Jahre alt und Ärztin. Die drei Gerippe, die vor Frau Pfefferli sitzen, sehen Anna zum ersten Mal. Sie haben ganz schön Schiss, vor allem du und ich, die beiden Großen.

Frau Pfefferli schiebt ihre mit Draht geflickte Brille hoch. Sie rutscht ihr trotzdem wieder auf die Nase. Neben ihr stapelt sich ein Aktenberg bis zur Decke. Auf der anderen Seite liegen drei Akten. Auf der ersten steht mein Vorname, gefolgt von einem S.

»Wolfgang, Arno, Barbara ...«, singt die Elster. »Ihr seid ausgewählt worden.«

Ich verstehe nicht. Genauso verwirrt wie ich, starrst du auf eine Tafel an der Wand. Frau Pfefferli hat dort ihre Sammlung Ansichtskarten aus der Schweiz aufgehängt, über einem Regal mit Märchenbüchern. Frau Pfefferli bemerkt deinen träumerischen Gesichtsausdruck: »Barbie?« Sie wendet sich an dich, damit du dich auf das konzentrierst, was sie uns erzählt.

Arno hingegen baumelt unter dem Tisch mit den Beinen und lacht. Er darf unaufmerksam sein, er ist erst drei Jahre alt.

Wir zwei, wir sind älter. Ich drehe das Gesicht zum Fenster. Draußen, wo sich das Bauernhaus abzeichnet, in dem Heidi wohnt, regnet es.

Heidi. Ich habe sie neulich gefragt, ob sie mich heiratet, aber wenn man acht Jahre alt ist, geht das anscheinend nicht. Die Hände in den Taschen voller Stifte vergraben, sagt Anna: »Eure Testergebnisse sind ausgezeichnet.« Sie hat einen komischen Akzent. »Aus diesem Grund«, fährt sie fort, »seid ihr vom *Dietse Kinderfonds* ausgewählt worden.« Es ist einfach unbegreiflich, was sie sagt. *Dietse Kinderfonds*, das bedeutet *Deutscher Kinderfonds*. Völliger Blödsinn.

In meinem Rücken, hinter der geschlossenen Tür, ertönt Applaus. Anna hört es mit Entzücken. Frau Pfefferli streicht sich über ihr weißes Haar und wartet darauf, dass wieder Ruhe einkehrt, aber Arno fängt auch an zu klatschen. Wir beide, wir rühren uns nicht. Der Lärm verstummt, und die Bürotür öffnet sich halb. Ein brauner Kopf wagt sich vor. Es ist Thomas. Mein Ehrenwort … Er hustet, ein schleimiger Husten: »Bin ich auch ausgewählt worden, Frau Pfefferli?«

Er sagt den Namen der Elster, indem er wie ein Vogel pfeift und das R rollt. Die Elster erhebt sich langsam von ihrem Stuhl und, nachdem sie sich den Schnabel freigeräuspert hat: »Würdest du bitte die Tür schließen, Thomas?«

»Bin ich ausgewählt worden?«

»Du bist zu alt für eine Adoption … Schließ die Tür. Sofort. Bitte.«

Er ist dreizehn, wir acht, Arno ist drei. Mit dreizehn Jahren sind Waisen, von Ausnahmen abgesehen, altes Eisen. Thomas ist traurig darüber, dass er altes Eisen ist. Er rührt sich nicht vom Fleck. Die Elster krümmt den Schnabel. »Es tut mir leid, Thomas. Wenn ich könnte … aber wir haben die Anweisung, nur arische Kinder zu berücksichtigen.«

Anna nimmt die drei Akten auf dem Schreibtisch der Elster

an sich, während Frau Pfefferli eine Augenbraue hochzieht und dreimal wiederholt: »Es tut mir leid, es tut mir leid, es tut mir leid.«

Der Regen wird stärker, und Frau Pfefferli bedeutet uns, ihr Büro zu verlassen. Anna verabschiedet uns mit einer liebevollen Geste. Wir halten uns an den Händen und gehen zur Tür. Arno ist vergnügt, ich beiße mir auf die Lippen, ich glaube, vor Angst oder weil ich meinen Namen verloren habe. Du machst dir in die Hose. Für uns beide machst du dir in die Hose.

Zwei winzige Koffer stehen zu unseren Füßen auf dem Bürgersteig vor dem Waisenhaus. Nicht stolz. Es tut mir weh, dass wir dort sind. Du trägst ein zu kurzes Kleid und ich zu enge Schuhe. Heidi kommt angerannt, das macht mich glücklich. Sie ist von ihrem Bauernhof herbeigestürmt, mit ihren lockigen Haaren, ihrer braunen Haut, ihren nackten Füßen und ihrem schmutzigen Kindergesicht.

»Geht ihr auf den Ball?«

»Wir fahren nach Afrika«, sage ich.

Ich verziehe das Gesicht zu einer fürchterlichen Grimasse, als ob Löwen mich fressen wollten. Heidi nimmt meine Hände. Ihre schmutzigen Fingernägel haben mich nie davon abgehalten, dass ich in sie verknallt bin. Dich widert das an. Ich bekomme eine Gänsehaut, und sie schaudert es: »Kann man mit dem Fuhrwerk nach Afrika fahren?«

Du presst die Lippen zusammen, die Zähne, die Fäuste.

»Mit dem Fuhrwerk? Das ist zu weit ... Wir fahren mit dem Auto.«

»Mit einem Auto?«, ruft Heidi aus.

Außer dem Trecker ihres Papas sieht man nicht viele Fahrzeuge in der Gegend.

Du starrst auf die lange, leere Straße. Sie hat dich ebenso im Blick. Sie ist schmal und kommt von weit her. Sie hat viele

Kilometer zurückgelegt, um zu uns zu gelangen, und führt noch viel weiter, aber nicht bis nach Afrika.

»Danach fahren wir mit einer Fähre«, sage ich.

Heidi berührt meine Wangen. »Bis nach Afrika?«

»Vorher sind da noch Züge und Schiffe.«

Heidi kneift mich in meine Wangen, das erregt mich, ich erröte. Ich bin so verliebt in sie! Hinter uns, vom Fenster des Waisenhauses aus, beobachtet uns eine Bande kleiner Racker. In der Mitte Thomas, und plötzlich bleibt ihm der Mund offen stehen. Er erblickt, noch in der Ferne, den Schatten eines Autos. Uns ist unheimlich, wie es immer größer wird, je näher es kommt, und wir sehen, wie es anschwillt, als wäre es ein Menschenfresser, nur mit Rädern. Plötzlich ist sein Motor zu hören. Ein anderes Geräusch dringt in meine Ohren. Es ist das Herz, ich spüre sein Hämmern in allen Fasern meines Körpers.

Der Motor erstirbt, als das Auto neben uns anhält. Du atmest schnell, immer schneller, so schnell, dass dir die Luft wegbleibt. Heidi nimmt langsam die Hände von meinem Gesicht, sie ist ganz blass, als Arnos Lachen erschallt. Da kommt er aus dem Waisenhaus, auf dem Arm von Regine.

*Tante* sollen wir sie nennen, denn sie wird auf der ganzen Reise unsere Pflegemutter sein. Überall gut gepolstert, ist es für Arno sehr behaglich bei ihr. Sie trägt seinen Koffer für ihn, während er über das ganze Gesicht lacht und mit dem Schild spielt, das auf seine Brust geheftet ist.

*Arno Rüff, geboren am 24. Juni 1945.*

»Los, meine Kleinen«, sagt Tante Regine.

Ihr Akzent ist komisch, es ist derselbe wie der von Anna.

Regine sagt, dass sie aus Afrika kommt. Aber deutscher Abstammung ist. Hat sie vielleicht deswegen rote Haare? Spricht sie deswegen holländisch?

Die Autotür öffnet sich weit und gibt den Blick auf Sitze aus braunem Leder frei. Sie sehen kalt aus. Ehrlich, sie laden dich nicht ein einzusteigen. Ich schließe Heidi in die Arme, sie drückt mich an sich, wir klammern uns aneinander, und dann presst sie ihre Lippen auf meinen Mund. Wenn du die Augen schließt, siehst du besser und fühlst mehr. Stell dir vor, was ich fühle, und multipliziere es mit zweihundert. Ich kneife den Hintern zusammen, um zu verhindern, dass dieser Augenblick vorübergeht. Möge er ewig andauern und nie unterbrochen werden. Doch jemand zerrt mich in die andere Richtung.

»Los, mein Kleiner!«

In Heidis Armen leiste ich Regine Widerstand. Schließlich lässt sie mich los, weil die Elster am Fenster schimpft: »Heidi, willst du wohl Wolf in Ruhe lassen oder muss ich deinen Papa rufen?«

Vor ihrem Papa scheint Heidi große Angst zu haben. Du, du hast schon auf dem eiskalten Sitz Platz genommen, und wortlos flehst du mich an, mich zu dir zu gesellen. Es ist wahr, nie sind wir getrennt gewesen, und wir haben das Glück, dass wir zusammenbleiben können. Heidi steht regungslos da und flüstert: »Ich werde dich nie vergessen, Wolfie …«

Ich bin sehr berührt. Doch ich sehe mich, wie ich zu dir einsteige. Ich sehe, wie das Auto losfährt. Ganz so, als wäre ich nicht anwesend, weißt du?

Rittlings auf den Knien von Tante Regine, winkt Arno aus dem Fenster den Kühen zu. Stocksteif sitzt du da und blickst starr geradeaus. Bei mir ist es umgekehrt. Ich drehe mich nach hinten um.

Heidi ist immer noch da, aber hinten, wo sie Vergangenheit ist. Sie wird klein in der Heckscheibe, ganz klein, immer kleiner.

Als müsste sie verschwinden.

Und dann ist Heidi ein Nichts geworden.

***

Der Wagen hält vor einem Bahnhof, der Hannover heißt. Tante Regine steigt als Erste aus, zusammen mit Arno. Er erbricht sich auf den Bürgersteig, während der Fahrer die hintere Tür öffnet. Auf der anderen Seite, da ist eine neue Welt.

Aber du und ich haben keine Lust auf ein Abenteuer. Tante Regine brüllt: »Kommt schon, meine Kleinen ... ihr wollt doch den Zug nicht verpassen!«

Ich glaube, doch.

Auf dem Bahnhofsplatz sind Kinder versammelt: Ich zähle achtzig, aber ich zähle noch einmal. Das Ergebnis stimmt. Achtzig Kinder springen überall herum. Aufgeregt wie Flöhe. Wir beide rühren uns nicht vom Fleck, wir sind apathisch wie Bettwanzen.

»Steigt sofort aus dem Auto aus!«, schimpft Tante Regine.

Erwachsene schwirren wie in einem Bienenstock um die Kinder herum. Der Lärm ermuntert uns nicht dazu auszusteigen. Laut Tante Regine sind diese Menschen, die den Bienen ähneln, harmlos: »Das sind Journalisten.«

»Wozu sind sie hier?«, frage ich misstrauisch.

»Sie schreiben in den Zeitungen. Sie sprechen im Radio. Sie machen Fotos ... Sie sind gekommen, weil sie über eure Abreise berichten wollen. Das ist ein nationales Ereignis!«

Ein grelles Licht blendet Tante Regine. Sie schimpft über die Blitzlichter. Sie sind wie die Feuer am Himmel, du erinnerst dich, die Krater rissen, wenn sie auf dem Boden einschlugen.

Vom Blitzlichtgewitter angezogen, drängt sich ein Haufen Passanten um die Reporter. Wir drücken uns in unsere Sitze, wie Wanzen, sage ich dir, auf der Unterseite einer Matratze. Du blickst starr geradeaus, ich suche nach einer Zauberformel, die uns unsichtbar macht. Schweißgebadet fährt Tante Regine uns an: »Kommt endlich, meine Kleinen, ihr wollt doch im Auto kein Moos ansetzen!«

Doch, das wollen wir.

Der Fahrer beugt sich lächelnd über uns, packt uns nacheinander am Kragen und zieht uns aus dem Wagen, wobei er sich entschuldigt: »Tut mir leid, ich muss das Auto zurückbringen!«

So finden wir uns auf dem Pflaster wieder. Wir sind losgefahren, um den verdammten Zug zu erreichen. Aber vielleicht gibt es noch eine Möglichkeit, dass wir ihn verpassen. Ich höre eine Stimme, die aus einem Lautsprecher kommen muss, einem Radio oder etwas Ähnlichem: »Ihr geht in ein neues Land … Vergesst nicht, dass wir Deutschen eine stolze Nation sind. Ihr werdet immer deutsches Blut in euren Adern haben. Seid stolz darauf. Verhaltet euch wie wahre Deutsche.«

»Das ist Minister Käber«, sagt Regine ganz bewegt. »Habt ihr gehört? Der Minister!«

Eine schwarze Kugel heftet sich an deinen Mund. Ein Stiel verbindet sie mit einem Reporter. Fast schreist du vor Schreck auf, und ich schleudere die Kugel weg. Der Reporter lacht. Diese Kugel nennt man ein Mikrofon, wie es scheint, tut es nicht weh, es übermittelt nur die Stimme.

»Wie nehmen Sie die Stimme der Leute auf, ohne dass es ihnen wehtut?«, fragst du.

Der Reporter lacht wieder und zeigt uns einen Apparat, der Bilder aufnimmt und *Kamera* genannt wird. Das soll auch nicht wehtun. Sonst noch was? Er hält uns wirklich für Dummköpfe.

»Lächeln«, sagt er freundlich.

Du lächelst. Es ist mir unmöglich, mich zu entspannen.

»Wie fühlt es sich für euch Zwillinge an, die Heimat zu verlassen?«, fragt der Reporter.

»Ich will zurück nach Hause«, sage ich ohne Umschweife.

Von meiner Antwort überrascht, fragt der Reporter weiter: »Fahrt ihr zum ersten Mal mit einem Zug?«

Ich überlege nicht lange, bevor ich antworte: »Wir werden nie in diesen Zug einsteigen.«

Tante Regine hat alles gehört, und es scheint ihr nicht zu

gefallen. Der Reporter richtet seine Kamera auf einen kleinen Jungen, der ihm erzählt, dass wir in einen Zauberwald fahren. Mir nichts, dir nichts schnappt sich der Knirps das Mikrofon und betört mit seinen blauen Augen die Kamera: »In Afrika scheint immer die Sonne«, säuselt er. »Da gibt es tolle Orangen … leckere Bananen.«

Der kleine Junge fährt fort, sein Gedicht aufzusagen, während Regine sich an meine Schulter krallt, um mich am Weglaufen zu hindern.

»In Afrika«, fängt der Junge wieder an, »halte ich die Affen davon ab, dass sie die Ziegen fressen.«

Du unterdrückst dein Lächeln: »Du meinst die Löwen. In Afrika heißen die Wölfe Löwen. Sie fressen die Ziegen.«

Du kehrst zu deinem Lächeln zurück, und der kleine Junge hält seinen Finger vor den Mund, weil er sich nicht mehr erinnern kann, ob es Affen oder Löwen sind.

Ich erinnere mich auch nicht mehr.

Jemand spricht vor der Kamera von Hütten und Schwarzen. Ich sehe mich selbst aufschreien: »Ich will nicht in einer Hütte mit Schwarzen leben, die Holländer sind!«

Ein kleines Mädchen, vielleicht sieben Jahre alt, macht sich über mich lustig: »Du Heulpeter … Du wirst nicht in einer Hütte leben. Du wirst ganz normale Eltern haben. Ihre Sprache kommt aus dem Holländischen, aber sie ähnelt dem Deutschen. Für uns ist sie leicht zu sprechen, weil wir Arier sind. Wir können Sprachen viel schneller lernen als die meisten Menschen.«

Stolz auf die ihr fehlenden Milchzähne lächelt sie in die Kamera, und schon steigen wir ein.

Wir sitzen auf einer Bank. Aber es ist noch nicht zu spät dafür, den Zug zu verlassen, denn er ist noch nicht abgefahren. Ich suche deinen Blick. Du scheinst blind zu sein, deine Augäpfel sind starr, wie bei kleinen Statuen. Ich springe auf und stürze zum heruntergelassenen Fenster. Regines Hand greift nach meinem Gürtel: »Na, du willst doch nicht aus dem Zug fallen!«

Tante Regine reißt mich zurück, sie hat die Kraft von vier Elefanten und ich die eines Insekts. Eine Wolke aus weißen Taschentüchern winkt uns zum Abschied. Ich bin entgeistert. Blitzlicht. Ich bin blind. Eine Kapelle spielt die deutsche Nationalhymne. Ich bin wie betäubt.

Eine Trillerpfeife ertönt, und plötzlich stürzt eine Frau aus der Menge und schreit: »Karin!«

Sie läuft hinter dem Zug her, da merke ich, wir sind abgefahren.

»Gebt mir Karin zurück!«

Sie stolpert, steht auf, hat sich das Knie aufgeschürft und schreit noch lauter: »Karin! Gebt mir meine Tochter zurück!«

Das war's. Der Zug fährt zu schnell, als dass ich abspringen könnte. Karins Mutter wird klein, ganz klein, eine winzige Figur, wie Heidi, als sie von der Heckscheibe verschwand. Und wie sie ist sie ein Nichts geworden.

Danach ist alles schwarz.

»Barbie?«

»Schläfst du?«

»Ist es normal, dass sich seine Augen so seltsam bewegen?«

»Der Arzt sagt, das liegt an der Kugel, die in seinem Kopf steckt.«

»An Mandelas hundertstem Geburtstag angeschossen zu werden …«

»Selbst Obama ist nach Jo'burg gekommen, um das zu feiern.«

»Anscheinend war es auch der Geburtstag des Alten.«

»Achtundsiebzig Jahre, habe ich gehört. Er hatte ein gutes Leben.«

»Wie kann man mit einer Kugel im Kopf überleben?«

»Warum sollte er nicht überleben, Naledi? Er hat bestimmt etwas getan, um das zu verdienen.«

Ein Passagierschiff wirft Anker vor einem Berg, der aussieht wie ein Tisch. Das Meer ist blaugrün, der Himmel völlig grau. Es wird regnen, und es ist kalt. Kinder gehen zu zweit von Bord. Manche klammern sich an die Hand einer Frau. Sehr viele sind zwischen zwei und acht Jahre alt. Nur ein oder zwei sind größer. An ihre Brust ist ein Schild geheftet. Einige lächeln über das ganze Gesicht, andere pressen traurig die Lippen aufeinander. Wir sind unter ihnen. Wir sind acht Jahre und fast zwei Monate alt.

Deine Lippen zittern, weil du zu viel lächelst. Ich runzele die Stirn. Haben wir Angst?

Du ziehst deinen Rock nach unten, er ist zu kurz. Das Kleid ist nicht deins und das Band, das in deinem Haar flattert, auch nicht, man hat es dir geliehen. Du siehst aus wie eine Puppe, dabei hasst du es, mit Puppen zu spielen! Mir tun die Füße weh in den Schuhen, die man mir hat geben müssen.

Wir sind blitzsauber und verpackt wie beschriftete Geschenke.

*Barbara Schultz, geboren am 18. Juli 1940.*
*Wolfgang Schultz, geboren am 18. Juli 1940.*

Seit wann heißen wir Schultz?

Und plötzlich erstrahlt die Sonne, der Himmel schimmert

blau, du lächelst freundlich, ich pfeife unbekümmert vor mich hin und …

»Schalte die verdammte Kamera aus, Lothar!«

Lothar gehorcht der Stimme dieser Frau und hört auf, uns zu filmen. Seine Kamera hinterlässt rings um sein Auge einen Saugabdruck. Er sieht, dass der Himmel schwarz ist und die Sonne sich verbirgt. Das entspricht nicht seinem Film, in dem das Wetter schön und der Himmel blau ist. Er sieht auch uns, wie wir an Tante Regines Rock hängen, als wir die Schiffstreppe herabsteigen, aneinandergeklammert, verloren. Du lächelst nicht. Ich trällere nicht vor mich hin.

Lothar wundert sich über diesen Anblick, der so anders ist als das, was er in seiner Kamera gesehen hat. Er reibt sich die Augen, um sich zu vergewissern, dass er nicht träumt. Er putzt den Sucher seiner Kamera. Aber alles ist in Ordnung, er vergräbt seine Hände in den Taschen seines Kaschmirmantels.

Lothar hat runde, klare Augen, darüber Haarbüschel, die allem ähneln, nur nicht Augenbrauen. Er ist achtunddreißig und hat eine gebeugte Körperhaltung. Seine Frau hat schöne schwarze Augen unter einem schicken Hut, sie ist drei Jahre jünger als Lothar, aber zehn Zentimeter größer. Sie ist so goldbraun, wie er blass ist, und sie hat Locken wie Heidi. Eigentlich ein sympathisches Gesicht. Ihr langer Hals lugt aus einem Seidenschal hervor, sie runzelt die Stirn, während sie uns sucht. Lothar hat uns ausfindig gemacht, aber sie hat uns noch nicht entdeckt. Plötzlich fällt ihr Blick auf Arno. Er ist ein hübscher Junge, pausbäckig schlummert er in Tante Regines Armen. Michèle ist hingerissen und verschlingt Arno mit den Augen. Sie stellt sich schon vor, wie sie ihn verhätschelt, während ihre tatsächlichen Adoptivkinder sich an Tante Regines Rockzipfel hängen.

»Unsere sind größer«, sagt Lothar zu ihr. »Da unten … einen Meter tiefer …«

Er spricht diese komische Sprache, die dem Holländischen ähnelt. Es kommt uns nicht in den Sinn, Tante Regine loszulassen. Meine Zähne klappern, und du, du versuchst, einen guten Eindruck zu machen, dein Lächeln wieder aufzusetzen. Der Kai ist voller Menschen, Eltern, Docker, Neugierige. Unsere Ankunft ist ein Ereignis. Das spricht sich herum.

»Es sind Deutsche. Ja, meine Dame, alle sind Waisen. Protestanten.«

Wie Automaten gehen wir weiter, eins geworden mit Tante Regine, die Mühe hat, sich einen Weg durch die Neugierigen zu bahnen.

»Nicht einen Tropfen jüdischen, polnischen, russischen oder englischen Blutes.«

Du nimmst alles in Augenschein, hältst Ausschau nach Wolfslöwen. Ich sehe mich um nach den Hütten, den Schwarzen, den Holländern.

»Sie sind erschöpft, aber sie sind hübsch! Sie haben sehr schwierige Tests bestanden ...«

Die Holländer, das sind sie, glaube ich. Die Löwen, die Hütten und die Schwarzen sind nicht zu sehen. Wir sind verstört. Man hat uns auf Löwen, Schwarze und sengende Sonne vorbereitet. Doch bei unserer Ankunft ist es kalt, keine Sonne, der Himmel ist grau und kein Löwe weit und breit. Was erwartet uns als Nächstes? Wir sind wie gelähmt, und ich verheddere mich mit den Beinen in einem Tau. In diesem wenig glorreichen Augenblick erblickt mich Michèle zum ersten Mal. Vor Enttäuschung zieht sie einen Schmollmund, während ich mithilfe von Tante Regines Hand das Gleichgewicht wiedererlange.

»Sie sind nicht so, wie ich sie mir vorgestellt habe ...«, sagt Michèle leise.

»Ja, sie sind sehr groß«, sagt Lothar mit einem Lächeln.

Wir verstecken uns hinter Tante Regines Rock, als sie sich vorstellt, und ich würde uns gern unsichtbar werden lassen. Ich presse die Augenlider zusammen … Arno gurrt in Regines Armen und schenkt Michèle sein schönstes Lächeln. »Mama, Mama?«, zwitschert er. Michèle ist heiser vor Dankbarkeit, sie hat nur Augen für ihn. Habe ich uns unsichtbar gemacht?

Lothar und Tante Regine hüsteln verlegen. Tante Regine dreht sich suchend um, aber wir entwischen ihr, sie bekommt uns nicht zu fassen. Lothar beugt sich vor, um einen Blick auf uns zu erhaschen. Vergebliche Mühe. Tante Regines Hinterteil ist so ausladend, dass wir ihrem Griff noch entkommen können. Michèle und Lothar geben sich, als würden sie gar nicht mehr versuchen, uns kennenzulernen. Vielleicht tun sie nur so?

Für einen kurzen Moment, Arno brabbelt vor sich hin, unterhalten sie sich, als tauschten sie Belanglosigkeiten aus: Auf Lothars Seite hat man viel deutsches Blut; die Sprache hat sich nicht verloren. Auf Michèles Seite sind die Wurzeln eher französisch. Aber man spricht die Sprache nicht mehr. Was den *Broederbond*, die Bruderschaft, betrifft, so ist man seit den allerersten Tagen Mitglied. Und auch in der *Ossewabrandwag*, der Ochsenwagenwache.

»Glücklicherweise hat die Nationale Partei die Wahlen gewonnen«, stellt Michèle fest.

Da sie uns immer noch nicht sieht oder vorgibt, uns nicht zu sehen, macht Michèle sich Hoffnungen auf Besseres als uns: »Und der kleine Junge? Wie heißt er?«

Tante Regine errötet: »Arno ist schon vergeben …«

Ein Stoß von Regine, und wie durch Zauberhand kommen wir hinter ihren Röcken hervor. Jetzt sind wir entdeckt. Kläglich senken wir unsere Köpfe, und du setzt wieder dein zittriges Lächeln auf. Ich stülpe meine wächserne Maske über. Der Himmel ist noch dunkler geworden. Er öffnet seine Schleusen. Im Regen verabschiedet sich Tante Regine von uns. Ihr Lebewohl ist herzzerreißend, so wie die Blitze am Himmel. Sie weint. Arno weint. Der Himmel weint. Du lächelst unter

Tränen. Ich halte die Tränen unter dem Wachs meiner Maske zurück. Sterben, aber Stückchen für Stückchen, nicht wahr? Das ist es, was ich fühle.

Michèle und Lothar wissen nicht, wo sie sich angesichts dieses Tränenstroms verkriechen sollen.

Der Regen wird doppelt so stark. Er wird viermal so stark. Die Sintflut. Michèle öffnet einen Regenschirm und fordert uns auf, ihnen zum Auto zu folgen.

Sie gehen voraus, unter dem Schirm.

Wir gehen hinterher, im Regen.

***

Michèles Nägel sind rot, abgekaut an den Fingerspitzen, die sich um das Lenkrad krampfen. Das Lenkrad befindet sich auf der rechten Seite des Autos.

Ab und zu lässt sie es los, um sich das Haar zu richten, wobei sie gegen die Feuchtigkeit wettert. Auf dem Beifahrersitz summt Lothar vor sich hin, während er aus dem Fenster die Landschaft filmt. Das Fenster ist geschlossen. Und er singt falsch. Das ist komisch. Michèle mustert uns im Rückspiegel: »Ihr seht arg mitgenommen aus!«

Sie lächelt. Ich strenge mich an, ihr Lächeln zu erwidern. »Wir haben ein bisschen Bauchschmerzen, Madame.«

»Sag Mama zu mir, Wolfgang.«

Du nickst und beugst dich folgsam zu ihrer Kopfstütze hin: »Die Spätzle vom Schiff sind uns ein wenig auf den Magen geschlagen, Mama.«

Ohne dich zu beachten, durchbohrt mich Michèle im Rückspiegel mit ihrem Blick. Ich halte den Atem an, um nicht daran denken zu müssen, dass sie mich auf Herz und Nieren prüft. Lothar öffnet das Fenster. »Ist es so besser?«

Du sagst: »Ja, Papa.« Papa? Du übertreibst … Lothar ist nicht unser Vater!

Du lässt dich von der Landschaft gefangen nehmen. Das Auto fährt am Meer entlang. Auf der anderen Seite recken sich die Bergspitzen, die manchmal rund sind, in den Himmel. Verdutzt rufst du: »Ich wusste gar nicht, dass die Berge direkt am Meer wachsen!«

Lothar dreht sich zu dir um und lacht: »Wie Bäume?«

»Nein, Papa. Wie in der Schweiz.«

»Bist du schon einmal in der Schweiz gewesen, Barbara?«

»Nein, Papa. Ich habe sie auf den Ansichtskarten von Frau Pfefferli gesehen.«

Lothar lächelt dich zärtlich an. Er hat dich sehr lieb, glaube ich. Michèle erwartet, dass ich sie Mama nenne. Davon kann sie ewig träumen, darauf kann sie ihr ganzes Leben lang warten.

Die Landschaft wird trockener. Plötzlich wird es hügelig. Es gibt nur wenige Häuser. Es geht bergauf, bergab, um Kurven, über Kreuzungen, die Straßen führen in Windungen über die Hänge. Große Felsbrocken liegen in Graslandschaften. Man könnte sie für im Freien gemeißelte Skulpturen halten. Rosa Büsche suchen in ihrem Schatten Schutz. Das ist so großartig, dass einem schwindelig wird. Du bist hingerissen: »Das ist schön … wie schön das ist … das ist wahnsinnig schön …«

Lothar wirft dir durch den Spiegel verzückte Blicke zu. Das Auto überholt einen Pferdekarren. Er transportiert Weinfässer. Lothar fängt wieder an zu summen und filmt aus dem Fenster, während Michèle ungeduldig mit den Fingern auf das Lenkrad trommelt. Nach einer Weile wird sie wütend: »Schalte endlich die verdammte Kamera aus, Lothar!«

Er gehorcht, fängt aber wieder an zu summen, falsch. Michèle kocht vor Wut. Sie will den Mund aufreißen, Lothar soll den Schnabel halten, aber er kommt ihr zuvor. »Ich muss für den Chor üben.«

Wir fahren immer geradeaus auf Wegen, die nicht gerade verlaufen. Sie unterhalten sich miteinander in ihrer Sprache und glauben wohl, dass wir nichts verstehen. Aber ich verstehe alles. Michèle bedauert die Kinder, die in Deutschland zurückgeblieben sind. Lothar erzählt ihr eine Geschichte von einer Menge Geld, was dieses große Land vielleicht retten wird. Du und ich, wir haben Glück, darüber sind sie sich einig, denn welch elendes Leben hätten wir gehabt, wenn sie uns nicht vor den Engländern, den Juden und den Kommunisten gerettet hätten. Ich weiß nicht, was ein Kommunist ist. Wieder so ein komisches Wort.

Michèle belauert mich im Rückspiegel. »Bei eurer Abreise aus Hannover hättet ihr viel mehr sein müssen!«

Die anderen Waisen sind aber an deutsche Familien vermittelt worden. Drei Jahre nach dem Krieg sind nicht mehr so viele übrig. Vor allem keine Arier. Mit der Bruderschaft hat man sich ein wenig zu spät zusammengetan. Schade. Sonst wären wir jetzt zehntausend.

Michèle schaut mich an, und plötzlich bin ich für mich ganz allein zehntausend arische Waisenkinder. Mit zehntausend hätte ich Großartiges vollbringen können. Ergriffen sagt sie kaum vernehmlich: »Die Zukunft wird mit dem gebaut, was Gott uns heute gibt.«

Lothar kreuzt in der Sonnenblende deinen Blick. Liebevoll sagt er: »Ihr werdet bei uns glücklich sein.«

Ein Hinweisschild zeigt *Franschhoek* an. Das bedeutet »Franzoseneck«. Wir fahren auf der Avenue der Hugenotten. Wir kreuzen die Bordeaux-Straße.

»Da ist unsere Kirche«, sagt Michèle. »Links von euch.« Sie verspricht, uns dem Pastor vorzustellen. Er und seine Frau warten nur darauf. »Rechts von euch«, fährt sie fort, »seht ihr den Lebensmittelladen.«

»Und auf der anderen Seite den Coffeeshop!«, fügt Lothar hinzu. »Da gibt es leckere Limonaden.«

Jeden Donnerstag, wenn er aus dem Büro kommt, kehrt er dort ein.

»Euer Vater arbeitet die meiste Zeit zu Hause«, sagt Michèle. »Aber seine Familie hat Geschäftsräume in Kapstadt, und ab und zu fährt er dorthin.«

»Was ist dein Beruf, Papa?«, fragst du freundlich.

Sein Urgroßonkel hat in Kapstadt eine Versicherungsgesellschaft gegründet. Das war kurz nach der Schlacht am Blood River, als die Buren, die von Zulus umzingelt waren, von Gott auserwählt worden sind, den Sieg zu erringen. Sie haben dank ihrer Ochsenwagen gesiegt. Seitdem ist der Fluss rot von Blut und die Bruderschaft verehrt die Ochsenwagen. Aber das werden wir in der Schule lernen, die übrigens zwanzig Minuten Fußweg von zu Hause entfernt ist. Keine Sorge, da gehen wir erst hin, wenn wir die Sprache beherrschen.

»Bei euren Fähigkeiten«, sagt Michèle, »beherrscht ihr in zwei Monaten Afrikaans. Und ihr werdet eine ganze Reihe von Sprachen lernen!«

»Wir haben schon ein bisschen auf dem Schiff gelernt, Mama«, verkündest du stolz.

»Ihr habt außergewöhnliche Fähigkeiten«, ist Lothars Meinung.

Michèle zieht erst die eine, dann die andere Augenbraue hoch. »Wenn der Führer es geschafft hätte ... in zwei oder drei Generationen ...«

Lothar dreht sich zu dir um: »Dein Bruder und du, ihr kommt bald in Michèles Klasse, Barbie.«

Michèle ist Lehrerin. In ihren Mußestunden schreibt sie ein Buch über Pädagogik. Das bedeutet, dass sie etwas von Erziehung versteht. Das Auto passiert eine kleine Brücke, die über einen Fluss führt, bis es zu einem hohen eisernen Tor kommt.

»Wir sind da«, sagt Michèle und hält den Wagen an. Lothar steigt aus und öffnet das Tor.

Die Sonne dringt durch die Wolken und wirft einen langen Lichtstrahl auf die Felder. Mais folgt auf Weizen, Weinstöcke, so weit das Auge reicht, bis hin zu den Bergen, die das Tal umgeben. Du seufzt vor Glück: »Das sieht aus wie Wellen in allen Farben!« Über den Wellen erheben sich Obstbäume. Auf den Brachen der Abhänge grasen Kühe, Schafe und Schweine. Mir wird schwindelig. Fast übel.

Das Auto fährt langsam auf einem schmalen Weg aus roter Erde. In der Ferne wird ein großes Farmgebäude sichtbar. Es ist zwei- oder dreiundzwanzigmal größer als Heidis Bauernhof. Es ist aus weißem Stein, hat eine Veranda und blickt über Lagerhäuser und Betriebsstätten. Rings um das zweistöckige Farmgebäude sind Baracken errichtet worden, aus denen Menschen kommen, die nicht größer als Ameisen sind. Langsam fährt das Auto auf das Hauptgebäude zu. Von Weitem dringt Michèles Stimme zu mir. Sie spricht von einer Brennerei und einem Destillierapparat. Ich sehe schwarze Menschen.

»… Weinpresse aus dem 18. Jahrhundert …«, sagt Michèle.

Die Frauen tragen weiße Kopftücher. Mit ihren Geräten gehen sie auf die Felder. Die Männer tragen kurze Hosen mit Hosenträgern und manchmal Hüte. Sie stapeln Getreidesäcke auf einen Anhänger. Hühner laufen frei herum.

»… zwanzig Hektar …«, sagt Michèle.

Wir sind verblüfft. Ein paar Meter weiter oben fährt das Auto an einer kleinen Weide vorbei, wo ein Junge ein Lamm mit der Flasche füttert. Er ist schmächtig, hat einen hellen, sternförmigen Fleck auf der Stirn, und um den Hals trägt er eine Schnur mit einem Anhänger. Es ist ein eher grobes Holzkreuz, in das mit einem Messer etwas eingeritzt wurde, aber ich kann die Inschrift nicht lesen. Er lächelt uns an. Wir erwidern sein Lächeln. Er weckt ein seltsames Gefühl in mir.

Michèle hält vor einer Garage an, neben einem mit Weinfässern beladenen Lastwagen. Beim Aussteigen bemerkst du am Ende eines schmalen, eingezäunten Wegs ein kleines, baufälliges Haus, das abgeschieden auf einer Wiese steht.

»Gibt es darin Gespenster?«, fragst du.

Lothar sagt dir lachend, dass er noch keins gesehen hat. Aber er möchte Noahs alte Behausung eines Tages renovieren, damit wir alle vier dort wohnen können. Von all seinen Träumen ist das der teuerste.

»Träum nicht zu viel«, schneidet Michèle ihm das Wort ab. »Papa hat andere Pläne mit der alten Bude.«

Jemand sagt mit dröhnender Stimme: »Die Terre'Blanche werden auf der Farm geboren, und da wachsen wir auch auf!«

Ein Riese mit einem Zwicker erscheint auf der Freitreppe. Von gewaltiger Statur, Pranken statt Hände. Sein Name ist Jacob Terre'Blanche … Er ist dreiundsiebzig, sein Haar fast ganz weiß. Er trägt blaue Arbeitskleidung und kaut Tabak. Den spuckt er auf den Boden und kommt auf mich zu. Ich weiche drei Schritte zurück, und du lächelst, um dich in Erinnerung zu bringen. Michèles Vater packt mich und hebt mich hoch. »Da ist unser kleiner Boche!«

In seinen Armen bin ich eher eine kleine Feder.

***

Jacob gibt mir einen Kuss auf den Mund und stellt mich nicht wieder hin. Ich schwebe in einem Meter Höhe.

»Wir machen aus dir einen richtigen Afrikaaner!«

Jacob spricht ein katastrophales Deutsch, denn er ist Afrikaaner hugenottischer Abstammung. Michèle begrüßt ihren Vater beinahe ängstlich. Man könnte schwören, dass sie ihr ganzes Leben lang versucht hat, ihm zu gefallen, aber ohne Erfolg. Vielleicht kaut sie deswegen am Daumennagel. Du lächelst ihn an, ohne dass er dich sieht. Er lässt mich noch immer nicht los. Lothar umarmt seine Frau, als ob er sie beschützen will.

Ich hebe den Kopf, um Jacobs schwerem Atem zu entgehen. Er riecht nach Ziegenbock, was zusammen mit dem Tabak eine groteske Mischung ergibt. Ich verziehe das Gesicht zu einer hässlichen Grimasse, worauf Michèle mich schief ansieht: Sie will nicht, dass ich ihren Papa enttäusche. Oben am Bauernhaus sind Buchstaben eingraviert: *Théophile TERRE'BLANCHE, Pastor aus Poitou, 1688.*

Entzückt streichelst du die alte Weinpresse, die vor der Fassade aufgestellt ist.

»Sie stammt aus dem 18. Jahrhundert«, sagt Michèle leise. Seltsam, wie schüchtern sie in Gegenwart ihres Papas sein kann.

»Aber sie hat schon seit geraumer Zeit keine Trauben mehr gepresst«, fügt sie hinzu und wartet auf Jacobs Zustimmung.

Die gibt er ihr nicht, stattdessen mustert er mich vom Kopf bis zu den Füßen. Ich scheine ihm zu gefallen. Er stellt mich wieder auf den Boden. Du bewunderst die Tiere, die auf den Weiden grasen, und den Traktor, der im Weinberg knattert. Du bist überwältigt. »Das ist wahnsinnig schön, Papa.«

Lothar wuschelt dir lächelnd durchs Haar, doch das scheint Michèle zu missfallen, die ihm einen vernichtenden Blick zuwirft. Dir verschlägt es den Atem angesichts all dieser Schönheit: »Werde ich mich um all das kümmern, wenn ich groß bin?«

Jacob antwortet dir freundlich, aber unmissverständlich: »Liebling, wir werden einen Ehemann für dich finden.«

Michèle ordnet ihr Haar, obwohl es nicht in Unordnung geraten ist. Eine sehr schwarze Frau tritt aus dem Schatten. In einen blauen Kittel gekleidet, bringt sie ein Tablett voller Erfrischungen. Auf ihrer Stirn hat sie einen sternförmigen Fleck. Der Junge von vorhin hatte den gleichen. Ich könnte ihr Alter nicht einschätzen, doch sie ist nicht mehr jung. Noch nie hatte ich einen schwarzen Menschen aus dieser Nähe gesehen. Du auch nicht. Wir starren sie mit offenem Mund an. Sie hat einen Namen, sie heißt Graça. Mit einem Lächeln, das breiter ist als ihr Gesicht, serviert Graça uns eine Limonade und zieht sich ins Dunkel zurück, aus dem sie gekommen ist.

Ich tauche meine Lippen in mein Glas, und plötzlich pickt etwas an meinen Haaren. Es muss ein Vogel sein, denn es hat Federn. Aber es steht auf langen Stelzen und hat einen sehr langen Hals: eine Mischung zwischen Huhn und Giraffe. Ich nehme Reißaus. Du lachst, und Jacob fährt Michèle an: »Wie kann er Angst vor Straußen haben?«

Michèle senkt den Blick und stammelt eine Entschuldigung, sie verspricht, dass sie etwas aus mir machen wird.

»Fang damit an, das Auto in die Garage zu stellen«, raunzt Jacob.

Lothar legt den Arm um Michèle, als sie zum Auto gehen, um es in eine riesige, völlig unaufgeräumte Garage mit einer alten Werkbank zu fahren. In einer Ecke ein Strohsack, an seinem Kopfende ein Tischchen mit einer Petroleumlampe darauf.

»Vielleicht sind sie zu alt?«, fragt Michèle, die Stirn in Falten.

»Aber nein«, sagt Lothar.

»Und wenn ich es nicht schaffe, eine gute Mutter zu sein?«

»Das wirst du bestimmt«, sagt Lothar. Er fügt hinzu, dass der Junge, ich, dem Schwiegerpapa schon gefällt. Daraufhin zieht er sich in sein Büro zurück, das er sich zwischen Küche und Garage eingerichtet hat.

Michèle zeigt uns unsere Zimmer im ersten Stock. An manchen Stellen knarrt der Parkettboden. Unsere Zimmer sind durch ein uraltes Badezimmer getrennt und riechen muffig, doch in jedem stehen ein großes Bett, ein beachtlicher Schrank und ein Nachttisch mit einer Bibel, einer Kerze und einer Schachtel Streichhölzer. Wir verfügen über einen kleinen Schreibtisch, an dem wir unsere Hausaufgaben machen können. Du hast zusätzlich eine Frisierkommode. Unsere Fenster sind auf derselben Hausseite, über der alten Weinpresse. Sie gewähren einen einmaligen Blick auf die Berge und das Tal. Auch auf das kleine Haus, Noahs alte Bruchbude, am Ende des eingezäunten Wegs. Jacob, Lothar und Michèle schlafen eine

Etage über uns, erzählt uns Michèle. Und unter dem Dach ist für uns verboten.

Deine Augen leuchten vor Dankbarkeit. Ich kann mich nicht freuen. Ich fühle mich eingesperrt, ich möchte fort, mit dem Schiff fortfahren.

»In zehn Minuten wird das Abendessen serviert«, sagt Michèle.

Sie empfiehlt uns, unsere Zimmer zu lüften, und macht kehrt. Ihre Absätze klappern die Treppe hinunter. Die Stufen quietschen, als hätten sie Rheuma und als täten Michèles Absätze ihnen weh. Du setzt dich auf mein Bett. »Wenn du Angst hast, allein zu schlafen, bleibe ich bei dir.«

Nicht, dass ich Angst hätte, allein zu schlafen, ich will gar nicht schlafen. Was dich betrifft, du hast vor nichts Angst und stellst dir keine Fragen. Auf die Idee, mit dem Schiff die Rückreise anzutreten, kommst du nicht. Du stellst dein Gepäck in deinem Zimmer ab.

Ich lehne mich aus dem offenen Fenster, von wo aus ich die schwarzen Ameisen sehe. Sie kehren von den Weinbergen zurück zu ihren Unterkünften. In einem Schuppen dahinter wartet ein Mähdrescher. Ich fühle mich allein. Du bist ganz nah, scheinst aber weit weg zu sein. Ich höre deine Schritte auf der Treppe und dann die Stille. Ich denke an Heidi. An die Versprechen, die wir uns gegeben haben.

Und dann habe ich Kopfweh.

Hand in Hand mit Lothar gehst du unter meinem Fenster herum. Er erzählt dir von einem Lamm, das vor Kurzem seine Mutter verloren hat. Ihr habt gerade noch Zeit, dem Waisenkind vor dem Abendessen Guten Tag zu sagen.

***

»Das ist Straußenfleisch«, verkündet Michèle stolz.

Das Fleisch lappt über große Teller mit Blumenmuster, Stiefmütterchen. Kürbisse, Kartoffeln, Karotten und Mais werden dazu serviert, Schnaps, der vor Ort gebrannt wird, und Wein vom letzten Jahr. Was Gott dir gibt, bist du verpflichtet, zu trinken und zu essen. Aber wir schaffen es nicht, es ist zu viel, wir rühren unser Essen kaum an.

»Schmeckt es nicht?«, sorgt sich Michèle.

»Doch, Mama, es schmeckt sehr gut.«

Du zwingst dich zu essen, um ihr zu beweisen, dass wir sie lieben, aber ich bringe nichts herunter. Ich entschuldige mich: »Im Waisenhaus waren unsere Teller kleiner.«

Michèle legt mitfühlend ihre Stirn in Falten.

»Und es gab meist Haferbrei«, erklärst du.

Darauf bedacht, uns zu trösten, kündigt sie an, dass es zum Nachtisch Milchschnitten gibt: »Graça hat sie mit einem Straußenei zubereitet.«

Lothar scheint sich zu freuen. Am Tischende kaut Jacob seinen Tabak, eine Serviette um den Hals, einen Spucknapf neben seinem Teller. Alle zwei bis drei Minuten macht er von ihm Gebrauch. Während du dir den Magen verdirbst, schaue ich zur Decke, an der ein Kronleuchter hängt. An der Wand hängt in einem Rahmen ein vergilbtes Blatt.

*»Mir scheint, Gott hat es gefallen, mich in die Wüsten Afrikas zu senden und mir sehr schwere Prüfungen aufzuerlegen, weil er mich zu diesem Werk befähigen wollte. David und die anderen heiligen Männer Gottes haben die meisten ihrer Lieder in Wüsten und unter großen Heimsuchungen verfasst.«*

*Théophile Terre'Blanche, 1693*

»Théophile hat das nach seiner ersten Weinlese geschrieben!«, ruft Jacob aus, überglücklich, mich lesen zu sehen. »Fünf Jahre hat er dafür gebraucht.« Er beißt mit aller Wucht in ein großes Stück Kürbis und spricht mit vollem Mund weiter: »Kleiner Boche, nach dem Abendessen verschließt du das Tor unten am Weg.«

Dieses Tor, ich weiß nicht, wo es ist, und ich habe keine Ahnung, was es mit dem Weg auf sich hat. Mein Magen krampft sich zusammen, ich esse immer noch nichts. Peinlich berührt, räuspert sich Michèle, zögert aber, etwas zu sagen. Schließlich legt sie ihre Hände flach auf die Tischdecke: »Vorhin beim Gebet hast du deine Augen nicht geschlossen, Wolfgang. Gott sieht alles ...«

Wenn sie es gesehen hat, waren auch ihre Augen geöffnet.

»Gott sieht auch Sie, Madame.«

Verlegen macht Michèle sich an ihren Locken zu schaffen, sie sucht den Blick ihres Mannes. Lothar ist in einen Traum versunken, aber es fällt ihm leicht, daraus aufzuwachen. Jacob beobachtet mich mit einem Lächeln. Ich komme mir vor wie ein Kalb. Oder wie eine Karotte, die geschält werden soll.

»Du wirst der siebte Terre'Blanche sein.«

»Schultz ...«, berichtigt ihn Lothar mit erstickter Stimme.

Ohne seinen Schwiegersohn zu beachten, zählt Jacob an seinen Fingern auf: »Théophile, Simon, Daniel, Petrus, Étienne, ich ... und du. Der siebte!« Er fügt hinzu: »Du denkst daran, das Tor zu schließen, nicht wahr, Kleiner Boche?«

Ein Schauer läuft mir den Rücken herunter. »Ja, Mon...«

»Sag Großpapa Jacob zu mir, Kleiner Boche.«

»Ja, Monsieur.«

Ich finde das Tor nicht in meinem Kopf, ich erinnere mich nicht an den Weg. Du, du bist bleich, weil du dich am liebsten übergeben würdest. Zu viel gegessen. Niemand lobt dich dafür. Abgesehen von Lothar, der dich manchmal anlächelt, haben alle am Tisch vergessen, dass du auch da bist. Man fragt sich, warum sie dich adoptiert haben. Vielleicht hatten sie keine andere

Wahl. Mit den Eiern ist es dasselbe. Wenn du eins brauchst, musst du ein Dutzend kaufen.

Jacob zieht ein Schlüsselbund aus seiner Tasche, nimmt zwei Schlüssel ab, gibt sie mir und ernennt mich zum Wächter von Noahs kleinem Haus. Meine Aufgabe: das Tor verriegeln. »Und pass auf, dass sich niemand dort herumtreibt!«

Ich wage nicht zu fragen, warum. Du schon: »Warum?«

Jacob grummelt etwas Unverständliches. Seine Stimme wird undeutlich, als hätte er einen Kloß im Hals. »… in diesem … und dann … Haus … Maria … damals gestorben …«

Michèles Lippen beginnen zu beben, die Zeit scheint stillzustehen. Lothar lockert seinen Hemdkragen, weil er zu ersticken droht. Schließlich benutzt Jacob seinen Spucknapf, und du fragst, ob du die Toilette aufsuchen darfst. Michèle lehnt ab.

»Bleib sitzen, Barbara … bis wir mit dem Abendessen fertig sind.«

Es fällt dir nicht ein zu protestieren. Nur Lothar scheint Mitleid mit dir zu haben. Nach einer Weile nimmt er eine Pillendose aus seiner Tasche und schluckt eine Tablette.

»Mein Schwiegersohn hat so ein schwaches Herz!«, sagt Großpapa Jacob lachend. Ein tiefer Seufzer, dann beugt er sich vor zum Fenster. »Wicus hat sich heute Abend beim Essen nicht zu uns gesellt. Das ist nicht seine Art …«

»Dein Hund kommt lieber zum Dessert«, lacht Lothar.

»Er sollte schon da sein«, sorgt sich Jacob. »Ich werde ihn holen.«

»Und deine Versammlung bei der Bruderschaft?«, wirft Michèle ein.

Später ist die Nacht so tiefschwarz und zähflüssig wie Teer. Ich folge dir auf dem Fuß: Im Gegensatz zu mir kennst du den Weg und das Tor. Es führt auf die Wiese, wo das kleine Haus steht, das, wenn Lothars Traum sich erfüllt, unser Nest werden soll.

»Ich bin sicher, dass es hier Geister gibt«, amüsierst du dich.

Mich beunruhigen eher die Löwen. »Schnell! Bevor die Löwen kommen!«

Löwen jagen des Nachts ganz in der Nähe von Farmen. Das weiß jeder. Aber du, unbekümmert, wie du bist, du bleibst zurück und bestaunst die Sterne am Himmel. Ich ergreife deine Hand und ziehe dich fort. Da kommt dir eine komische Idee: »Was, wenn wir nach dem Lämmchen sehen würden?«

»Dein Lämmchen schläft! Verschwinden wir, bevor die Löwen kommen!«

Plötzlich ein Fiepen. Wir machen einen Hechtsprung rückwärts, ich schätze, drei Meter, unsere Herzen schlagen bis zum Hals. Wir ducken uns hinter dem Zaun, am ganzen Körper zitternd, blicken wir uns an.

Die Silhouette eines Löwen, schon ganz nah, bewegt sich auf uns zu und wird immer größer. Wir schreien wie mit einer Stimme. »Löwen! Löwen!«

Unsere Schreie klingen so schrecklich, dass das Tier langsamer wird. Es zögert, uns zu verschlingen: Es hat noch nie zuvor Waisenkinder gefressen und schon gar keine arischen. Eingehüllt in den Mantel der Nacht, sieht es furchterregend aus. Doch wie feige es ist … Man sieht es nicht. Wir können ihn nur erahnen, den Löwen, und seine Feigheit. In unserem Rücken dröhnt eine Stimme: »Kleiner Boche!«

Jacob schwenkt eine Petroleumlampe: »Wie kannst du nur Angst vor Wicus haben!«

Unser Löwe zeigt sich im Licht der Flamme. Es ist ein Hund. Ein alter, löwenfarbener Hund. Ein Ridgeback, wie es scheint. Wieder so ein komisches Wort. Das Tier ist fast so groß wie wir und doppelt so alt. Trotzdem hat es Angst vor unserem Geschrei. Es hat sich zu Jacob geflüchtet und wedelt mit dem Schwanz, als er es streichelt. Es ist ein Männchen. Natürlich ist es ein Männchen. Was würde Jacob mit einem Weibchen anfangen?

***

Allein in einem riesigen Gehege, in dem Strauße leben, erspähe ich einen mit Futter gefüllten Trog. Ich soll diese verdammten Vögel füttern. Stell dir meine Verzweiflung vor, während ich auf meinem großen Stein sitze. Der Junge von neulich mit dem Stern auf der Stirn springt über den Zaun, windet sich an mir vorbei und lächelt. Er ist wirklich nicht groß. Selbst im Sitzen bin ich größer als er. Aber ich muss zugeben, dass ich ein bisschen Angst habe. Er verschwindet in einer Scheune und stöbert darin herum. Ich habe mich noch immer nicht von der Stelle gerührt, als er mit einer Sammlung Harken wieder herauskommt:

»Stimmt was nicht?«, sagt er zu mir.

Er spricht eine afrikanische Sprache gemischt mit Afrikaans. Sein Akzent ist sehr speziell, und ich bin mir nicht sicher, ob ich verstehe, was er sagt. Ich zucke ratlos mit den Schultern. Unentschlossen hantiert er mit seinem kreuzförmigen Anhänger herum, der an einer Kette hängt, einem einfachen Stück Schnur. Darauf sind Buchstaben eingraviert, aber es gelingt mir nicht, sie zu lesen. Schnell begreift er und beugt sich leicht vor, damit ich sie entziffern kann. »Than … do?«

Er nickt begeistert und wiederholt Silbe für Silbe in der richtigen Aussprache: »Than-do.«

Beschämt flüstere ich: »Ich habe keine Ahnung, wie man Vögel versorgt.«

Er versteht kein geflüstertes Deutsch. Aber er errät, dass ich Angst vor Straußenvögeln habe, denn ich renne weg, wenn sich einer nähert. Thando bricht in Gelächter aus. »Sophie«, sagt er, »beißt nicht.« Und schon macht er sich daran, das Gehege von den Abfällen zu säubern, eine Tränke mit frischem Wasser zu füllen und eine Mischung aus Getreide und Früchten in Eimer zu schütten. All das, was ich eigentlich tun sollte. Ein Flaschenhals ragt aus seiner Hosentasche. Am Ende holt er die Flasche hervor. »Wollen wir teilen?«

Offensichtlich ist das sein Wochenlohn: Hier werden die Leute in Weinflaschen bezahlt. Wein ist ein ganz besonderes Getränk. Am Anfang ist der Geschmack rau, er kratzt an der Zunge. Dann wärmt er die Kehle. Dann spürst du ihn eine Weile oben in der Nase. Nach dem siebten oder achten Schluck ist alle Anspannung weg, und du hast keine Angst mehr vor Straußen. Nun bist du es, der hinter Sophie herläuft und in ihre Federn kneift. Sie ergreift die Flucht.

Der Wein lässt auch die Sprachbarriere fallen. Thando und ich verstehen uns jetzt perfekt: Er ist Graças Sohn, die Michèles Amme war. Er ist elf. Ich bin der Sohn von Frieda, die im Krieg verstorben ist, und ich bin acht. Du bist wirklich groß, meint er zu mir. Nein, vielmehr bist du winzig. Wir lachen.

Ich erzähle Thando, dass ich aus Deutschland komme, mit dem Schiff. Ich zeichne mit einem Stock einen Ozeandampfer auf den Boden, und Thando kommt aus dem Staunen nicht heraus. Er hat noch nie ein richtiges Schiff gesehen. Ich zeichne einen Zug. Den hat er auch noch nie gesehen.

Seine Beine reichen ihm, um sich fortzubewegen. Er nimmt sie in die Hand, wenn Jacob mit seinem Zwicker auftaucht. Ich sehe ihn zweifach. Verdoppelt Wein die Menschen? Thando hat garantiert auch zwei Jacobs gesehen. Deshalb ist er weggelaufen, in Schlangenlinien zwar, aber blitzschnell. Die beiden Jacobs haben von seiner Flucht nichts mitbekommen. Ich ernte seine Lorbeeren: »Gute Arbeit, Kleiner Boche! Mach weiter so, und ich schenke dir ein Pferd!«

Ich kann mir nicht vorstellen, auf einem Pferd durch die Berge zu galoppieren. Wenn ich wirklich ein Pferd bekomme, werde ich es Thando geben. Die beiden Jacobs fassen mich an der Schulter und schnuppern an mir: »Du riechst nach Wein, Kleiner Boche.«

Die beiden Jacobs lächeln mir zu und nehmen mich mit auf den Weinberg. Ich gebe mir die größte Mühe, nicht zu torkeln. Nach einer Weile bleiben die Jacobs stehen und breiten ihre vier Arme aus, um eine Landschaft zu umarmen, die sich so endlos in die Weite erstreckt. Sie wogt hin und her, das ist seltsam.

»Früher war das ganze Tal mit Weinreben bepflanzt!«

Aber die Steuern haben die Weinberge zerstört, und eine Seuche hat ihnen den Garaus gemacht. Danach wurde wieder gepflanzt, aber zu viel, das hat den Markt ruiniert. Also haben wir uns auf Branntwein umgestellt. »Wir haben Schnaps gebrannt. Wir brennen ihn immer noch. Und du, du wirst auch Schnaps brennen.«

Die Jacobs sprechen von einem Krieg, nicht von zweien, gegen die Engländer, Leute, die uns besetzen und uns hassen. Georg VI. hat sich im letzten Jahr erdreistet, uns einen Besuch abzustatten. Begleitet von tiefen Seufzern, fischen die Jacobs einen Penny aus ihren Taschen: Das Profil von Georg VI. ist darauf eingraviert. Der Weinanbau hat darunter gelitten, verdammte Besatzung. Die Jacobs kneifen die Augenlider zusammen, um den König der Engländer zu verfluchen, und dann merken sie an: »Die Genossenschaft hat uns gerettet. Sie kauft dir den Wein in Fässern ab und auch den Brandy.«

Der Spaziergang geht weiter durch die Reben. Nach und nach verschmelzen die beiden Jacobs zu einem. Der Wein vervielfacht die Menschen, aber nicht für lange. Puh. Jacob macht mich mit *meinem* Muscat, *meinem* Sauvignon und *meinem* Cabernet bekannt. Er warnt mich vor *ihrem* Pinotage. Das ist eine Falle, eine Mischung aus Pinot und Cinsault, aus der nichts Gutes erwächst. »Mit Wein und Brandy, mit Früchten und Getreide, mit Fleisch und Milch wirst du es schaffen.«

Schließlich kehren wir um. Jacob macht sich Sorgen: »Du wirst den Betrieb besser verwalten als dein Vater, nicht wahr?«

Lothar ist zu nichts zu gebrauchen, erklärt er mir. Er hat es nicht fertiggebracht, Michèle ein Kind zu machen. Er ist ein

Müßiggänger. Einmal in der Woche fährt er nach Kapstadt und bringt die Angestellten seiner Versicherungsgesellschaft auf Trab. Die er natürlich von seinem Vater geerbt hat. Kurz gesagt, Lothar ist nicht imstande, die Buchhaltung der Domäne zu führen. Er verschwendet seine Zeit damit, in Plänen für die Renovierung von Noahs alter Bruchbude herumzukritzeln.

»Aber mach dir keine Sorgen ... Auf keinen Fall werdet ihr dort einziehen. Ich verhandle gerade mit dem Vorstand der Genossenschaft ... Ich muss doch einen höheren Preis erzielen, als er mir anbietet, oder?«

»Ja, Mon...«

»Sag Großpapa zu mir. Eines Tages gehört das alles dir.«

Nebenbei bemerkt, habe ich die Schlüssel zu Noahs Haus sicher aufbewahrt? Und den für das Tor? Dass ich sie nur sorgfältig verwahre! Ja, ich werde mit der Farm zurechtkommen ...

Und dazu gehören auch die Strauße, deren Fleisch, Eier, Federn, Leder und Fett ich verkaufen werde. So, alles meins. Zweiundzwanzig Hektar landwirtschaftliche Fläche fallen mir zu. Ich bin wie betäubt. Am liebsten würde ich verschwinden. Aber Jacob will jetzt, dass ich auf seinen Traktor klettere. Ich täusche Bauchschmerzen vor. Im selben Augenblick kommst du die Freitreppe herunter und bietest dich an, an meiner Stelle mitzufahren. Jacob sträubt sich, du drängst ihn, ich dränge ihn, schließlich willigt er ein. Unter der Bedingung, dass ich die Obstbäume spritze und den Kühen Salz gebe.

★★★

»Nur Adam wurde als Ebenbild Gottes erschaffen.«

Ein Pastor spricht oben von einer Kanzel aus, vor den Pfeifen einer Orgel, die bis zur Decke reicht. So fasziniert wie erstaunt blickst du zu dieser Decke, die wie ein auf dem Kopf stehender Schiffsrumpf aussieht. Jemand hustet hinter den Orgelpfeifen, vielleicht ein Organist, der sich mit seiner Maschinerie in einem kleinen Raum abschottet. Der Pastor spricht weiter: »Alles, was nicht auf der Arche war, ist tot.«

Lothar steht inmitten des Kinderchors und nickt zu diesen Worten. Der Rest der Familie sitzt zwischen den Gläubigen, nicht wenige starren uns beide an. Unsere vom Sonnenbrand verunstalteten Gesichter passen nicht zum Lokalkolorit. Hier sind weiße Menschen gebräunt, sogar im Winter. Der Pastor hebt den Zeigefinger zur Decke, zeichnet dann einen Strich nach unten, bis zur Höhe seines Bauchnabels: »Wir können eine direkte Linie von Adam zu Noah ziehen. Die gleiche Linie verläuft bis zu König David. König David stammt in direkter Linie von Noah ab!«

Im ganzen Saal ist zufriedenes Raunen zu vernehmen. Auch der Pastor ist froh gestimmt: »David ist der erste Mensch, den die Bibel beschreibt, und er hat rotes Haar.«

Der ganze Saal bebt. Denn alle sind glücklich, als sie von Davids rotem Haar erfahren. Es ist vielleicht nur ein Detail, doch für sie bedeutet es viel. David ist also rothaarig. Gerührt denke ich an Tante Regine, die wie David rothaarig ist. Der Pastor tritt einen Schritt zurück, nickt und sammelt sich kurz. Inzwischen bewegt Lothar, inmitten des Kinderchors, die Lippen. Er schaut die erste Reihe entlang, wo wichtige Leute Platz genommen haben. Dort sitzt die Frau des Pastors, die schöner als eine Schauspielerin ist, auch wenn sie nicht Davids Haarfarbe hat. Dagegen sieht ihr Mann nur wie ein Pastor aus. Er fährt fort: »Die Linie, die Adam mit Noah und dann mit David verbindet, führt bis zu uns.«

Er legt seine Hand auf sein Herz, tief ergriffen. Ein angedeutetes Lächeln spielt um seinen Mund. Und er verkündet: Gott hat unser Volk erwählt! (Ich glaube, weil David rothaarig ist.) Dann erzählt er in aller Ausführlichkeit die Geschichte der Afrikaaner, ein starkes, aber empfindsames Volk, auf das die Welt neidisch sein kann. Es gibt Beweise. Aber der wahre

Gläubige braucht keine Beweise, denn er besitzt den Glauben. Das geht allen zu Herzen, bis hin zu Michèle, die vor Wohlbehagen erschaudert, und Jacob, der mit der Zunge schnalzt. Du hast noch immer die Nase oben, schaust entzückt auf den Schiffsrumpf, der die Decke dieser Kirche bildet. Davids Haarfarbe scheint dich nicht besonders zu interessieren, obwohl er der erste Mann ist, der in der Bibel beschrieben wird.

Der Organist spielt eine schöne Melodie. Bei den ersten Tönen stimmen Lothar und der Kinderchor Kirchenlieder an. Lothar singt lauter als alle anderen, lauter als die Orgel, aber er merkt nicht, dass er falsch singt und seine Stimme alles übertönt. Michèle rümpft die Nase, so sehr tun ihr die Ohren weh. An der Seite Jacobs, der eingeschlafen ist, bewegst du deine Lippen beim Versuch, mit dem Chor mitzuhalten.

Nach dem Gottesdienst werden wir dem Pastor, Arbeitskollegen, Müttern von Schülern und wichtigen Personen in der Genossenschaft vorgestellt. Du und ich fühlen uns wie Plätzchen auf einem Silbertablett, kurz bevor sie hinuntergeschlungen werden. Und die Hausherrin würde sagen: Ich habe sie gebacken. Aber hier sagt sie: Ich habe sie adoptiert. Bravo, antwortet die Sonntagsgemeinde, sie sind sehr schön, wo hast du sie aufgestöbert? Du bist ziemlich stolz darauf.

Jacob unterhält sich mit einem Herrn, ich vermute, dem Vorsitzenden der Genossenschaft, über Noahs kleines Haus. Der Vorsitzende hält es für zu teuer, vor allem, weil es Jacob keinen Cent gekostet haben soll: »Du bist umsonst drangekommen, als du den armen Paul hast enteignen lassen …«

»Der arme Paul hat in Paarl ein Vermögen gemacht!«, ruft Jacob aufbrausend. »Diese Bude kostet, was sie kostet, Sjoerd, und das ist der Preis, den ich dir mache.«

Sjoerd sagt, dass sie weiterreden werden, wenn Jacob mit dem Renovieren begonnen hat, zumindest mit Klempnerarbeiten, mit dem Dach und dem Fußboden, der völlig verrottet ist.

Andere Männer mischen sich in die Diskussion ein: Paul Noah, der verdammte Schürzenjäger, der mit Stoffen und Früchten ein Vermögen gemacht hat, aber nicht mit Muscat, auch nicht mit Straußen und Traktoren. Es wird auch von der Bruderschaft gesprochen, von der Ochsenwagenwache, vom nationalen Selbstmord. Sjoerd verzieht einmal mehr das Gesicht. »Die Apartheid …«, knurrt er, »führt uns geradewegs in den Selbstmord.«

Jacob beteuert, dass die Apartheid uns im Gegenteil vor dem nationalen Selbstmord bewahren wird. Man hat es sich gut überlegt, bevor sie eingeführt worden ist. Er führt den Kampf weiter: Er ist Kandidat in einem Amt, das dies alles überwacht. »Sonst«, sagt er, »werden sie uns eines Tages alle töten.« Er lächelt mich an und fügt hinzu, dass ich, sein Enkel, den nationalen Selbstmord verhindern werde: Ich bin auch ein Wächter.

Ich weiß nicht, was ein Selbstmord ist. Ich bin ihm noch nie begegnet. Und übrigens auch keiner Apartheid.

Michèle unterbricht Lothar, der, die Pläne für ein Haus in der Hand, mit einem Herrn im Anzug über Architektur spricht.

»Kümmere dich bitte darum, dass die Kinder in die Sonntagsschule gehen.«

Der Mann und sein Anzug verschwinden, Lothar faltet seine Pläne zusammen. »Oh … in die Sonntagsschule?«

Er ärgert sich. Michèle lässt nicht locker: »Ich muss mit der Mutter von Kobus sprechen. Der Riesendummkopf hat Schwierigkeiten, seinen Rückstand in der Schule aufzuholen.«

Lothar verzieht das Gesicht. Er wird leichenblass und lockert den Hemdkragen, um Luft zu bekommen. Trotzdem ist ihm, als würde er ersticken, und er stammelt, dass er vorgehabt hat, nach Kapstadt ins Büro zu fahren.

»Am Sonntag?«, wundert sich Michèle und ordnet das Haar, das gar nicht verstrubbelt ist.

Lothar räuspert sich immer noch, erklärt dann aber, dass es in Belville einen schweren Brand gegeben habe. Die Versicherungspolice, sagt er, sei nicht rechtzeitig erneuert worden. Er hustet. Michèle beäugt ihn misstrauisch. Sie hat keinen Beweis, dass er sie anlügt, aber sie glaubt ihm nicht.

»Kannst du die Kinder nicht vorher absetzen?«

Lothar schluckt. Natürlich kann er das! Er setzt ein für ihn zu strahlendes Lächeln auf und lädt uns ein, ihm in den Coffeeshop zu folgen und auf den Beginn der Sonntagsschule zu warten. Seine Lippen zittern. Wir gehen mit ihm. Er bestellt eine Limonade für uns und zwingt sich, diesen Moment mit uns zu genießen.

»Köstlich …«, er lässt es sich schmecken, während er finstere Blicke auf die Straße wirft. Auf seiner Stirn bilden sich Schweißperlen. Mit einem Mal springt er auf, vielleicht hat ihn eine Mücke gestochen? Er muss in Belville anrufen. Das kann nicht warten. Er stürzt aus dem Bistro, und dann fällt mir eine kleine Blondine auf, die ihm auf den Fersen folgt. Du bist unbemerkt hinter ihm hergeschlichen, doch ich hole dich ein. »Er hat uns gesagt, wir sollen warten, Barbie!«

Du zuckst mit den Schultern und folgst weiter deinem Vater. Du liebst ihn so sehr, an diesem schlimmen Ort, wo alle Häuser hübsche weiße Holzzäune besitzen. Lothar bleibt vor einem der Häuser stehen und drückt das Tor auf. Auf dem Briefkasten steht der Name Vissert. »Was will er denn bei dem Pastor?«, wundere ich mich.

Du zuckst mit den Schultern. Dein Vater kann tun, was er will.

Wir gehen ihm nach durch den Garten, über den perfekt gemähten Rasen. Das Haus ist leer, wenigstens erscheint es uns so, und es könnte durchaus sein, denn die meisten Leute unterhalten sich immer noch vor der Kirche, über Schürzenjäger, Traktoren, Wächter und Selbstmörder. Lothar betritt einen

Schuppen, der an die Garage angebaut ist, und schließt leise hinter sich ab.

»Warum schließt er ab?«, wundere ich mich.

Nun gut, er kann tun, was er will. Ich auch. Ich spähe durch das Schlüsselloch.

»Hat er ein Telefon gefunden?«, fragst du mich nach einer Weile.

»Nein. Er hat Frau Vissert gefunden.«

Frau Vissert sitzt nämlich vor Lothars Hosenstall. Aus dem zu urteilen, was ich von ihren Lippen ablesen kann, wirft sie ihm vor, dass er Michèle liebt. Lothar streicht ihr über das Haar und schwört ihr, dass das nicht stimmt. Ganz und gar nicht. Plötzlich stülpt er ihr seine Hose über die Nase. Was da passiert, ist so unglaublich …

Du stupst mich mit dem Ellbogen an, um es zu erfahren.

»Sie verschlingt seinen …« Ich weiß nicht, wie ich es ausdrücken soll. Du würdest es nicht verstehen. Wie will man so etwas benennen! Empört stößt du mich zur Seite, um selbst zu sehen, was sie verschlingt. Lothar telefoniert nicht, nein. Seine Hose ist auf seine Knöchel gerutscht. Frau Vissert wichst ihm seinen … mit dem Mund. Es tut mir leid, aber das ist es. Du hältst dir die Hand vor die Lippen, damit du nicht losschreist. »Ekelhaft, dieses weiße Zeug!«

Es scheint, als hätten sie uns gehört. Also nehmen wir Reißaus und rennen zum Bistro. Unsere Limonaden stehen immer noch da. Den Strohhalm im Mund, sehen wir uns an, und aus unseren Augen spricht, dass wir kaum glauben können, in welch einer verrückten Familie wir gelandet sind. Lothar … was für ein Schwein. Aber ich kann ihm nicht böse sein. Wenig später kommt er zu uns, sein Hosenstall steht noch offen. Er begleitet uns zur Sonntagsschule, pfeifend kehrt er das Unschuldslamm heraus. Nichtsdestotrotz scheint er sich zu fragen, ob wir etwas mit den Stimmen zu tun haben, die er eben zu hören glaubte.

Du betrachtest ihn mit einer Mischung aus Mitleid und Rachsucht. Er hat dich belogen. Er hat dich verraten.

In der Sonntagsschule lässt eine Frau uns vier Verse auswendig lernen. Dann lehrt sie uns, dass die Sünder in den höchsten Höllenflammen brennen, auf ewig. Das Höllenfeuer lodert in riesigen Öfen. Der Teufel entfacht es mit seinem Schürhaken, der gelegentlich einen oder zwei Sünder aufspießt.

Ich habe große Angst, dass ich am Spieß enden könnte.

Und du, du hast Mitleid mit Lothar.

***

Unsere nagelneuen Schulranzen auf dem Rücken, gehen wir einen Weg entlang, hinter Michèle her.

Mit einem schwarzen Hut auf dem Kopf marschiert sie vor uns her, stolz auf unsere weißen Söckchen, dein schwarzes Kleid, mein Hemd und meine Hose. Sie muss unsere Uniformen am Vortag gekauft haben.

»Habt keine Angst«, sagt Michèle, »die ganze Schule ist neugierig auf euch.«

Ein Windstoß trägt ihre Worte gen Westen. Auf dem Weg dorthin erfasst er auch uns. Es ist sinnlos, gegen das mächtige Blasen anzukämpfen. Selbst die Wolken wehren sich nicht, sie treiben eiligst in die Richtung, die der Wind ihnen angibt.

Unterwegs fliegt Michèles Hut davon. Ängstlich hält sie ihre Locken fest, damit sie sich nicht davonmachen, und mit viel Grazie fängt sie den umherwirbelnden Hut wieder ein. Sie setzt ihn sich in der gleichen Position wie vorher auf den Kopf. Michèle ist eine Meisterin ihres Fachs in der Schule, bei Lockenfrisuren und im Reich des Windes. Sie ist Meisterin in allem.

Trotzdem hat sie vom scharfen Wind ein Schafsgesicht, als wir auf dem Schulhof angelangt sind. Mir dreht sich der Magen um, dein Inneres verkrampft sich. Da wir im selben

Bauch gewachsen sind, ist es doppelt schlimm. Du spürst, dass mir schlecht ist, ich spüre, dass dir schlecht ist, uns ist doppelt schlecht. Ich würde am liebsten im Erdboden versinken. Abschätzige Blicke bohren sich in unsere Schultern, dabei sind wir gar nicht mehr so unbekannt, die Leute hier haben uns schon in ihrer Kirche und in der Sonntagsschule gesehen. Aber unser Anderssein ist noch nicht ausgemerzt. Haben wir ein Zeichen auf der Stirn? Wenn ja, müsste man es abwaschen können, aber das ist sehr schwierig.

Michèle gesellt sich zu den Lehrerinnen und dem Rektor. »Herr Botha.« Du nimmst all deinen Mut zusammen und schlüpfst zu einer Gruppe Mädchen, die sich mit Seilspringen die Zeit vertreiben.

Mein Mut gleitet mir durch die Finger, also kreuze ich sie hinter meinem Rücken, recke die Nase himmelwärts und lächle. Um mich herum kichern ein paar Jungen. Ich setze mich an den Fuß eines Baumes mit abgesägtem Wipfel. Der Baum steht mitten im Hof und ragt hoch auf, mit einem breiten Stamm und zickzackförmigen, braunen und grauen Ästen, die violette und blaue Blüten tragen.

»Das ist ein Flamboyant«, sagte eine Stimme. Sie gehört einem großen Jungen, der vor mir im Gegenlicht steht. Sein rotes Haar leuchtet, seine Zahnspange ebenso. Sein Gesicht sieht aus, als wären Ecken und Kanten unachtsam zusammengefügt worden, und seine Augen funkeln. »In Wirklichkeit ist es ein Jakaranda«, meint er. »Ein schöner Baum, nicht wahr?«

Ich nicke, und nachdem er erklärt hat, dass er Holzfäller wird, wenn er groß ist, setzt er sich neben mich. Übrigens heißt er Kobus. Und er teilt mir mit: »Deine Schwester ist eine Schönheit, Mann!«

Er betrachtet dich mit einem liebevollen, verzauberten Blick, du bist so groß, so blond und so golden, wer wäre nicht fasziniert? Er streckt sich halb neben mich aus und sagt, in Gedanken versunken, leise vor sich hin: »Ist sie nicht eine Schönheit?«

»Selbstverständlich. Sie ist meine Schwester, und wir sind Arier.« Die Schulglocke läutet, Kobus und ich stellen uns in die Reihen, wo du schon mit deinen neuen Freundinnen stehst, was mir einen leichten Stich ins Herz versetzt, ich bin eifersüchtig, ja, aber gleichzeitig bewundere ich, mit welcher Leichtigkeit du dich anpasst. Kobus' Augenlider zucken, als er dich mit Blicken verschlingt, die Lippen hält er geschlossen, weil er Angst hat, du könntest seine Zahnspange entdecken. Du errötest, weil du Lothars Ding gesehen hast und ahnst, wohin so eine Schielerei führen kann. Nein, wir werden dich nicht mit weißem Zeug bespritzen. Und ich frage mich, ob Kobus nicht der Riesendummkopf ist, von dem Michèle neulich nach dem Gottesdienst sprach, der Junge, der in der Schule so große Schwierigkeiten hatte. Wenn er es ist, macht er eigentlich nicht so einen dämlichen Eindruck. Riese, ja, er überragt alle anderen, außer uns, um eine Kopflänge. Aber das ist nichts Ungewöhnliches, er ist zehn Jahre alt und der Älteste in der Klasse.

Nachdem wir uns aufgestellt haben, liest der Rektor eine Bibelstelle vor, jeder preise den Herrn in seinem Inneren, und Michèle führt uns ins Gebäude. *Klasse drei und vier* steht an der Tür. Frau Schultz, unsere Mutter und Lehrerin, weist uns einen Tisch in der ersten Reihe zu, wo wir nebeneinandersitzen. Etwa zwanzig Pupillen heften sich an unsere Rücken. Von dem Moment an, in dem wir ihre Stühle in Besitz nehmen, sind wir Eindringlinge in ihre vier Wände. Nicht nur die Neuen, sondern adoptierte, aus einem fremden Land und noch dazu von der Lehrerin. Streber? Der Schmerz von den Dolchstichen zwischen unsere Schulterblätter ist unerträglich, ich fühle mich wie ein Außerirdischer oder eine Art Leprakranker. Mein Mund trocknet aus, du drehst dich um und verteilst hochmütig ein Lächeln nach dem anderen: Nein, nein, gar nicht, ich liege nicht in den letzten Zügen, auch wenn meine Freundinnen von vorhin umgeschwenkt sind, um mich feindselig anzustarren. Um es wie alle zu machen.

Michèle steht vor der Tafel und tupft sich mit einem Taschentuch, das mit ihren Initialen bestickt ist, die Stirn ab. Sie schwitzt viel an diesem Morgen. Vielleicht hatte sie gehofft, dass man sie um ihre beiden Arier beneiden würde. Das Gegenteil ist der Fall, man begegnet ihnen mit Misstrauen. Du drehst dich zur Tafel hin, und jäh kippt dein Kopf nach hinten. Jemand hat dich an den Haaren gezogen. Du drehst dich um, diesmal ohne zu lächeln, und überraschst die beiden Angreifer. Sie prusten los. Aus dem hinteren Teil des Klassenzimmers ertönt eine Stimme: »Ihr habt wohl noch nie eine Neue gesehen!«

»Noch nie eine so Blasse!«, ruft ein blondes, gut gebräuntes Mädchen.

»Das reicht«, schreit Michèle. Entschlossenen Schritts steuert sie auf den Jungen zu, der dich angegriffen hat, und zieht ihn am Ohr, was ihn zwingt, aufzustehen und sich von Michèle in die Ecke bugsieren zu lassen. Eiskalt verlangt sie, dass er seine Hose hochkrempelt, bevor er niederkniet. Damit es richtig wehtut, nehme ich an. Und weil das nicht reicht, zack, verabreicht sie ihm drei Hiebe mit der Klopfpeitsche auf den Rücken. Du bist gerächt, ich bin nicht unglücklich darüber, aber gleichzeitig schaudert es uns beide. Macht es Michèle Spaß, diesen Blödian zu demütigen? Sorgt sie sich um dich, oder hast du ihr nur als Vorwand gedient? Dein Angreifer ist es wohl gewohnt, dass man ihn schlägt und erniedrigt, denn er lacht. Es stört ihn auch nicht, dass er den Rest der Stunde in seiner Position verharren muss.

Michèle diktiert uns englische Sätze, die wir in unsere Hefte schreiben sollen. Ein Raunen geht durch die Klasse. Die Schüler sträuben sich, aber dieses Mal peitscht Michèle niemanden aus: »Ich bin eurer Meinung, Kinder, was die englische Sprache betrifft. Aber Gesetz ist nun mal Gesetz.«

Von hinten protestiert Kobus: »Meine Großeltern sind in einem Lager umgekommen, Frau Lehrerin, das von Engländern errichtet wurde!«

Michèle hebt das Kinn. Der Junge, der in der Ecke kniet, gibt zu bedenken: »Sie hatten ihren Spaß daran, uns hungern zu lassen und uns zu foltern, Frau Lehrerin, und sie wurden nie dafür bestraft.«

Das Mädchen, das über deine Blässe gelacht hat, fügt hinzu, dass sie nie gehen werden. »Wie lange müssen wir noch in ihrer Sprache schreiben?«, ruft sie.

Eine Leidenswolke legt sich über die Klasse. Sie ballt sich zusammen, ich spüre ihren Druck in meinem Nacken. Aber ich empfinde nicht die Traurigkeit, die sie alle verspüren und die dir eine Träne entlockt. Ihr Schmerz ergreift dich. Du willst ihn mit ihnen teilen, dich in ihren Kummer einfühlen. Er ist so groß und so tief, nur die Bibel kann ihn lindern.

Michèle nimmt sie in die Hand und schlägt sie auf, während ihr Blick liebevoll über die ganze Klasse gleitet. Dann ruft sie uns die Geschichte Davids in Erinnerung, des rothaarigen Königs, der direkt von Adam abstammt, in einer Linie, die auch Noah einschließt.

»Wir sind *sein* Volk«, versichert sie uns ergriffen.

Ein Schluchzen trübt ihre Stimme. Sie streicht mit einer Hand über ihr Haar, um die Locken zu bändigen, die nicht widerspenstig sind, und schweigend sind wir miteinander verbunden, alle zusammen, sogar der unartige Junge, der immer noch kniet. Alle Spannungen fallen von uns ab. Denn im Grunde genommen gehören wir alle zur selben Familie, der Familie, die von den Engländern ausgehungert und gefoltert worden ist, der Familie, die in der Gefahr lebt, dass sie ausstirbt und durch die Schwarzen ersetzt wird, obwohl sie doch in direkter Linie von König David abstammt.

»Gott prüft uns«, sagte Michèle, »weil wir von ihm auserwählt sind.«

Demnach bin auch ich auserwählt. Ich muss sagen, das ist ein sehr angenehmes Gefühl.

***

Es ist Rechenstunde, und Michèle ruft mich an die Tafel. Ich strenge mich an, ich strenge mich so sehr an, dass der Junge, der sich hinknien musste, in der Pause mit einem Freund zu mir kommt und mich provoziert: »Wie hast du das geschafft? Deine Mutter hat dir die Lösung vorher verraten, oder? Ja … bestimmt ist es so …«

Beide starren mich mit hasserfüllter Miene an und warten, wie ich reagiere. Ich bin hin- und hergerissen zwischen dem Wunsch zu lachen und einer albernen Wut, die langsam in mir hochsteigt. Aber ich bleibe ruhig und sage mit unbeteiligter Stimme, dass Frau Schultz mir nichts verraten hat. Sie lachen schallend: »Frau Schultz? Du meinst wohl *Mama*!«

Kobus eilt mir zu Hilfe. Todesmutig stellt er sich neben mich, verschränkt die Arme wie ein Kerl, in der Hoffnung, bei dir Eindruck zu schinden. Du beobachtest uns von der Bank aus, auf der du ganz allein sitzt, am Rand, abseits von den anderen Mädchen. Seit eine der Anführerinnen an deiner Blässe Anstoß genommen hat, wagt sich niemand mehr in deine Nähe. Dir bleibt nichts anderes übrig, als ganz allein mit dem Springseil zu hüpfen.

Das alles macht mich wahnsinnig, auch Kobus, der den Leibwächter spielt. Habe ich das nötig? Zugegeben, ich bin nicht sehr mutig, aber ich bin auch kein Angsthase, ich habe größte Lust zuzuschlagen.

»Ihr solltet ihm und seiner Schwester dankbar sein«, speit

Kobus dem Jungen und seinem Kumpan ins Gesicht. »Sie sind aus Deutschland gekommen, um uns mit frischem Blut zu versorgen.« Der Haarezieher und sein Kumpan zucken die Achseln und erwidern: »Wer braucht schon deutsches Blut?«

Da wären wir nun. Nun ist die Reihe an dir, aufzuspringen und deine Wut nicht länger zu unterdrücken. »Ihr«, brüllst du sie an. »Ihr braucht es, weil ihr allein nicht imstande seid, die Schwarzen zu ersetzen!«

Mit wenigen Worten zerstörst du deine Zukunft im Club der Freunde. Du, die eben noch eine Träne des Mitleids für die Opfer der Engländer vergossen hat, du stellst dich auf die Seite deines Bruders, weil sie zu Henkern geworden sind. Ich bin sehr berührt. Auch ich, ich liebe dich mehr als alles andere, mehr als jeden anderen. Aber ich verstehe nicht, warum du von Schwarzen sprichst, denn hier in der Schule gibt es keine. Man hat sie bereits ersetzt, ohne dass man uns dazu gebraucht hätte. Vielleicht hagelt es deswegen plötzlich Beleidigungen.

»Dreckige Boches!«

Es sind nur wenige, die es ausposaunen, aber immerhin so viele, dass sie einen schönen Chor bilden. Und *dreckige Boches* klingt gut, es steckt an. Das Lied verbreitet sich. Schluss mit der Brüderlichkeit. Ende mit *Wir sind sein Volk*. Vergessen ist der König David.

Du wehrst dich, so gut du kannst: »Wir sind keine Boches! Wir sind Afrikaaner!«

Ich schäume, meine Hände glühen, ich will zuschlagen.

Michèle beobachtet uns aus der Ferne, sie steht vor dem Lehrerzimmer und kaut an ihren Nägeln. Es wird immer lauter, eine Anzahl Kinder hat sich zu dem Haarezieher gesellt, andere haben sich um uns versammelt. Dreckige Boches, ja oder nein? Afrikaaner oder Deutsche? Es sind mindestens zwei Lager. Ein erster Faustschlag geht ins Leere. Er kommt von mir, und Kobus tut es mir gleich. Er will dir zeigen, dass er kämpfen kann, aber du verabscheust Gewalt. Bis die blonde Anführerin dir ins Gesicht spuckt und dich anschreit: »Geh doch nach Hause, wenn es dir hier nicht gefällt!«

Du bist eine Sekunde lang sprachlos, während Kobus ihr eine Handvoll Haare ausreißt und ich mich zwinge, ihr nicht die Augen auszukratzen. Dann drehst du dich überraschend um und wischst dir das Gesicht ab. Ich will dir folgen, ja, lass uns nach Deutschland zurückkehren, lass uns zu Fuß nach Hause gehen. Aber ein Windstoß wirft mich um, und ich sinke zu Boden: Gott ist gegen mich … Ich bin eine Art Zulu, in der Schlacht am Blood River. Alle schlagen immer heftiger aufeinander ein.

Vier Erwachsene sind nötig, um die Schlägerei zu beenden, und Michèle schreit so laut, dass ihre Halsadern hervortreten. »Aufhören!«

Sie stöhnt, als sie mich untersucht. Die Arme, sie schämt sich so sehr für mein Benehmen. Habe ich nicht begriffen, dass wir alle zusammenhalten müssen? Will ich mich in der Hölle wiederfinden?

Wir tun alle so, als gäben wir uns die Hand, und du und ich begeben uns in eine windgeschützte Ecke und spielen Murmeln. Selbst Kobus traut sich nicht mehr zu uns, weil er Angst hat, dass wir ihn wegschicken.

»Wir müssen zurück.«

»Der Tag ist noch nicht um.«

»Wir müssen zurück.«

»Wohin denn?«

»Ganz zurück.«

Du zuckst zusammen: »Nach Deutschland?« Du nimmst die Hand deines idiotischen Bruders. »Und wie sollen wir dahin kommen?« Du glaubst, dass Deutschland womöglich nicht mehr existiert. Vielleicht hat es sich aufgelöst. Vielleicht gibt es auch die Vergangenheit nicht mehr. Wir müssen es unbedingt überprüfen. Die Schulglocke läutet. Wir stellen uns in unsere Reihe. *Klasse drei und vier* steht an der Tür, über blonden, braunen und sonnengebräunten Köpfen. Mit Ausnahme von zwei blassen Gesichtern im Abseits.

»Seine Augenlider bewegen sich aber!«

»Das hängt wahrscheinlich mit dem Ödem zusammen, von dem ich gesprochen habe. Ihr Bruder hat schwere Verletzungen.«

»Ich verstehe nichts von dem, was Sie sagen.«

»Das Ödem … es drückt auf die lebenswichtigen Zentren des Gehirns.«

»Aha … hm …«

»Was mich am meisten beunruhigt, ist, dass die Kugel in seinem Kopf explodiert ist. Es gibt Splitter nahe dem Hirnstamm.«

»Aber es ist mein Fleisch und Blut, Doktor! Mein Fleisch und Blut!«

»Ich weiß … Ich verstehe … Aber wir müssen Ihren Bruder ein zweites Mal operieren.«

»Dieses Drama hätte nicht passieren müssen. Wir haben es kommen sehen. Und ich habe nichts bemerkt … Ich habe nichts tun können …«

»Mit richtigem Geld?«

Thando reißt den Mund auf, als hätte ich ihm die erstaunlichste und unglaublichste Geschichte erzählt, die es gibt. Skeptisch lässt sich er sich in ein zerfetztes rotes Sofa fallen. Es steht auf einem Boden, dem einige Dielenbretter fehlen.

»Schwör es«, fährt er fort und hält mir eine Flasche hin.

Ich nehme sie und trinke. Dem Feuer in meinem Hals nach zu urteilen, ist es Schnaps. Meine Kehle brennt, während Thando nachdenklich über seinen Anhänger streicht. Mein Hals brennt, als ich ihm die Flasche zurückreiche. »Ich schwöre dir, Thando, es ist wahr. Ich habe nie gesehen, dass man Frau Pfefferli mit Wein bezahlt.«

Thando wärmt sich ebenfalls die Kehle und fragt weiter: »Frau … ist die Leiterin deines Waisenhauses, nicht wahr?«

»Pfefferli, ja. Du kannst sie die Elster nennen, sie sieht aus wie ein Vogel. Sie wird mit Geld bezahlt, nicht mit Wein.«

»Und sie macht mit ihrem Geld, was sie will, deine Elster?«

»Ja.«

Thando kann es kaum glauben. Hier bekommt niemand Geld. Hier bekommt man – also sie – zu essen, Unterkunft, was sie anziehen, ist ihre Sache, und sie erhalten Wein als Lohn für die Arbeit in der Landwirtschaft.

»Das ist schon etwas«, sagt Thando. »Wir könnten auch gar nichts bekommen.«

Er fühlt sich schuldig, weil er zu viel verlangt. Und er schämt sich, weil er auf mehr hofft. Tief in seinem Inneren glaubt er, dass er nicht mehr wert ist als das alte, verschlissene Sofa, auf dem er sitzt. Aber er träumt trotzdem: »Glaubst du, sie würde mich in dein Waisenhaus aufnehmen, die Frau …?«

»Die Elster? Sie ist streng, aber sie ist nett, ja. Du würdest dich gut mit Thomas, Heidi … all den anderen verstehen.«

»Wann brechen wir also auf?«

Da dringt ein Schrei durch die zerbrochenen Scheiben eines Fensters: »Wolfgang!«

»Kleiner Boche!«

Michèle und Jacob suchen mich schon eine ganze Weile. Wir haben auf dem zerfetzten Sofa und dem kaputten Fußboden nichts verloren, sonst hätte Thando nicht seine Beine in die Hand genommen. Ich nehme auch Reißaus, kehre aber um, weil ich vergessen habe, die Tür zu schließen. Ich ziehe ein unförmiges Schlüsselbund aus meiner Tasche und stecke den größten Schlüssel in das alte Schloss, drehe ihn um. Ja, wir haben uns in Noahs kleinem Haus getroffen, Thando und ich. Jacob hatte es mir ausdrücklich verboten … Doch ich muss sagen, angesichts des Zustands, in dem es sich befindet, ist es kein Wunder, dass der Vorsitzende der Genossenschaft es nicht kaufen will. Und Lothar, der davon träumt, diese Bruchbude in ein Paradies zu verwandeln? Er muss eine Menge Fantasie haben.

»Kleiner Boche!«

»Wolfgang!«

Ich renne durch einen verwahrlosten Innenhof.

Die Stimmen kommen näher, und ich kann gerade noch das rostige Tor verschließen. Schweißgebadet laufe ich über die Felder, wo Landarbeiter das Laub unten an den Rebstöcken entfernen. Sie unterbrechen ihre Arbeit und schauen mir nach. Ein paar Meter weiter stöbert Jacob Thando hinter einem

Busch auf. Er ist ganz in Schwarz gekleidet, was ihn noch bedrohlicher aussehen lässt, und ich habe keine Lust darauf, dass er mich erwischt. Ich ducke mich. Ich zittere wie ein Blatt im Wind und sehe, wie er Thando am Ohr zieht und dabei alle möglichen Flüche auf ihn niederregnen lässt. Die Energie, die er beim Fluchen aufbringt, ist unglaublich, ein wahres Bündel Hass. Sein Hass reicht bis in seinen linken Fuß, der auf Thandos Hintern landet: »Hau aus dem Maisfeld ab!«

Thando lässt alles lachend über sich ergehen, genauso wie der Junge in der Schule, der es lustig fand, in der Klasse auf den Knien zu liegen. Hier hat jeder Spaß daran, Schläge einzustecken oder auszuteilen.

»Wenn mir auch nur ein Korn fehlt, bekommst du es mit mir zu tun!«, brüllt Jacob.

Er hat mich immer noch nicht entdeckt und schreit meinen Namen, erst nur er, dann auch Michèle. Ich renne in die entgegengesetzte Richtung. Es ist nicht einfach, gebückt durch die Gräser zu laufen, aber mein Abstand zu ihnen wird größer, und ich erreiche die Baracken. Thando verschwindet in seiner Behausung. Ein offenes Fenster gibt den Blick auf einen winzigen Raum mit zwei Strohmatten frei, einem krummen Schrank und drei vollgestopften Regalen. Thando macht einen Schritt vor das Fenster, neben Graça, die ihn am Ohr zieht, am selben Ohr wie vorher Jacob.

»Das Jacob anzutun ... an einem Tag wie heute!« Ihre Stimme wird von Schluchzern erstickt. »Eines Tages werden sie dich töten!«

Thando, noch immer fröhlich unter dem Einfluss des Schnapses, bricht in Gelächter aus: »Sie kriegen mich nicht, Mama! Ich gehe fort zu Frau Biberli!«

Sein Ohr blutet. Erschrocken nimmt Graça ein Tuch aus ihrer Tasche, um das Blut abzuwischen. »Mein Junge ... mein Junge ... mein Junge!«

»Ich werde nach Deutschland gehen! Dort werden die Leute mit Geld bezahlt!«

Graça schüttelt den Kopf. »Mein Junge! Hat Wolf dir das in den Kopf gesetzt?«

Sie kann sich schlecht vorstellen, dass es wirklich so ist. Thando brüstet sich: »Nein, Deutschland war meine eigene Idee, Mama.«

Graça streichelt die Wangen ihres Sohnes, ihre Stimme bebt: »Du darfst nicht mit Wolf spielen. Du weißt, was mit dir passiert, wenn du so weitermachst …«

»Ich bin zu schlau, sie erwischen mich nicht.«

Graça drückt den Kopf ihres Sohnes an sich. »Mein Junge, ich werde nicht zulassen, dass du dein Leben ruinierst.«

Ihre Stimme zerbricht in sieben oder acht Teile. Nach langem Schweigen geht Thando zu den Maisfeldern. Die Fäden fallen über die Kolben. Sie sehen aus wie blondes Haar, von der Sonne verbrannt.

***

Ich bin natürlich erwischt worden. In seiner schwarzen Kleidung bringt mich Jacob zurück zur Farm. Er lässt ein gewisses Feingefühl walten. Er zieht mich nicht am Ohr, sondern am Arm, den er ein wenig ausrenkt, und am Kragen, sodass er mich fast erwürgt. »Mir das am Jahrestag von Marias Tod anzutun!«

Ganz allein, niedergedrückt sitzt Michèle im Esszimmer. Jacob entrüstet sich: »Was nützt es dir, ein Buch über Pädagogik zu schreiben, wenn du nicht imstande bist, Kinder zu machen und die Kinder, die Gott dir gegeben hat, zu erziehen?«

Michèle lässt das Geschrei ihres Vaters mit gesenktem Kopf über sich ergehen. Es zerreißt ihr das Trommelfell, und sie zittert vor Angst, dass ihr Vater ihr nicht auch noch ein Ohr abreißt. Angetrunken, wie ich bin, setze ich mich mit der halben Pobacke auf einen Stuhl und stütze mein Kinn auf meine Hand. Wie aus weiter Ferne dringen ihre Stimmen zu mir, besonders die von Jacob, der Selbstgespräche führt: von Maria, die so viel gelitten hat, vom nationalen Selbstmord, der uns droht, von der Gleichheit, die eine Sünde ist, von Noahs Haus, dessen Renovierung Lothar nicht bezahlen will, von Thando, der sich mein Vertrauen erschleicht, von mir, der geradewegs auf die Hölle zusteuert, von der nächsten Maisernte ... Ich schiele zum Kronleuchter, der sich von der Decke löst, und flüstere ihm zu, sich in ein Abenteuer zu stürzen. Dann höre ich, wie jemand die Treppenstufen hinaufpoltert.

Es ist Jacob. Oh, mir war entgangen, dass er sich entfernt hatte. Das liegt am Schnaps. Jacob steigt in den zweiten Stock und knallt seine Schlafzimmertür zu. Michèle dreht sich wütend zu mir um und lädt ihren Ärger bei mir ab. Kurz gesagt, alles ist meine Schuld, sogar das, was geschehen ist, als ich noch nicht da war, und auch das, was geschehen ist, bevor ich geboren wurde, ist meine Schuld. Letzten Endes ist es auch meine Schuld, dass Deutschland den Krieg verloren hat. Der Sieg der Alliierten und damit Englands ist meine Schuld. Von ihrer Last befreit, lässt sich Michèle auf ihren Stuhl fallen und stößt einen tiefen Seufzer aus.

»Du darfst nicht mit Thando spielen«, sagt sie mit kraftloser Stimme. »Du darfst nicht wie sie trinken. Du musst uns gehorchen. Ehre deinen Vater und deine Mutter, befolge unsere Gesetze, bereite dich darauf vor, Terre'Blanche zu übernehmen! Nur so werden wir überleben!«

Mein Blick ist leer, als ich zu ihr hinsehe, bleibt aber unglücklicherweise an ihren Haaren hängen, die ihr scheinbar zu Berge stehen – wie ein Schaf, das ein Blitz getroffen hat. Ich lache laut auf. Sie explodiert: »Und du gehst nicht zu Noah! Niemals!«

Wie hat sie das erfahren? Ich nehme einen üblen Geruch wahr. Als ich merke, dass er von mir stammt, lache ich noch mehr, und Michèle wettert so heftig, dass ich Angst habe, sie spuckt mir ihre Lunge ins Gesicht: »Niemand darf dieses Haus betreten!«

Es juckt ihr in der Hand. Peng! In mein Gesicht. Ich muss trotzdem lachen. Wie ein Esel. Michèle vergräbt den Kopf in den Händen: »Mein Gott! Was habe ich getan!«

Sie bereut es nicht, dass sie mich geschlagen hat. Sie bereut, dass sie den Teufel in ihr Haus geholt hat. Die Tür öffnet sich weit und Lothar steht da. Mit der Stimme eines Totengräbers sagt er: »Ich bin bis zur Schule gegangen. Wolfgang ist nirgends zu finden.«

Er spricht davon, die Polizei anzurufen, um mich als vermisst zu melden, als er mich auf dem Boden krauchen sieht. Seinen Sohn, selbst einen Adoptivsohn, in diesem Zustand zu sehen ist zu viel. Sein Herz krampft sich zusammen. »Wo bist du gewesen? Wir haben in tausend Ängsten geschwebt!«

»Er hat sich mit Thando in Noahs Haus herumgetrieben!«, verrät mich Michèle.

Lothar schluckt zwei Pillen auf einmal, während ich versuche, mich aufzurichten. Nichts zu machen, ich bin zu betrunken. Michèle schont ihren Mann nicht: »Wann leihst du meinem Vater das Geld, das er für die Renovierung braucht … damit endlich Schluss ist mit dieser verdammten Ruine!«

Sie geht ihn wirklich hart an … Weiß sie von seinem Stelldichein mit Frau Vissert? Dann packt sie meinen Arm, renkt ihn fast aus und schleift mich in die Küche. Lothar flüchtet indessen in sein Büro. Rot kommt es mir aus der Nase, mein Auge färbt sich schwarz und schwillt an. Pausenlos vor sich hin murmelnd, taucht Michèle ein Geschirrtuch in kaltes Wasser und bemüht sich, meine Wunden zu reinigen: Gott ist barmherzig, sagt sie, alles wird sich einrenken. Ich muss ihr trotzdem versprechen, es nie wieder zu tun. Ich schwöre es ohne Umschweife. Dann ist sie am Ende ihrer Kräfte und zieht sich aus der Küche zurück, jedoch nicht, ohne die Tür zuzuschlagen. Ich höre, wie sie die Treppe hinauf ins Dachgeschoss hastet. Ein Schlüssel dreht sich, eine Tür öffnet sich. Etwas kitzelt mich, ich glaube, es ist Neugier. Ich steige ebenfalls hinauf.

Die Tür steht einen Spalt weit offen.

Es ist eine kleine Mansarde mit weißen Wänden, die mit Fotos dekoriert sind. Eine blonde, hübsche Dame lächelt darauf, in einem Hochzeitskleid, Arm in Arm mit Jacob. Er ist jung, aber hässlich und strahlt hinter seinem Zwicker vor Glück. Vor dem Foto warten Kerzen darauf, angezündet zu werden. Das Brautpaar muss in dem Himmelbett geschlafen haben, auf dem Michèle sitzt. Sie sieht verloren aus.

Beim Anzünden der Kerzen schnieft sie und flüstert Worte aus der Bibel vor sich hin. Ihre Augen füllen sich mit Tränen. Sie bittet ihre Mutter um Vergebung. Wenn ich sie richtig verstehe, hat sie sie bei der Geburt getötet? Immer dickere Tränen laufen ihr über die Wangen.

Dann ist heute ihr Geburtstag?

Der Tag von Michèles Geburt ist der traurigste Tag in Jacobs Leben. Weil Maria bei der Geburt gestorben ist. Deswegen, denke ich, ist er in Schwarz gekleidet. Deswegen behandelt er sie so hartherzig. Wofür sie Lothar büßen lässt. Und uns.

Unter Tränen streichelt Michèle die bestickte Bettdecke. In diesem Bett haben ihre Eltern sie gezeugt. Sie selbst hat es nicht geschafft, Kinder zu bekommen. Sie ist auch nicht dazu imstande, die Kinder zu erziehen, die Gott und die Bruderschaft ihr aus Deutschland geschickt haben. Zum Glück hat sie noch ihr Buch über Pädagogik. Mit einem tiefen Seufzer betrachtet sie das Hochzeitsbild ihrer Eltern, und unvermutet entspannen sich ihre Gesichtszüge. Sie ist zum Ebenbild ihrer Mutter geworden. Ihre Mutter ist in sie geströmt.

Ich denke an unsere Mutter. Ich erinnere mich überhaupt nicht an sie.

*Frieda*, das ist alles, woran ich mich erinnere. Mir scheint, als sei sie weit weg. Sehr weit weg.

Beim Abendessen gratuliert Lothar Michèle mit einem wunderbaren Blumenstrauß zum Geburtstag. Sie dankt ihm mit zögerlicher Stimme. Jacob sagt nichts, er ist mit Wicus beschäftigt, dem er Stücke Fleisch zuwirft. Jacob ist eine Hundemama, die ihren Welpen nährt.

Jacob liebt seine Tochter nicht. Wenn er seine Farm an seinen Hund hätte vererben können, wären wir niemals adoptiert worden.

Graças Gesicht taucht aus dem Schatten auf. Die Kerzen einer Geburtstagstorte lassen es leuchten, vor Glück strahlen. Ein Freudenschimmer erhellt Michèles Miene: Graça hat den Kuchen für sie gebacken. Für eine Sekunde sehe ich Michèle vor mir, als sie acht Jahre alt war. Denn für Graça ist Michèle ein kleines Mädchen. Sie hat sie gestillt, als ihre Mutter auf dem Friedhof lag. Ich hätte Graça gern als zweite Mutter gehabt. Ich habe Michèle.

***

Du zeichnest mit einem violetten Stift eine Geburtstagsschleife auf einen Umschlag. Ich falte ein Blatt Papier auf ein Viertel zusammen, übervorsichtig. Dann stecke ich es in den Umschlag, den du mir reichst: »Du hast dein Herzblut hineingesteckt«, sagst du, »das spürt man. Michèle wird sich freuen.«

»Es hat mich so berührt, als ich sie vor dem Foto ihrer Mama weinen gesehen habe …«

Wir treten im Pyjama aus meinem Zimmer und gehen die lichtdurchflutete Treppe hinunter. In der Küche treffen wir auf Michèle. Noch schlaftrunken, hat sie dunkle Schatten unter den Augen, ihre Haare sind strubbelig. Sie gießt Wasser in einen Wasserkessel. Ungeschickt halte ich ihr unseren Umschlag hin. »Herzlichen Glückwunsch zum Geburtstag«, sage ich mit heiserer Stimme.

Du lächelst sie an, und ich habe Mühe, meine Gefühle zu verbergen.

Sie mustert uns mit einem misstrauischen Blick und dreht den Umschlag hin und her, bevor sie ihn öffnet. Mit einem tiefen Seufzer faltet sie das Blatt auseinander. Ich habe Herzklopfen, und mein Atem geht schwer. Voller Vertrauen wartest du auf ihre Reaktion, auch wenn du ein wenig enttäuscht bist, weil sie die hübsche violette Schleife, die du gezeichnet hast, nicht bemerkt hat. Je länger sie liest, desto mehr verzerren sich ihre Lippen, runzeln sich ihre Augenbrauen und legt sich ihre Stirn in Falten. Ich würde am liebsten im Erdboden versinken, besonders, weil sie mir das Blatt am Ende unter die Nase hält. »Hast du das abgeschrieben, Wolf?«

Der Wasserkessel pfeift in dem Moment, als sie mich fragt. »Wo hast du das Gedicht abgeschrieben, Wolf?«

Mein Mund öffnet sich, aber ich bringe kein Wort heraus. Du stammelst: »Aber … aber … aber …«

Michèle sagt in scharfem Ton: »Das kann nur ein Erwachsener geschrieben haben!«

Weder du noch ich trauen uns zu atmen. Michèle gießt das kochende Wasser in eine mit Blättern gefüllte Teekanne. »Nun? Wo?«

Ich weiß nicht, wohin meine Stimme verschwunden ist. Stumm starre ich auf den Dampf, der aus dem Schnabel der Teekanne entweicht. Ich möchte mich auch so verflüchtigen. Michèle verschränkt die Arme. »Wo?«

Sie kommt mir riesig vor, in ihrem langen, grauen Bademantel, der fusselt. Oder vielleicht bin ich geschrumpft. Ich kann nicht mehr sprechen, meine Stimme steckt irgendwo in meiner Kehle fest. Mein Herz rast, ja, es schlägt in meinen Ohren, in meinem Hals, in meinem Bauch. Ich weiß nicht, wie mein Herz in meinen Magen gerutscht ist. Ich bin verstört. Michèle wartet darauf, dass ich gestehe und sie den Tee aufgießen kann. »Wo, Wolf! Wie oft muss ich dir diese Frage noch stellen?«

Noch immer nichts. Dann sagst du kaum hörbar: »Er hat es selbst geschrieben, Mama. Für dich. Und ich habe es verschönert … mit der Schleife …« Deine Augenlider zucken, weil du so verunsichert bist. Michèle lässt ein kurzes ungläubiges Lachen vernehmen. Du bleibst dabei: »Er hat die ganze Nacht damit zugebracht …«

Michèle antwortet nicht, ihre Wangen blähen sich vor Wut: »Geh dich waschen!«, schreit sie dich an.

Deine Lippen beginnen zu zittern, aber du rührst dich nicht vom Fleck. Michèle platzt der Kragen. »Du riechst nach Pisse! Ab mit dir!«

Wie eine Feder schwebst du die Treppe hinunter und schämst dich, dass du in deinem Alter noch ins Bett machst, und besonders dafür, dass man das sogar außerhalb deines Zimmers riecht.

Michèle gießt ihren Tee in eine Tasse und rührt ihn mit einem kleinen Löffel um. Ich bin wie gelähmt. Der Duft ihres roten Tees steigt mir zu Kopf. Mein Gedicht noch in der Hand, geht Michèle seufzend und kopfschüttelnd aus der Küche. Sie setzt sich an einen Sekretär, legt das Gedicht neben das Telefon und wählt eine Nummer. Nacheinander ruft sie alle Lehrerinnen der Schule an: »Wolfgang hat ein Gedicht abgeschrieben … einen Text, in dem es heißt: *Meine Mutter strömt in mich und tröstet mich*. Ich versuche herauszubekommen, wo er es abgeschrieben hat, aber er will es mir nicht sagen. Kommt dir das bekannt vor? Nicht? *Denn ich bin schuld an ihrem Tod …*«

Während sie telefoniert, zeichnet Lothar in seinem Büro das Haus seiner Träume. Das Haus von Paul Noah, vollständig instand gesetzt, mit der Familie Schultz, glücklich und vereint. Was Jacob angeht, der spaziert mit Wicus über die steilen Hänge, wo seine Arbeiter die Rebstöcke unten von Blättern befreien und sie beschneiden, damit Sonne an die Trauben kommt. Du, du weinst in deinem Zimmer, das nicht gut riecht, und Michèle ruft ganz Franschhoek an, den Pastor, seine Frau und schließlich den Rektor: »... Wolfgang hat abgeschrieben ... *Meine Mutter strömt in mich und tröstet mich.* Nein?«

Sie liest mein Gedicht jeder und jedem vor, so wie sie auch die Gebrauchsanweisung einer Nähmaschine vorlesen würde. Hätte sie mich nackt vor die ganze Stadt gestellt, wäre es nicht schlimmer gewesen. Und sie lässt nicht von mir ab: »Ist das ein deutsches Gedicht? Wo hast du es abgeschrieben?«

Noch nie habe ich so viel Hass in meinem Herzen empfunden. In diesem Moment weiß ich, dass ich sie nie, nie, nie *Mama* nennen werde. Was sie betrifft, so muss sie mich mindestens so sehr verabscheuen, wie ich sie hasse. »Du willst nichts sagen? Dann schreibe ich eben nach Deutschland!«

Sie greift zu einem weißen Blatt Papier und einem Stift aus der Schublade ihres Sekretärs, packt mich dann am Arm und auch am Kragen, genauso wie vorher Jacob, aber fester und entschlossener. Sie schleift mich nach draußen, ich bin ein Sack Holz, den sie hinter sich herzieht, sie schleppt mich in die Garage, in die riesige, die voller Gerümpel ist, und stößt mich auf den Strohsack, der mir bei unserer Ankunft aufgefallen war. Auf einem kleinen Tischchen daneben steht eine Petroleumlampe mit einer Schachtel Streichhölzer. Ein Stift, den mir Michèle zusammen mit dem Blatt Papier zuwirft, fliegt mir ins Gesicht: »Schreib mir ein Gedicht über den Wind, dann sehen wir ja, was du *wirklich* kannst!«

Die Garagentür schlägt zu, der Schlüssel dreht sich im Schloss, ich höre, wie ein Riegel vorgeschoben und eine Kette befestigt wird.

Es ist dunkel.

Barbie?

Mein ganzes Leben lang werde ich bereuen, dass ich dieses

Gedicht geschrieben habe. Und wenn ich tot bin, werde ich es immer noch bereuen.

***

»Wolf? Kleiner Boche? Du schläfst doch nicht etwa?«

Ich wüsste nicht zu sagen, wie lange ich schon hier drin eingesperrt bin, als ich Thandos Stimme höre, hinter der Tür. Thando flüstert immer noch, die schwere Kette fällt zu Boden, und der Riegel wird zurückgeschoben. Die Tür öffnet sich einen Spaltbreit. Auch draußen ist es finster. Thando tastet sich in der Dunkelheit vor und schreit jedes Mal, wenn er sich stößt, leise auf: »Junge, Junge! Kannst du kein Licht machen?«

»Keine Streichhölzer mehr …«

Meine Stimme klingt matt. Zerbrechendes Porzellan deutet darauf hin, dass er auf einen Teller tritt, von dem ich etwas gegessen habe. Ich habe Durst. Endlich berühren sich unsere Hände. Thando hilft mir, von dem Ding, das mir als Bett dient, hochzukommen. Meine Glieder schmerzen. Ich gebe mir Mühe, ihm zu folgen.

»Das geht vorbei«, beruhigt er mich und legt meinen Arm über seine Schulter.

Draußen ist es gar nicht so dunkel. Vielleicht ist die Sonne gerade untergegangen oder kurz davor aufzugehen. Wir schleichen uns davon.

»Es ist lange her«, sagt Thando, »dass jemand hier übernachtet hat … Die Letzte war deine Mutter. Mama hat mir erzählt, dass der Alte sie in die Garage sperrte, wenn sie etwas ausgefressen hatte. Er hat ihr nichts zu essen gegeben. Kannst du dir das vorstellen?«

»Schickt sie dich?«

Er kichert: »Nie im Leben! Ich habe die Schlüssel stibitzt.«

Ich humple neben ihm her, und langsam kommen wir zu dem eisernen Tor am unteren Ende der Domäne.

»Wohin gehen wir?«

»Nach Deutschland«, antwortet Thando, als wäre nichts selbstverständlicher, und fügt lachend hinzu: »Das ist nicht auf meinem Mist gewachsen, aber jetzt, wo ich dich befreit habe, bleibt uns fast nichts anderes übrig. Sonst … verpasst man dir eine Tracht Prügel, und mich bringen sie um.«

Es fällt mir schwer zu glauben, dass Deutschland in Reichweite ist, aber ich bin im siebten Himmel. Ich komme gar nicht auf die Idee, Thando zu fragen, wie er uns auf die andere Seite der Erde bringen will. Ich bin einfach überglücklich, und mir soll es recht sein. Ich hoffe, dass Wicus nicht in der Nähe umherstreunt und Jacob auch nicht. Gerade will ich Thando fragen, wo du bist. Aber da sehe ich dich.

In deiner Schuluniform und den weißen Ledersandaletten wartest du am Gittertor. Unsere kleinen Koffer, die uns auf unserer großen Reise begleitet hatten, stehen zu deinen Füßen. Mit wackeligen Schritten kommst du auf uns zu. Du schließt mich in die Arme, uns klopft das Herz zum Zerspringen. Hinter dir erwacht ein Sonnenstrahl aus seinem Schlaf. Bald wird der Tag anbrechen. Der Himmel zeigt sich so ungetrübt wie selten, wir sind in der gleichen Stimmung, er und wir. Ich bin erschöpft, spüre meine Müdigkeit aber nicht. Endlich ist der Albtraum vorbei.

Wir sind schon eine ganze Weile unterwegs, als ich nicht umhinkann zu denken: Die Sonne hat schon alle ihre Strahlen losgeschickt, und mir tun die Füße weh. Thando hingegen, in seinen Schlappen, wandert tapfer weiter. Du bleibst immer wieder stehen und schwärmst von den Bergen, die sich in der Morgendämmerung abzeichnen. »Das ist schön. Wie ist das schön! Das ist wahnsinnig schön.«

Manchmal bist du versucht umzukehren, weil dich eine Sorge umtreibt: »Was ist, wenn es Deutschland nicht mehr gibt?«

Wenn dich Zweifel überkommen, beschleunige ich das

Tempo. Aber je mehr wir uns Deutschland nähern, desto größere Sorgen machst du dir um Terre'Blanche. »Verpassen wir jetzt die Weinlese?«

Ich will nicht auf dich hören. Blind folge ich Thando, der stur geradeaus schreitet, ohne innezuhalten und ohne einen Gedanken daran zu verschwenden, wie lange wir brauchen werden, um auf die andere Seite der Erde zu gelangen. Du gerätst in Panik: »In meinen Träumen fallen Lichter vom Himmel auf die Häuser, die Häuser stürzen zusammen. Ganz Deutschland liegt in Trümmern …« Du bleibst mitten auf der Straße stehen, die aus dem Nichts kommt und kein Ziel zu haben scheint. »Und wir … wir laufen vor einer Frau davon, die uns so enttäuscht hat …«

Um uns herum ist alles ruhig, du lässt deinen Blick über die Felder und Täler schweifen, du hörst die Vögel leise in den Bäumen zwitschern, und der Duft der Gräser hinter den Felsen steigt dir in die Nase. Du brichst in Tränen aus: »Ich will zurück auf die Farm!«

Du willst und dann willst du nicht, und dann willst du wieder und dann willst du nicht mehr. Denn wenn du schläfst und träumst, hast du einen Albtraum, den du uns offenbarst: »Jemand sitzt auf meinem Bett und beobachtet mich, wenn ich schlafe, und er stöhnt dabei. Und wenn er die Decke wegzieht, sind meine Beine nackt!«

Entsetzt, wie vor den Kopf geschlagen stehe ich vor dir, hilflos. Du weinst zum Steinerweichen, du weißt nicht mehr, wohin du gehen sollst, vorwärts, zurück, nach Deutschland, nach Terre'Blanche, unter die Erde, in das Bett, wo man dich beim Schlafen beobachtet. Thando fragt dich: »Wer ist es denn, der dich im Schlaf begafft?«

Du schniefst und sagst nichts. Du schweigst. Du wirst doch nicht von … sprechen? Dann setzt du dich an den Wegesrand und stützt deine Ellbogen auf deine Knie. Thando weiß nicht mehr, woran er ist: Wollen wir nach Deutschland oder zurück nach Terre'Blanche? Damit man uns dort eine Tracht Prügel verabreicht? Er fasst sich an den Kopf, aus Angst, dass der Himmel auf ihn einstürzt. Und tatsächlich: Plötzlich öffnet der Himmel seine Schleusen. Wassermassen prasseln auf uns herab, treffen uns wie Peitschenhiebe. Kreidebleich lasse ich mich neben dir nieder. Dein Gesicht ist regennass und von Tränen überschwemmt.

»Wer betrachtet dich, wenn du schläfst?«

Du bist totenblass und schaust dich erschrocken um, als würdest du fürchten, jemand könnte dich hören. Du hüllst dich in dein Schweigen ein.

»Schnell«, ruft Thando, »der Bus kommt!«

Er stürmt die Straße hinunter. Und wir haben so große Angst, unter den zerplatzten Wolken allein zurückzubleiben, dass wir, ohne uns zu besinnen, aufspringen und durch Pfützen, die so groß wie Seen sind, hinter ihm herrennen. Von weiter unten kommt ein Bus langsam nach oben gefahren, er spuckt Rauch aus, der schwärzer ist als der Himmel. Er steuert auf ein paar Leute zu, die sich vor einer Ansammlung baufälliger Hütten unter drei Regenschirmen zusammendrängen. Der Bus hält auf ihrer Höhe an. Wir können ihn noch erwischen. Beide haben wir keine Ahnung, wo er hinfährt, aber ich vertraue darauf, dass er uns zu einem Schiff bringen wird.

Durchnässt bis auf die Knochen, laufen wir hinter Thando her, zwei Blinde ... Er ist unsere Augen. Er ist unsere Stimme. Er ist unser Blitzableiter.

Wir erreichen den Bus in der letzten Sekunde. Er ist überfüllt mit Menschen, so wie Michèles Teller überfüllt sind mit Essen. Alles Schwarze, ohne Ausnahme. König David würde sich im Grab umdrehen. Du fürchtest dich vor ihnen, mehr als ich, also mustern sie dich, mehr als mich. Thando setzt sich neben eine Großmutter, die einen Korb mit einem lebenden

Huhn darin festhält. Du setzt dich ans Fenster, und ich finde einen Platz gegenüber einem finsteren Typen.

»Wer sind die Weißen?«, fragt er Thando.

»Das sind keine Weißen««, antwortet Thando und tupft sich mit dem Ärmel seines T-Shirts die Schläfen ab. »Das sind Deutsche.«

Der Bus rumpelt und knattert, das Huhn gackert. Die Großmutter fragt Thando lächelnd, wie alt er ist.

»Bald zwölf!«

»Ich hätte dich auf acht geschätzt«, sagt die Frau. »Wo willst du mit den beiden Großen hin?« Die Großen sind wir. Aber wir sind doch erst acht Jahre alt.

Thando prahlt damit, dass er mit dem Schiff nach Deutschland reisen wird.

»In Transvaal?«, erkundigt sich die Frau mit dem Huhn vorsichtig.

»In Europa!«

Die Fahrgäste im Bus sehen sich verblüfft an, weil auch sie noch nie etwas von dieser Provinz gehört haben. Die Sonne bricht durch die Wolken. Ihre Strahlen malen einen Regenbogen, der dich tröstet.

Wir sitzen auf einer Bank im Hafen von Kapstadt. Ich erkenne die Kais wieder, wo wir einst an Land gegangen sind. Aber weit und breit kein Schiff, zumindest kein Schiff nach Europa.

Nachdem wir lange Zeit gewartet haben, lacht Thando auf, denn sein Rücken ist mit Farbe beschmiert, er hat es gerade erst bemerkt. Alle drei lehnen wir an einer frisch gestrichenen Hinweistafel.

*Whites Only.*

Wir lachen, lachen uns tot. Bis Thando vor Schmerzen laut aufheult. Ein Mann im Anzug hat ihm einen Fußtritt versetzt.

Thando nimmt Reißaus, so schnell er kann. Der Mann im Anzug beugt sich zu uns herunter: »Ist alles in Ordnung?«

Wir versichern ihm, dass es keine Probleme gibt, und hoffen, dass er uns in Ruhe auf unser Schiff warten lässt. Aber er stellt permanent Fragen wie: »Wo sind eure Eltern?« So hartnäckig, dass ich ihm schließlich mit einem starken deutschen Akzent sage, dass unsere Eltern Tickets für das Schiff kaufen.

Wie aus dem Nichts taucht plötzlich Lothar auf.

Ohne ein Wort bringt er uns zum Auto. Die ganze Fahrt über frage ich mich, wie er das wissen konnte.

Michèle wartet auf der Freitreppe auf uns. Sie mustert dich, streng. Du hast einen Abschiedsbrief hinterlassen. Du dachtest nicht, dass der Brief uns verraten würde, weil du dir vorgestellt hast, dass wir schon in Deutschland wären, wenn sie ihn entdecken würden. Du wolltest ihnen trotzdem für alles danken, was sie für uns getan haben. Du lässt sie aber wissen, dass du Thando mitnimmst, weil du es nicht mehr ertragen kannst, dass Jacob ihn schlägt. Auch mich nimmst du mit nach Deutschland, weil du es nicht mehr ertragen kannst, dass Michèle mich schlecht behandelt. Und du gehst nach Deutschland, weil du es nicht mehr ertragen kannst, dass Lothar nachts in dein Zimmer kommt.

Lothar sieht aus wie ein geprügelter Hund. Und von Thando, den Jacob in der Brennerei züchtigt, dringen gellende Schreie herüber. Folglich widerrufst du.

Entschuldigung. Du hast dich getäuscht. Das alles ist niemals geschehen.

»Wir haben Ihren Mann gerade zum zweiten Mal operiert. Ich habe alles versucht, um die letzten Kugelfragmente zu entfernen, aber bei manchen ist es mir nicht gelungen, weil sie sich nahe am Hirnstamm befanden.«

»Und wie geht es jetzt weiter?«

»Wir tun alles, was in unserer Macht steht.«

»Mein Mann trägt an einer Schuld, die zu schwer für ihn ist. Unsere Tochter hat ihm gesagt, dass er unschuldig sei, kurz bevor der Schuss fiel. Aber diese Kugel in seinem Kopf kommt mir vor wie ein Dementi von … wie eine Demonstration von … Ich meine … Wird er wieder gesund?«

»Solange er nicht aus dem Koma erwacht ist, kann ich seine Verletzungen nur schwer einschätzen.«

»Ich war gerade dabei, Kerzen auf die Geburtstagstorte zu stecken: Wolf und Barbie wurden zusammen hundertsechsundfünfzig Jahre alt. Und Mandela … hundert. Obama war im Fernsehen … Haben Sie seine Rede gehört, Dr. Malema?«

»Er hat mich berührt, ja. Aber ich befürchte, das genügt nicht.«

»Er hat von der Fußballweltmeisterschaft gesprochen … dass Frankreich gewonnen hat … er hat die Vielfalt gerühmt … und dann … ist die Kugel in Wolfs Kopf gedrungen.«

»Du heisst nicht zufällig Heidi?«

Ich bin zwölf oder dreizehn Jahre alt. Ich bin spindeldürr, meine Arme sind zu lang, und meine Beine wollen nicht enden, ohne dass ich weiß, was ich mit ihnen anfangen soll. Mein Rücken ist krumm, als würde ich um Verzeihung dafür bitten, dass ich existiere. Mit meiner braun gebrannten Haut sehe ich aus wie ein Farmjunge.

Ich hätte mir gewünscht, niemals so daherzukommen.

Das Mädchen, an das ich meine Frage richte, isst ganz allein in ihrer Ecke auf dem Schulhof Kekse.

»Wer ist Heidi?«

Sie stottert, ich erröte. Das Blut rauscht mir in den Ohren. »Ich war in sie verliebt, als ich noch in Deutschland war.«

Das Mädchen sieht ihr ähnlich, ich meine Heidi, die Haare nur ein dunkleres Braun, mit viel dichteren Locken. Sie lacht. Mir wachsen Flügel auf dem Rücken.

»Du hast das gleiche Lachen wie Heidi.«

»Wirklich? Aber ich heiße Sarah.«

Sie reicht mir einen Keks.

»Da ist Kürbis drin. Das ist gut für den Teint. Mama backt mir jeden Tag welche.«

Sie schmecken nicht. Aber ich lasse mich nicht entmutigen und nehme sie mit unter den Baum, der Flamboyant oder Jakaranda heißt. Auch er ist in die Höhe geschossen.

»Wie alt bist du?«, fragt mich Sarah.

»Zwölf.«

»Du bist sehr groß.«

»Ich bin Arier. Deswegen.«

Sie murmelt etwas, das nach Bewunderung klingt. Dann erzählt sie mir, dass sie aus Kapstadt kommt. »Aber wir mussten fort«, erklärt sie mir und senkt den Kopf.

Ihre Wimpern flattern, und mir läuft es heiß und kalt den Rücken hinunter. Wir spielen Murmeln unter dem Baum mit den blauen Blüten. Mein Blick fällt auf dich, wie du in einer Hofecke sitzt und an deinem Zwieback knabberst. Du bist so groß wie ich, aber pummelig geworden. Du hättest auch nicht so aussehen wollen, auch du nicht.

Du brennst vor Eifersucht und beobachtest mich heimlich. Du magst nicht, dass du deinen Bruder mit jemandem teilen musst. Mich mit jemandem zu teilen bedeutet, ein kleines Stück von dir selbst zu verlieren. Also schielst du nach deiner Rivalin, aber da sie mich interessiert, weckt sie auch deine Neugierde. In deinem Bauch tanzen Schmetterlinge, die gleichen wie bei mir, während du Sarah bewunderst, die mich beim Murmelspielen schlägt.

Ein paar Jungs lachen über meine Niederlage, aber nicht bösartig. Niemand nennt uns dreckige Boches. Vielleicht, weil wir keinen Sonnenbrand mehr haben. Auch wir sind tief gebräunt. Endgültig adoptiert.

Kobus kommt und setzt sich neben dich. Er hat die Statur eines Mannes und trägt keine Zahnspange mehr. König David muss so ausgesehen haben, als er erwachsen war. Du erhebst dich und kommst, gefolgt von deinem dienstbaren Ritter, zu uns. An der Art und Weise, wie Sarah mit den Wimpern klimpert, wenn sie mit mir spricht, erkennst du, dass sie in mich verknallt ist. In mich und niemanden sonst. Ich sehe ihr tief in die Augen. Ihre Lider zittern.

Ein anderes Mal treffen wir uns hinter der Toilette, und sie fordert mich auf, sie zu küssen. Ihre Zunge schmeckt nach gewürztem Kürbis.

Ein anderes Mal versteckst du dich hinter einem Baumstamm und spionierst uns nach. Du fragst dich, was es mit unserem Zungenkuss auf sich hat. Nun ja, die Zunge ist aufdringlich. Aber das ist nicht eklig. Man muss sich langsam vortasten, sie nicht sofort in den Mund führen und vor allem nicht in den Hals, denn Mädchen mögen es nicht, wenn man ihnen etwas in die Kehle zwängt. Kobus möchte deine Zunge erkunden, also nimmt er seinen ganzen Mut zusammen, um mit dir zu knutschen. Du belohnst ihn mit einer Ohrfeige, und während er sich verlegen zurückzieht, denkst du, dass du nicht normal bist. Weil es Sarah ist, die du küssen möchtest. Vielleicht solltest du mit Kobus knutschen, auch wenn du es nicht willst? Kommt nicht infrage, nein. Außer Frage steht auch, dass er dich mit seinem weißen Zeug bespritzt! Niemals! Und wenn wir schon dabei sind, kann er sich doch auf dein Bett setzen und dich angaffen, während du schläfst!

Sarahs wegen haben wir Schmetterlinge im Bauch. Wir sind beide im siebten Himmel. Mich mag sie am liebsten, aber das hält uns nicht davon ab, dass wir beide gleichzeitig in sie verliebt sind.

Eines Nachts vertraue ich es Thando an, während wir, hingestreckt auf dem zerfetzten Sofa im verbotenen Haus, uns eine Flasche schlechten Weins teilen.

»Michèles Gesicht möchte ich sehen, wenn sie es erfährt«, amüsiert sich Thando. »Seit du ausgerissen bist, lässt sie dich nicht aus den Augen.«

Wir prusten los, und ich werfe mich in die Brust: Seit der Geschichte mit dem Weglaufen, das stimmt, ist Michèles Groll gewachsen. Sie glaubt immer noch, dass ich einen Dichter kopiert habe, ihre Ermittlungen gehen weiter. *Meine Mutter strömt in mein Herz und tröstet mich* … Sie hat Abschriften meines Gedichts an das Waisenhaus, an eine Bibliothek, an einen Professor und an einen Archivdienst geschickt. Im Moment sucht sie in der Schweiz. Welche Ehre sie mir erweist!

***

Die Klassenzimmertür öffnet sich, und Herr Botha steht ernst, fast blass da. Michèle legt ihre Kreide beiseite, steigt von ihrem Podest herunter und eilt zu unserem Rektor. Unter Anspannung tuscheln sie eine Minute lang miteinander, und mit einem Mal drehen sich beide zu Sarah um. Die Züge meiner Liebsten erstarren jäh, als ob ihr Blut nicht mehr fließen und ihr Herz stillstehen würde.

»Fräulein Craig«, sagt Herr Botha kalt, »Ihre Mutter wartet draußen auf Sie.« Auf Sarahs Stirn bilden sich Schweißperlen, und sie steht auf, den Kopf gesenkt, ohne ein Wort zu sagen.

»Nehmen Sie Ihre Sachen«, weist der Rektor sie an.

Weil sie sie liegen lassen wollte. Knallrot nimmt sie ihren Stift, ihre Hefte. In der Klasse werden spöttische Bemerkungen laut. Es kostet sie Mühe, nicht darauf zu achten, während sie ihre Schulsachen einsammelt und in ihren Tornister packt. Die Atmosphäre ist bedrückend, und kaum hörbar frage ich sie, was los ist. Ihre Lippen zittern, während sie lächelt, und voller Zärtlichkeit wispert sie: »Es ist nichts.«

Sie räuspert sich, greift nach ihrem Tornister und verlässt das Pult in der dritten Reihe, an dem wir beide sitzen. Etwa zwanzig Pupillen heften sich an ihren Rücken, als sie durch die Tür tritt, es sind dieselben, die uns am Tag unserer Einschulung gekreuzigt hatten. Sie geht hinaus. Michèle kehrt zur Tafel zurück und fährt mit ihrer Unterrichtsstunde fort, als wäre nichts geschehen. Ihre Stimme hallt von fern zu uns herüber, denn die meisten spähen aus dem Fenster und warten darauf, dass Sarah mit dem Rektor auf dem Hof erscheint. In der Nähe des Schuleingangs stehen

Eltern, die miteinander reden und wild gestikulieren. Sie sind aufgebracht und warten ebenfalls. Da ist Sarah. Den Tornister auf dem Rücken und die Arme steif am Körper, folgt sie Herrn Botha in sein Amtszimmer. Undeutlich höre ich, wie Michèle den Unterrichtsstoff über die Bevölkerung vorträgt.

Ich spähe aus dem Fenster.

Michèle tut so, als bemerke sie nichts, und teilt Blätter an uns aus. Mich kümmert das nicht im Geringsten. Nach einer Weile kommt Sarah aus dem Rektorenzimmer. Ihre Mutter hält ihre Hand. Aber Sarah kehrt nicht in die Klasse zurück, sie geht zum Ausgang, sie entfernt sich … Wird sie verschwinden wie Heidi? Mir wird schlecht, ich kann mich nicht rühren. Du hingegen hebst den Finger und wartest nicht darauf, dass Michèle dir das Wort erteilt, um zu fragen, warum Sarah fort ist. Deine Stimme bebt. Gereizt wirft Michèle einen Blick aus dem Fenster und antwortet dir frostig: »Haben wir nicht gerade das Bevölkerungsgesetz durchgenommen, Barbara?«

Du erbleichst. Auf dem Hof, in Höhe des Schuleingangs, rückt eine Gruppe Eltern zur Seite, als Sarah und ihre Mutter vorübergehen. Die Versammelten starren die beiden feindselig an. Haben sie sich eines Verbrechens schuldig gemacht? Haben sie eine Krankheit? Auf jeden Fall etwas Schlimmes, das Sarah vor Scham im Boden versinken lässt. Mit gesenktem Kopf folgt sie ihrer Mutter, die mit entschlossenen Schritten an den anderen Eltern vorbeigeht. Einige rufen etwas, das man vom Klassenzimmer aus nicht verstehen kann. Sarah und ihre Mutter weichen aus, als jemand sie bespuckt, verlassen das Schulgelände und gehen die Straße hinunter. Sie werden klein, ganz klein, wie Heidi, als sie in der Heckscheibe des Autos verschwunden ist. Als sie sich in nichts aufgelöst haben, wendet sich Michèle wieder dir zu und sagt streng: »Barbara, das Bevölkerungsgesetz? Vor zwei Jahren verkündet … Wir haben es letzte Woche durchgenommen! Hast du es schon vergessen?«

»Nein.«

»Wie heißt es darin?«

Du siehst keinen Zusammenhang mit Sarah. Entrüstet lässt Michèle dich den Gesetzestext hersagen. Du sagst ihn auf, gedankenlos: »›Jede Person, deren Name in das Register aufgenommen wird, wird vom Direktor als Weißer, Farbiger oder Ureinwohner klassifiziert, je nachdem, und jeder Farbige und jeder Ureinwohner, deren Name aufgenommen wird, wird vom Direktor entsprechend der ethnischen oder der Gruppe klassifiziert, der er angehört.‹«

Sie beglückwünscht dich, weil du den ersten Absatz des neuen Gesetzes, das wir gelernt haben, fehlerlos wiedergegeben hast. Dann schlägt sie vor, dass wir die restlichen Absätze mit der kleinen Melodie anstimmen, die wir uns ausgedacht haben, damit wir uns jedes Wort gut einprägen. Die Stimmen erheben sich wie in einem Chor, aber ich singe nicht, ich weiche nicht vom Fenster und komme nicht über Sarahs brutales Verschwinden hinweg, auch nicht über die abscheulichen Eltern, die immer noch vor dem Schuleingang stehen und sich das Maul zerreißen.

»›Der Generalgouverneur kann durch Bekanntmachung in der *Gazette* die ethnischen oder anderen Gruppen festlegen, in die Farbige und Ureinwohner gemäß Absatz (1) einzuordnen sind, und kann eine solche Bekanntmachung in gleicher Weise ändern oder zurücknehmen.‹«

Michèle hebt und senkt die Hände. Wie eine Dirigentin.

»›Wenn der Direktor zu irgendeinem Zeitpunkt zu der Ansicht kommt, dass die Klassifizierung einer Person im Sinne von Absatz (1) nicht korrekt ist, kann er vorbehaltlich der Bestimmungen von Artikel 11 Absatz (7) nach Benachrichtigung der Person und bei Minderjährigkeit auch ihres Vormunds mitteilen, warum die Einstufung nicht korrekt ist, und nachdem der Person und gegebenenfalls ihrem Vormund Gelegenheit gegeben wurde, angehört zu werden, die Einstufung im Register ändern.‹«

Michèle schließt die ganze Klasse in ein zufriedenes Lächeln ein. Mit Ausnahme von zwei oder drei Faulpelzen haben alle eine gute Leistung erbracht. Ihre Augen schießen eine Gewehrkugel auf mich ab, dann richtet sie sich wieder an dich: »Hast du das verstanden, Barbara? Wie wendet man das Gesetz an?«

Du hast Schwierigkeiten, deinen Speichel hinunterzuschlucken, weil du diesen Text, den du auswendig kannst, nicht wirklich verstanden hast. Er ähnelt manchen Gedichten, die aufzusagen sehr einfach ist, aber man begreift nicht, was der Autor damit sagen wollte. Michèle fragt dich nach einem Paragrafen. Auch hier siehst du den Zusammenhang mit Sarah nicht, aber du schaffst es: »›*Weiße Person* bezeichnet eine Person, die äußerlich offensichtlich eine weiße Person ist oder allgemein als weiße Person akzeptiert wird, umfasst aber nicht eine Person, die, obwohl sie äußerlich offensichtlich eine weiße Person ist, allgemein als farbige Person akzeptiert wird.‹«

»Gut!«, wirft Michèle ein. »Und weiter?«

Diesmal wendet sie sich an die ganze Klasse, um unsere Kenntnisse zu überprüfen. Wir haben Mühe, uns an das Folgende zu erinnern, und sie hilft uns: »›Bei einer Person, die nach ihrem Äußeren offensichtlich eine weiße Person ist, wird davon ausgegangen …‹«

Kobus meldet sich. »›… wird davon ausgegangen, eine weiße Person zu sein, bis das Gegenteil bewiesen ist.‹«

Als es klingelt, erklärt Michèle endlich hastig, dass von Sarah als einer weißen Person ausgegangen wurde, bis das Amt für Klassifizierung mit einer Reihe unfehlbarer Tests das Gegenteil bewiesen hat. Die ganze Klasse hängt an ihren Lippen, das passiert nicht so häufig. Erfreut über unsere Aufmerksamkeit erzählt uns Michèle, die Tests hätten ergeben, dass Sarah eine »Farbige« ist. Es gibt Schulen, die solchen Leuten vorbehalten sind, so wie unsere Schulen Menschen wie uns vorbehalten sind. »Sarah«, so schließt sie, »konnte nicht bei uns bleiben. Und wir nicht bei ihr.«

Ich rühre mich nicht und denke an nichts. Ich bin wie gelähmt und stecke die Worte wie Faustschläge ein. Frau Schultz entlässt uns in die Pause. Ich bleibe wie angeklebt auf meinem Stuhl sitzen, und du weißt nicht, ob du aufstehen, schreien, fortlaufen oder spielen gehen sollst … Als er an Michèles Arbeitszimmer vorbeikommt, fragt Kobus sie begeistert: »Ist es wahr, Frau Lehrerin, dass Ihr Vater der Direktor des Amts für Klassifizierung ist?«

Michèle stimmt stolz zu. Tatsächlich ist es Jacob zu verdanken, dass Sarah jetzt auf der richtigen Seite des Bevölkerungsregisters eingetragen worden ist. Normalerweise sollten wir ihr nie wieder begegnen. Ein lautes Krachen unterbricht ihre Unterhaltung. Ein Schreibtisch ist umgekippt oder vielmehr von einem schreienden Jungen umgerissen worden, der einen Nervenzusammenbruch erleidet. Der Junge bin ich. Weil ich sie liebte, Sarah.

***

Wie aus dem Hut gezaubert, erscheint Graça mit einer Kürbis-Mais-Suppe, die sie mitten auf den Tisch stellt. Jacob bindet sich die Serviette um den Hals und hält Ausschau nach seinem Hund: »Wo ist Wicus hingelaufen? Hat jemand Wicus gesehen?«

Ich bin nervös, fiebrig, wie beim Ausbruch einer Krankheit. Du siehst nicht besser aus. Lothar schlürft unter beifälligem Gemurmel seine Suppe und lächelt hin und wieder seiner Frau zu. Sie antwortet ihm nicht. Lustlos rührt sie in ihrer Suppe. Du fragst, ob du auf die Toilette gehen darfst.

»Um dich zu übergeben?«, stichelt Michèle.

Lothar hält zu dir: »Natürlich, mein Liebling, du kannst auf die Toilette gehen.«

Gekränkt lässt Michèle den Löffel fallen. Lothar duckt sich, als du aufstehst, um dich zu erleichtern. Michèle kaut an einem Fingernagel, während sie darauf wartet, dass du wiederkommst. Du bist zur gleichen Zeit zurück, als Wicus auftaucht. Hinkend schleppt er sich zu Füßen seines Herrchens und möchte gestreichelt werden. Jacob lässt es sich nicht nehmen, seinen Hund liebevoll zu tätscheln. Lothar räuspert sich und sagt: »Ich habe gehört, dass Sarah Craig in eine andere Schule gekommen ist …«

Jacob nickt, wobei er seinem Hund ein Stück Brot zuwirft: »Sie wird eine Weile brauchen, um sich anzupassen, die arme Kleine … doch sie wird darüber hinwegkommen. Mit solchen Fällen bin ich fast jeden Tag konfrontiert. Neulich war es ein junger Bursche, der nicht heiraten konnte, weil er nicht im Register verzeichnet war. Er beteuerte, ein Weißer zu sein … ein bedauernswerter Typ.«

Lothar scheint es auch leidzutun. Er schluckt zwei Tabletten.

Sarahs Gesicht steht mir vor Augen. Sie ist so nah. Ich kann riechen, wie sie nach Kürbis duftet. Um mich herum dreht sich alles, und mir schlägt das Herz bis zum Hals. In meinem Kopf herrscht Chaos. Wie in einem dichten Nebel höre ich Michèle und die anderen über das Haus reden, das Jacob noch immer nicht verkaufen kann, weil Lothar sich weigert, die Instandsetzung zu bezahlen. Lothar bemüht sich, das Thema zu wechseln, aber immer wieder kommt er auf die kleine Sarah zurück. Etwas an der Art und Weise, wie sie *kleine* sagen, regt mich auf. Zorn steigt in mir auf, und ich brülle: »Lasst die Kleine in Ruhe!«

Lothar weicht zurück, als hätte ihn der Schlag getroffen. Dabei fällt er fast von seinem Stuhl, er scheint Angst vor mir zu haben. Michèle wirft mir empörte Blicke zu, Jacob bleibt unbeeindruckt, ein furchtbarer Richter, der das Recht für sich gepachtet hat. Du starrst mich an, verdattert, weil ich zu einem Monster geworden bin. Mein Herz ist in Stücke zersprungen, und ich koche vor Wut. Dann schreie ich alles heraus … Lothars Ding, das wir in Frau Visserts Mund gesehen haben. Die Garage, in der Michèle mich eingesperrt hat … Lothar, der sich an deinem Bett die Augen aus dem Kopf guckt! Ich nehme dich als Zeugin. Aber du verteidigst diesen Lüstling, nur weil er dein Vater ist: »Das war … Das ist nie passiert!«

Lothar ist leichenblass und rührt sich nicht. Mit einem Stirnrunzeln bittest du mich zu schweigen. Jacob klopft auf den Tisch: »Jetzt reicht's, Kleiner Boche!«

Er versteht, sagt er zu mir, dass mich das verletzt, was der kleinen Craig passiert ist. Aber ich wäre nicht der Erste, der sich in die falsche Person verliebt hätte.

Er selbst … Oh … Das ist kein Grund, so viel Aufhebens davon zu machen! Was Lothar angeht … niemand ist perfekt, und er schon gar nicht, das stimmt. Aber was vergangen ist, ist vergangen! Was auch immer Lothar getan hat, ich werde darüber hinwegkommen! Barbie wird auch darüber hinwegkommen! Wenn ich wüsste …

Am ganzen Körper bebend, schielt Michèle zu ihrem Vater hin. Alle Anspannung fällt von mir ab. Ja, ich bin der hysterische Bengel, der in Lothar und Michèle Perverse und widerliche Heuchler sieht.

»Wie kannst du es wagen!«, schreit Michèle plötzlich.

Sie ist den Tränen nahe und verpasst mir eine Ohrfeige, um Dampf abzulassen. Diesmal zahle ich mit gleicher Münze zurück. Sie taumelt gegen den Tisch und wirft mir einen vernichtenden Blick zu, und auch Jacob, weil er ihr nicht zu Hilfe eilt. Und Lothar! Er betrachtet seine Füße und wagt nicht einzugreifen. Also wirft sie mir ihren ganzen Groll an den Kopf:

Lügner! Plagiator! Alkoholiker! Falscher Arier! Als ihr nichts mehr einfällt, wendet sie sich drohend an dich: »Wirst du endlich sagen, dass dein Bruder lügt!«

Jacob schlägt mit der Faust auf den Tisch, um die Lage zu beruhigen, denn Wicus hat sich verängstigt unter dem Tisch verkrochen, von wo aus man ihn leise schniefen hört.

Ein Rinnsal Urin läuft deine Schenkel hinunter. Deine Augen folgen ihm, bis es in deine Schuhe sickert, während Michèle dich als Idiotin und Pestbeule beschimpft und Lothar sich eine Pille nach der anderen einverleibt, um seinen Herzschlag unter Kontrolle zu halten. Aber du bist die Schwächste an diesem Tisch. Michèle geht auf die leichteste Beute los. »Du riechst nach Pisse, geh dich waschen!«

Immer setzt sie dich herab, Michèle, doch du nennst sie nach wie vor Mama, spielst das brave kleine Mädchen und stellst dir vor, dass sie dich eines Tages lieben wird. Das macht mich verrückt. Außer mir springe ich auf, laufe um den Tisch herum, fasse dich bei der Hand und zwinge dich, mit mir den Raum zu verlassen. Ich ziehe dich die Treppe hoch, fliehen, vor ihnen fliehen, ich kann ihren Anblick nicht mehr ertragen. Jacob erhebt sich, um seinen Hund auszuführen. Lothar tut es ihm gleich … um sich in sein Büro zu flüchten. Michèle, allein, bleibt nichts anderes übrig, als unsere Verfolgung aufzunehmen.

Sieben Stufen unter uns auf der Treppe sehe ich sie, sie kommt mir ganz klein und lächerlich vor. Ich lache ihr ins Gesicht, als wir auf dem Treppenabsatz ankommen. Aber ein Lachen … wie Dracula. Mit offenem Mund bleibt Michèle direkt unter uns stehen. Ich mustere sie. Ich spüre, wie sie vor Schreck erstarrt.

Unvermittelt hebe ich meine Hand, um ihr einen noch größeren Schrecken einzujagen. Fast wäre sie über das Geländer gestürzt. Sie kann sich gerade noch daran festhalten. Drei Meter trennen sie vom Boden. Unter ihr ist die Leere. Ihr Leben hängt nur von ihren zehn Fingern ab, die sich an die Stange krallen.

Sie könnte schreien, nicht wahr?

Keineswegs.

Sie hängt im leeren Raum und bohrt mit ihren Blicken Löcher in meine Haut. Du befreist dich aus meiner Hand und steigst hinunter, um sie zu retten. Sie weist dich zurück: »Verschwinde, du Rotznase!«

Bestürzt bleibst du neben ihr stehen und fragst dich, was du tun könntest, um sie zu besänftigen. Je weniger sie dich liebt, desto mehr willst du sie für dich einnehmen. Bei Lothar ist es schlimmer. Du willst dir nicht eingestehen, nicht wahr, welcher Art seine Liebe ist?

Um nichts in der Welt will Michèle, dass du sie rettest. Sie schaut auf den Boden. Er zieht sie an. Sie ist versucht, sich fallen zu lassen.

Ihr Leben zu beenden. Und uns die Schuld in die Schuhe schieben. Unser Unglück herbeiführen und als tragische Heldin enden. Sie ist in Versuchung.

In dieser Familie betet man den lieben langen Tag zu Gott. Aber sie ist voller Hass. Ein so großer Hass, dass das Haus ihn nicht fassen kann. Der Hass hat auch mich angesteckt: Ich wünsche mir nichts sehnlicher, als Michèle auf dem Boden liegen zu sehen.

Da aber taucht Graça aus dem Dunkel auf. Graça kennt keinen Hass. Sie setzt all ihre Kraft ein, um Michèle zu retten.

Sie liebt sie wahrhaftig, da ist sie die Einzige.

Sie hat ihre Gründe, Graça, aber es fällt mir sehr schwer, sie zu verstehen.

Plötzlich scheint es, als ob Michèle noch ein kleines bisschen am Leben hängen würde. Sie zieht sich zur richtigen Seite des Geländers hoch und bricht in Tränen aus, als sie in die Arme ihrer Amme fällt, die sie liebevoll an sich drückt. Graça glaubt, dass sie uns alle beschützen kann. Sie will, dass wir uns versöhnen. Sie vergisst den Unmut, obwohl, während sie Michèle das Leben rettet, ihr Sohn in der Brennerei wahrscheinlich eine Tracht Prügel verabreicht bekommt. Mit schluchzender Stimme hebt Michèle den Kopf zu mir hin: »Wirst du um Verzeihung bitten?«

Ich klettere zu ihr hinunter. Ich knie mich neben sie. »Es tut mir leid …«

Ein angedeutetes Siegesgefühl erhellt Michèles Gesicht. »Gott stellt uns auf die Probe, Wolfgang. Seine Pläne sind geheimnisvoll und seine Worte unerforschlich.«

»Es tut mir leid, ja. Es tut mir leid, dass du dich nicht schwerer verletzt hast.«

***

»Glaubst du wirklich, Wolf, dass er auf ihrem Schreibtisch landet?«

Über meine Schulter hinweg liest du: *Wir wollen zurück ins Waisenhaus.*

»Der Brief reist auf dem gleichen Schiff wie wir. Mit dem gleichen Zug, den gleichen Fähren, dem gleichen Auto … Er landet auf dem Schreibtisch der Elster.«

Wir haben Stubenarrest. Ich nutze die Gelegenheit, um den Brief zu schreiben. Wie wir behandelt werden. Wie Michèle uns schlägt. Wie Lothar begehrliche Blicke auf dich richtet. Es ist ein Brief voller Anschuldigungen. Du protestierst nicht dagegen.

Ich befeuchte die Rückseite eines Umschlags mit meinem Speichel. »Frau Pfefferli wird die Behörden alarmieren, weil Michèle ihr mein Gedicht geschickt hat, um mich anzuschwärzen.«

Du runzelst die Stirn: »Dich anzuschwärzen? Immer denkst du, dass alle dir etwas Übles wollen.«

»Und du, dass alle dich lieben.«

Bestimmt bin ich der Wahrheit ziemlich nahe, denn auf der Farm spricht niemand mehr mit uns. Kein Wort, zu keiner Zeit. Jacob schaut uns an, seufzt mehrmals tief und gibt Wicus einen Kuss auf die Schnauze. Lothar verbringt seine Zeit hinter seiner Kamera und erzählt sich die Geschichte von einem kleinen Haus auf einer schönen Wiese. Michèle ruft im Stillen den Himmel und Gott als Zeugen an. Als hätte er nichts anderes zu tun, als sich mit ihr zu beschäftigen. Und wenn sie nicht mit ihm verabredet ist, schließt sie sich in der Küche ein, um an ihrem Buch über Pädagogik zu schreiben.

Eines Morgens sortiere ich in einem Schuppen mit einem Dutzend Arbeitern die Trauben. Du sitzt mir gegenüber und neben Thando, der mir ab und zu zuzwinkert, und tust das Gleiche. Doch Thando ist vorsichtig, denn Jacob überwacht uns. Der Herr von Terre'Blanche überprüft das Arbeitstempo seiner Arbeiter, seiner Enkelkinder und seiner Maschinen. Und manchmal drückt er Wicus einen Kuss auf die Schnauze. Der Hund ist sein einziger Sohn.

Nach einer Weile kommen Lothar und Michèle, vornehm gekleidet, aus dem Haus. Gehen sie zu einer Beerdigung? Ich sehe, wie sie ins Auto steigen, es fährt los, und zack!, ein Schlag mit dem Stock auf meine Finger. »Konzentrier dich!«, donnert Jacob mich an.

Ich habe einen Stängel und eine schlechte Traube übersehen.

Lothar und Michèle kehren zwei Stunden später zurück, als die Arbeiter und wir die verlesenen Trauben in die Presse schütten. Sie sehen, dass es in der Zwischenzeit eine Menge Stockschläge gegeben hat, und scheinen bestürzt.

Während des Mittagessens ist es still, bis Michèle uns in unsere Zimmer schickt, um den Unterrichtsstoff nachzuarbeiten, immer noch das Bevölkerungsgesetz. Kaum ist meine Tür geschlossen, höre ich Schritte auf der Treppe, dann im Flur. Sie bleiben vor deiner Tür stehen, öffnen sie und gehen über die Schwelle. Michèles Stimme dringt durch die Wand zwischen unseren Zimmern: »Was ist das für ein Brief, den dein Bruder nach Deutschland geschickt hat?«

Du sagst nichts. Ich stelle mir vor, wie ein Rinnsal Urin deine Beine hinunterläuft und du spürst, wie es in deine Schuhe sickert.

Deine Tür wird zugeschlagen. Du musst erleichtert sein, Michèle ist weg. Ich habe Angst: Bald bin ich an der Reihe ... Aber ich bin auch glücklich: Bald ist es vorbei. Folglich hole ich meinen Koffer aus dem Schrank und lege ihn auf mein Bett. Tief in meinem Herzen bin ich mir sicher, dass sie uns hinauswerfen werden. Uns an den Absender zurückschicken. Endlich werden wir zurück ins Waisenhaus kommen.

Michèle betritt mein Zimmer, ohne anzuklopfen, ich habe kein Recht auf Intimsphäre. Ernst betrachtet sie meinen kleinen Koffer, der offen auf meinen Decken liegt. Er ist noch leer.

»Du hast deinen Eltern schreckliche Dinge vorgeworfen, Wolfgang ...«

Sie streicht ihren Rock glatt, um ihn nicht zu zerknittern, als sie sich auf mein Bett setzt, unmittelbar neben meinen Koffer. Langsam rückt sie ihre gebändigten Locken zurecht und wiederholt: »Der Brief, den du geschrieben hast, der ist abscheulich.«

Ihr stockt die Stimme. Ich hole meine Kleider aus dem Schrank und antworte ihr in ruhigem Ton: »Ich habe nichts erfunden. Alles ist wahr.«

Michèle nimmt ein Taschentuch aus ihrer Tasche, um sich die Stirn abzuwischen. Die jedoch ganz trocken ist.

»Was ist das für ein Koffer, Wolfgang?«

»Der liegt da, weil wir weggehen, Michèle.« Ich gebe mir Mühe, nicht aggressiv zu sein. Sie schüttelt den Kopf. »Aber... wo willst du hin, Wolfgang?«

Plötzlich fängt sie an, schallend zu lachen, doch ich lasse mich nicht aus der Fassung bringen. »Nach Hause! Nach Deutschland. Ins Waisenhaus, und dann finde ich meine richtige Familie.«

Sie lacht umso lauter. Du kannst ruhig lachen, du alte Ziege, ich packe meine Sachen. Vor meinen Schrankfächern zögere ich, welche Kleidung ich mitnehmen soll. Michèle reißt sich zusammen und wischt sich über die vom Lachen feuchten Augenlider. Ironisch sagt sie zu mir: »Du solltest lieber warme Kleidung einpacken. Vergiss nicht: Im Sommer hier ist dort Winter.«

Ich ziehe die Schultern hoch, denn das Wetter ist mir wirklich völlig egal. Selbst wenn ich nackt bin, werde ich weggehen! Sie erhebt sich und streckt die Arme gen Himmel, um Gott anzurufen, stelle ich mir vor. »Es ist vorbei, Wolfgang! Die Komödie ist vorbei!«

Ein kalter Schauer läuft mir über den Rücken, während Michèle mit einem breiten Lächeln im Gesicht zum Fenster hinausschaut. »Dachtest du wirklich, man würde dir glauben? Einem Lügner wie dir?«

Befriedigt über meinen besorgten Gesichtsausdruck, trägt sie immer noch ihr triumphierendes Lächeln zur Schau. »Deine Beschwerde ist tatsächlich vor einen Richter gekommen. Bravo! Aber hast du dir wirklich vorgestellt, dass … dass man dir glauben würde? Bei der Stellung deines Großvaters? Na, hör mal …«

Sie macht eine Pause, holt tief Luft und verkündet mit Genugtuung: »Aber du kannst deinen Koffer packen, ja …«

Ich zögere eine Sekunde lang, denn ich kann es nicht fassen. Lässt sie uns gehen? Spielt mir die alte Ziege einen Streich?

»Los, los! Pack deinen Koffer! Du fährst nach Pretoria!«

»Preto…«

»Falls es dich interessiert«, unterbricht sie mich, »in dieser Jahreszeit ist es dort wärmer als hier. Auch trockener.«

Aha.

Ich habe einen schlechten Einfluss auf dich. Das hat der Richter entschieden.

Ich brauche psychiatrische Betreuung. Das hat der Richter angeordnet.

Ich bin ein krankhafter Lügner. Denn der Richter ist mit Jacob gut bekannt. Und er hat auch Kenntnis von einem amtlichen Bericht, der nicht nur mich betrifft. Der uns alle betrifft. Er besagt, dass die Verschickung von dreiundachtzig deutschen Kindern nach Südafrika von besonderem Erfolg gekrönt ist. Sowohl in Bezug auf den allgemeinen Empfang als auch auf die individuelle Beziehung zwischen Kindern und Eltern. Alle Kinder sind bei ihren Adoptiveltern glücklich. Der *Dietse Kinderfonds* steht mit jedem Kind in Verbindung. Es sind noch keine Klagen gekommen. Die Eltern sind zufrieden und stolz auf die Kinder, weil sie ihnen vom deutschen Volk anvertraut wurden.

Eine Erfolgsgeschichte. Also lüge ich. Oder ich bin verrückt.

***

Eine Schallplatte dreht sich auf einem Plattenspieler. An einem großen Schreibtisch voller Unordnung sitzt Anna, die Psychiaterin, die uns im Waisenhaus ausgewählt hat, und schreibt in ein Notizbuch, während sie mitsingt.

*We three, we're alone.*

*Living in a memory.*

*My echo, my shadow and me.*

Stifte, die gleichen wie im Waisenhaus, lugen aus ihrem weißen Kittel hervor.

»Ist das Englisch?«, frage ich sie aus den Tiefen eines Ledersessels.

»Amerikanisch.«

Sie zeigt mir das Album, das neben einem Stapel Märchenbücher auf einem Regal steht. Vier Schwarze in weißen Anzügen posieren auf der Plattenhülle, daneben eine Gitarre. Sie sind fröhlich, vertrauenerweckend und lächeln über das ganze Gesicht. So wie du tun sie alles, damit man sie gernhat.

»Das ist 1939 herausgekommen«, sagt Anna.

»Ist diese Musik nicht verboten?«

Sie schüttelt amüsiert den Kopf.

Anna ist fast vierzig Jahre alt, aber man sieht es ihr nicht an. Ihre Augen strahlen. Sie sind schwarz, das war mir vorher nicht aufgefallen. Ihre Kleidung ist unglaublich farbenfroh. Unter dem Arztkittel blitzt ein gelbes Kleid hervor, und ihre bloßen, in Sandalen steckenden Füße lassen rote Zehennägel sichtbar werden. Die Knöchel sind unter ihrem Schreibtisch gekreuzt, sie schließt ihr Notizbuch und durchleuchtet mich. Anna ist ein Radar.

»Es läuft nicht gut bei den Schultz … glaube ich verstanden zu haben.«

Anna beugt sich leicht vor, nimmt eine Flasche Whisky aus einer Minibar und füllt ein Glas mit Eiswürfeln. Ihr Glas beschlägt. Ich hätte auch gern einen Drink, ich auch, ich habe wohl ein Alkoholproblem. Anna nippt an ihrem Glas, während sie mit ihrem Stuhl im Rhythmus der Musik nach hinten schwingt: »Du weiß sicher, dass ich euch nicht nach Deutschland zurückschicken kann.«

Ich bin tief enttäuscht, doch sie freut sich. »Dafür kann ich dich mitnehmen ins Land von Shaka Zulu.«

»Shaka wer?«

Ich finde mich auf dem Beifahrersitz eines Jeeps wieder, der mit einem Haufen Koffer und Kisten beladen ist. Es ist früh am Morgen, wir fahren durch weite, trockene Landschaften. Anna fährt, sie hat ihren weißen Kittel gegen einen beigen Helm und ein kakifarbenes Ensemble eingetauscht. Ich zittere. Die Zulu sind die Feinde der Buren, das ist mir nicht unbekannt. Sie haben sie – sie haben uns – brutal abgeschlachtet, wie es mir in der Schule beigebracht worden ist. Unter anderem, um diese Menschen zu ersetzen, hat man mich hierhergebracht.

Und Anna nimmt mich mit zu ihnen? Will sie mich bei neuen Eltern, bei den Zulu, zurücklassen? Ist das meine Strafe?

Wir fahren einen steinigen, windgepeitschten Weg steil bergauf. Ich wage es nicht, Fragen zu stellen.

Als wir auf ein Plateau kommen, stottere ich: »Warum die Zulu?«

»Wegen Jung«, antwortet mir Anna in aller Ruhe.

Ich verstehe nicht, und ihr Lächeln sagt mir nichts Gutes. Sie rümpft die Nase: »Die Schultz … wie schade. Sie hatten sich so motiviert gezeigt.«

Der Jeep biegt in einen schmalen Pfad ein. Er ist rutschig und führt in ein Tal. Der Wagen wird hin und her geschüttelt.

»Das ist eine Abkürzung!«, lacht Anna.

In einer Kurve tauchen Affen auf. Paviane, sagt Anna. Sie fletschen die Zähne, als wir vorbeifahren. Weiter hinten trinken Zebras an einem Wasserloch und zeigen uns ihr Hinterteil. Ich kann nicht mehr schlucken, der Gedanke, ein Zulu zu werden, lässt mich zu Eis erstarren. Warum tun sie das mit mir? Weil ich es nicht geschafft habe, Afrikaaner zu werden? Würde man mich doch nach Deutschland zurückschicken!

Der Jeep kommt zum Stehen, mitten im Nirgendwo. Es ist heiß.

»Wir sind stecken geblieben«, flucht Anna, als sie aus dem Auto steigt. »Komm, hilf mir, wir müssen die Räder freischaufeln.«

Also steige ich aus und sage: »Kann ich vorher noch pinkeln?«

Anna stemmt die Hände in die Hüften und deutet genervt auf einen Baum in etwa zehn Meter Entfernung.

Ich gehe dorthin. Wohin könnte ich fliehen?, frage ich mich, während ich mich dem Baum nähere. Aber mitten im Nirgendwo gibt es keine Fluchtmöglichkeit. Das lässt mich verzweifeln. Ich mache kehrt.

Die Paviane versammeln sich um uns und beobachten uns mit Interesse, während wir die Räder freischaufeln. Der Mutigste klettert hinten in den Wagen und macht sich auf allen vieren mit einem Koffer davon, Kleidung und Notizbücher fallen heraus.

Zurück auf der Straße verliere ich mich in meinen Gedanken, ich ziehe mich in mich selbst zurück, bis mich ein abruptes Bremsen in die Wirklichkeit zurückholt. Diesmal ist es die Motorhaube. Sie spuckt Rauch aus. Der Motor hat gerade sein Leben ausgehaucht, aber Anna ist immer noch bestens gelaunt. Ich auch: Wenigstens werden wir so nie zu den Zulu kommen. Sie steigt aus, wirft die Tür zu und ruft: »Da sind sie!«

***

Eine Zulu-Schar kommt einen Hügel heruntergelaufen. Ich mache mich unter dem Handschuhfach ganz klein. Das nützt nichts, aber ich habe es nicht eilig damit, dass sie mich finden. Wenn du weißt, dass du sterben wirst, siehst du trotzdem zu, dass du am Leben bleibst. Normalerweise jedenfalls.

Ich höre Annas Lachen. Und dann ein paar dumpfe Worte. Die Beifahrertür wird geöffnet. Anna fordert mich auf auszusteigen …

Ich gehorche zitternd, habe keine andere Wahl, was bei den Zulu schallendes Gelächter auslöst. Anna fasst mich an der Schulter und stellt mich dem Ältesten von ihnen vor. Er ist sicher sehr alt, aber hier sieht man den Menschen das selten an. Kinder sehen oft älter aus, und alte Menschen wirken jung.

»Mongezi wird dir helfen«, sagte Anna.

Er soll *Heiler* sein. *Heiler* bedeutet auf Zulu Psychiater. Mit einer Feder auf dem Kopf, geschwollenen Augenlidern und blauen Armreifen an den Oberarmen lächelt mich der Zulu-Psychiater an, obwohl er im letzten Krieg wahrscheinlich Buren niedergemetzelt hat.

Wohin fliehen?

Die Sonne steht tief am Himmel. Da sie den Westen anzeigt, wird mir plötzlich klar, dass ich den Norden finden würde. Ich könnte also nach Deutschland gehen, zu Fuß und dann einfach schwimmen. Doch bevor diese Idee von meinem Kopf in meine Beine wandert, packt mich jemand am Arm und zieht mich nach Süden.

Wir befinden uns an der Seite eines Hügels aus roter Erde, der an manchen Stellen mit Gras bewachsen ist. Auf der anderen Seite sind kleine Rundhütten zu sehen. Sie sehen aus wie Bienenkörbe, die in verschiedenen Höhen aufgestellt sind. Aus einem Gebäude kommen Frauen und führen mich hinein, um mich neu einzukleiden. Sie streifen mir einen Schurz über, der mit einem Fellgürtel gehalten wird. Um die Stirn binden sie mir ein federngeschmücktes Band. Sie lachen. Vermutlich sehe ich lächerlich aus.

Es ist dunkel, als ich herauskomme. Ich suche den Polarstern am Himmel, du weißt schon, den Stern, der dir den Norden anzeigt. Doch die Wolken verdecken ihn. Notgedrungen folge ich den Frauen und warte auf den Morgen. Die Sonne wird im Osten aufgehen und … du errätst den Rest.

Ich sehe Anna bei einer Mahlzeit wieder. Sie trägt einen Faltenrock aus Kuhfell, und ihr Oberkörper ist nur von einem Perlenschurz bedeckt. Der Zulu-Psychiater schielt auf ihre Brüste.

»Wenn du träumst«, flüstert Anna mir zu, »wirst du gesunden.«

Sie fügt hinzu, dass Mongezi ein Arbeitskollege von Gustav Jung ist. Ich kenne keinen Gustav.

Wir essen etwas Undefinierbares, aber es schmeckt hervorragend. Und wir trinken viel, viel Bier. Dann tanzen wir zu Gesängen, die von Schlaginstrumenten begleitet werden. Diese Tänze erfordern Anpassung und Beweglichkeit. Man muss das Bein extrem hoch anheben, bis hinter die Ohren. Anna ist sehr talentiert, man könnte meinen, sie hätte ihr ganzes Leben lang mit den Zulu getanzt. Oder sie ist verzaubert. Bei mir springt der Funke nicht über, ganz und gar nicht. Ich habe nur einen Gedanken im Kopf, nämlich dem Polarstern zu folgen. Aber die Wolken wollen ihn nicht freigeben.

Mitten in der Nacht bringen mich Mongezi und Anna zurück zur zentralen Hütte und lassen mich auf einer Matte Platz nehmen. Mongezi reicht mir eine Kalebasse mit einer zähen Flüssigkeit. »Okoma!«

Das bedeutet Durst auf Zulu. Mit anderen Worten, ich soll trinken. Auf keinen Fall rühre ich dieses Gift an.

»Trink«, sagt Anna mit Nachdruck. »Trink und du wirst träumen.«

Aber ich will nicht träumen! Träumen? Wie lange? Den Sonnenaufgang verpassen?

Mongezi presst mir seine Kalebasse auf die Lippen, und wider meinen Willen rinnt die Flüssigkeit über meine Wangen und in meinen Mund.

Und ich beginne zu träumen. Doch das ist sehr merkwürdig, denn es ist wie ein Traum in einem Traum.

Ein Junge von zwölf Jahren, braun und stämmig, trägt mich in seinen Armen. Ich bin nicht mehr zwölf Jahre alt. Ich bin auch nicht mehr acht Jahre alt. Ich bin jetzt zwei.

Hinten in dem Raum stapeln sich Fässer. Die Wände sind aus Holz, die Decke ist niedrig. Du bist auch da, in einem Strampelanzug, in Mamas Armen.

Ich bin aufgewühlt. Tränen laufen mir über die Wangen. Ich hatte vergessen, wie schön Mama war. Ihre blonden, fast weißblonden Haare … Sie ist hochgewachsen und schlank, ein großes I. Ihre Augen sind blau, genau wie unsere. Sie sieht traurig aus, Mama, und erschöpft. Mir laufen die Tränen über das Gesicht.

Im Traum klingelt es an der Tür. Ein Gesicht mit einer Schirmmütze auf dem Kopf überschreitet die Schwelle. Es lächelt. Seine Zähne sind so klein wie Milchzähne. Mit demonstrativer Geste nimmt der Mann die Schirmmütze ab. Eine Frauenstimme sagt voller Freude: »Sieh nur, Frieda, dein Mann ist da!«

Ist es Papa, der gerade hereingekommen ist? Papas Gesicht ist zärtlich. In Mongezis Hütte strömen die Tränen. Ich befreie mich von einem Albdruck.

Papa trägt die Uniform eines Soldaten. Sie glänzt mehr als ein neuer Pfennig. Wir, seine Kleinen, strecken unsere speckigen Ärmchen nach ihm aus. Aber Mama scheint über sein Kommen verärgert zu sein. Um sie zum Lachen zu bringen, lockert Papa auf komische Weise seine Krawatte, die von Druckknöpfen gehalten wird. Ich beobachte seine flinken Hände und denke: *Oh, das ist genial.* Ich bin in diesem Traum erst zwei Jahre alt, aber das denke ich. Und dann lache ich. Und dann lachst du. Und Mama lacht nicht.

Dann wird es ganz schwarz.

Mir schmerzt der Kopf.

Barbie?

Ich bin wieder in Annas Büro.

»Du musst mir nicht danken«, sagt sie. »Ich bin nicht besonders stolz darauf, weißt du. Dass der Richter dich zu mir geschickt hat, habe ich ausgenutzt, um mich von meinem Schuldgefühl zu befreien. Deutschland hat euch verlassen, weil es nicht mehr in der Lage war, euch zu ernähren. Und du und deine Schwester wurden angenommen von … Hör zu. Deine

Eltern müssen nichts von den Zulu erfahren. In deiner Akte muss auch nichts vermerkt werden.«

Eine Akte, unsere Adoptionsakte, liegt offen auf meinen Knien. Es ist ein Geschenk, ein geheimes Geschenk, das Anna mir macht. Denn eigentlich darf ich nicht wissen, was drinsteht. Wir sind in Bremen geboren worden, das hatte ich vergessen. Vor dem Krieg war Papa Böttcher. Anna lächelt mich an: »Die Regierung hat es, wie du siehst, nicht geschafft, die Spuren eurer Herkunft vollständig zu tilgen.«

Die Akte ist voller Zeugnisse der Vergangenheit. Papa zum Beispiel, der 1943 in Russland gefallen ist. Ludwig Mahler, ein Bauer aus Lahn, der uns zwei Tage nach Mamas Tod ins Waisenhaus gebracht hat.

Ich wusste das alles nicht. Oder ich hatte die Hälfte davon vergessen.

*»Memento vivere«,* flüstert Anna mir zu.

Das ist Lateinisch. Es bedeutet: Vergiss nicht zu leben.

***

Zwei Terre'Blanche und ein Schultz haben sich auf der Außentreppe aufgereiht und warten auf mich. Du bildest das Ende der Reihe. Du bist die Einzige, die mich anlächelt. Ich vergesse den dritten Terre'Blanche: Zu Füßen seines Herrn wedelt Wicus mit dem Schwanz.

Ich halte Michèles Wange meine Lippen hin. Offenbar ist sie davon genauso angeekelt wie ich, denn sie weicht meinem Kuss aus. »Wir brauchen Zeit, Wolfgang, um uns einander wieder anzunähern.«

»Du bist dicker geworden, Michèle.«

»Ich bin schwanger, Wolfgang.«

Ihr Bauch ist riesig, so groß, als befände sich ein Rattenschwanz von Kindern darin. Wenn sie in der nächsten Minute niederkäme, würde es mich nicht überraschen. Siegreich legt sie die Hand auf ihre Nachkommenschaft. Pflaster bedecken ihre Fingerkuppen. Mein Weggang hat ihren Appetit auf abgekaute Nägel nicht vermindert. Jetzt beißt sie sich die Finger ab. Ich nenne sie immer noch nicht Mama, aber das ist ihr nun egal. Sie wird bald eine echte Mutter sein.

Lothar schüttelt mir die Hand. Bald wird er Vater, Auftrag erfüllt. Vielleicht wird Jacob ihn nie wieder wie einen Schlappschwanz behandeln. »Und, wie war es in Pretoria?«

»Die Psychiater haben mir einen Haufen Dinge beigebracht.«

»Gut, gut.«

Lothar schluckt ein paar Pillen. Ist sein Herz noch schwächer geworden? Jacob klopft mir auf die Schulter: »Ich hoffe, der Aufenthalt im Krankenhaus hat dir gutgetan, Kleiner Boche.«

Er hat nichts begriffen. Aber er ist ein glücklicher Mann: Sein wahrer Erbe reift im Schutz des Bauches seiner Tochter heran. An der Seite ihres geliebten Vaters plustert sie sich auf vor Stolz. Ihre christliche Nächstenliebe wird sie aber weiterhin über uns walten lassen. Unsere wichtigste Aufgabe ist es schließlich, das Land wieder zu bevölkern. Das gilt immer noch.

Auf der Seite zum Straußengehege erblicke ich Thando. Im Überschwang der Freude zieht er eine kleine deutsche Flagge hinter seinem Rücken hervor und schwenkt sie, um mich willkommen zu heißen.

»Es gibt Milchschnitten, zur Feier deiner Rückkehr«, sagte Michèle. »Und deiner Genesung.«

Als wir das Haus betreten, haucht sie mir ins Ohr: »Was das Gedicht betrifft … ich bin nah dran. Ich erwarte die Antwort eines Professors für deutsche Literatur. Wir müssen diesen Konflikt lösen, wenn wir einen Neuanfang wagen wollen.«

Zu Tisch.

Und dann ist Graça da, ein Lächeln auf den Lippen, ganz gerührt von der Tafelrunde. »Gott sei Dank«, sagt sie zu sich selbst. »Die Familie ist wieder vereint.«

Die Nacht bricht an. Du und ich, wir treffen uns mit Thando und einer Flasche Branntwein in dem kleinen Haus. Bevor wir anstoßen, schließt er mich in die Arme. »He, du! Wie war es in Deutschland?«

Er lässt sich auf das alte, eingestaubte Sofa fallen und gönnt sich ein bis zum Rand gefülltes Glas.

»Ich war nicht in Deutschland, Thando.«

Ich setze mich neben ihn und lösche meinen Durst, bevor ich dir einen Schluck aus der Flasche anbiete. Angewidert lehnst du ab und setzt dich auf ein Stück Zeitungspapier, das du auf dem schmutzstarrenden Boden ausbreitest.

»Wolf war nicht in Deutschland. Er hat sich bei einem Doktor in Pretoria behandeln lassen.« In deiner Stimme schwingt ein Vorwurf mit.

»Ein Doktor?«, staunt Thando. »Warum hast du mir das nicht gesagt, Barbara? Ich dachte, er sei in Deutschland.«

»Ich war bei einem Zulu-Heiler. Er hat mich die Kraft des Traums gelehrt. Durch den Traum wirst du geheilt. Der Traum weiß alles, auch das, von dem du eigentlich nichts erfahren sollst. Selbst das, was du nicht gesehen hast, der Traum weiß es. Aber er zeigt dir nicht immer alles. Ich, ich habe viele Dinge gesehen.« Ich schaue zu dir hin, die du mir übel nimmst, dass ich dich allein gelassen habe. »Der Traum hat mir unsere richtige Familie gezeigt, Barbie. Papa hatte eine Böttcherei, zusammen mit seinen Brüdern. *Gebrüder Grimm.* Er hatte Brüder. Wir haben Cousins ...«

Du starrst mich eine Weile an, perplex. Ich lasse nicht locker. »Wir haben noch Verwandte in Bremen, das ist eine Tatsache.«

Gleichgültig wendest du das Gesicht ab. Dann richtest du

dein Augenmerk auf den Boden unter dem Sofa. Irgendetwas zieht deine Aufmerksamkeit auf sich. Mir jedoch scheint nichts wichtiger als meine Entdeckung: »Wir haben noch Verwandte in Bremen!«, wiederhole ich. Du richtest dich auf und atmest tief ein: »Von mir aus, ja.«

Wirklich, es ist dir egal. Thando feuchtet sich die Kehle an und fragt erstaunt: »Dein Bruder findet deine Familie wieder … und das ist alles, was du dazu zu sagen hast?«

Ungerührt zuckst du mit den Schultern. »Sie haben sich nicht eben häufig gemeldet, wenn du meine Meinung hören willst.«

»Ich habe mich bei ihnen gemeldet. Ich habe sie angeschrieben.«

Man hört eine Fliege vorbeisummen. Wieder weichst du aus, deine Augen suchen den Boden unter dem Sofa ab, und nach ein paar Sekunden rufst du aus: »Aber … da unten liegt ein Foto!«

»Ich habe ihnen geschrieben, hörst du? An unsere Onkel, an unsere Cousins!«

Unbeeindruckt steckst du deinen Kopf unter das zerfetzte Sofa. Thando tippt mir ans Knie. »Ich höre dir zu! Was hast du ihnen denn geschrieben?«

»Dass ich mir wünsche … dass wir uns wünschen, sie wiederzusehen.«

Du erstickst fast da unten, aber ich weiß nicht, ob vor Lachen oder vom Staub. Egal, ich rede weiter: »Und dann haben wir beide, Anna und ich, meinen Brief abgeschickt.«

»Das hast du gut gemacht«, sagt Thando und streicht mir liebevoll über das Knie.

Aus weiter Ferne, wie aus einer Höhle, sagst du: »Genauso gut kannst du eine Flasche ins Meer werfen.«

Du richtest dich wieder auf, Spinnweben haben sich in deinen Haaren verfangen. Aber du bist begeistert von dem Schatz, den du in den Fingern hältst. Eine Fotografie … Du hast ein altes Foto aufgestöbert. Als du darüberbläst, um es vom Staub zu befreien, zerreißt ein Schrei die Nacht.

Du erschauderst. Thando und ich sind zu betrunken, um zu begreifen, was geschieht.

»Ihr Knallköpfe! Das ist Michèle!«

Wie es scheint, liegt sie in den Wehen.

***

Das Püppchen schreit, als wir ins Zimmer kommen.

In das Zimmer, in dem Maria gestorben, das Zimmer, in dem Michèle geboren worden ist. Mit dem Blut seiner Mutter befleckt, windet sich das Würmchen in Graças Armen, im Schein der brennenden Kerzen.

Er ist so zerbrechlich … und es rührt mich an. Aber ich verliere nicht den Kopf. Du hingegen hältst deine Tränen gerade so zurück, und Jacob weint vor Freude. Michèle lächelt, Lothar schwankt. Zu viel Blut für ihn. Graça schlägt dir vor, den Kleinen zu baden. Voller Freude lässt du sie deine Hände in eine Schüssel mit lauwarmem Wasser tauchen. Auf Graças Gesicht zeichnet sich ein seltsamer Ausdruck ab, als ob sie in diesem kleinen Wesen jemanden erkennen würde, den sie nicht erwartet hat. Du ergibst dich ihm von ganzem Herzen, diesem kleinen Bruder, du liebst ihn schon jetzt abgöttisch. Fast hätte ich Lust, dass meine Hände es den euren gleichtun, aber ich werde nicht den Kopf verlieren, nein. Ich halte sie auf dem Rücken verschränkt. Als das Blut von der Haut des Babys abgewaschen wird, zeigt sich auf seinem Rücken ein Muttermal. Lothar ruft aus: »Mein Sohn hat das gleiche Mal wie ich!«

Und er vergießt seine ersten Tränen. Er, ja, er hat den Kleinen selbst gemacht. Er kann es kaum fassen.

Graça trocknet das Neugeborene ab und bedeckt es mit Küssen, aber mit einer Art Furcht, wie eine gute Fee, die zu spät gekommen ist, um das Unglück von seiner Wiege fernzuhalten. Ohne ihre Sorge gänzlich verbergen zu können, legt sie das Kind an Michèles Brust. Jacob sitzt am Bett seiner Tochter und seines Enkels und sieht bewegt von Marias Fotos zu Michèles Gesicht. Manchmal sehen sie sich so ähnlich. Er ist ganz gerührt. Er sagt sich, dass er seine Tochter nicht genug geliebt hat. Denn, ja, sie ist seine Tochter. Die Dinge werden sich ändern. Er streicht ihr über die Stirn. Noch nie hat er das getan.

Michèle seufzt, vor Erschöpfung und Erleichterung, im Gefühl des Sieges: Sie hat die Liebe ihres Vaters wiedergewonnen, sie hat der Farm, ihrem Mann und dem Land einen Sohn geschenkt. Sie nimmt ihre letzte Kraft zusammen, um den Sohn zu stillen. Doch er hat schon ein Zähnchen. Er beißt sie. Michèle unterdrückt einen Schmerzensschrei. Das macht mir den kleinen Rotzlöffel fast sympathisch.

Jetzt gebe ich meine Zurückhaltung auf und frage, ob ich ihn auf den Arm nehmen darf. Ich bin verrückt geworden, oder? Michèle durchbohrt mich mit ihren schwarzen Pupillen, aber Lothar ermutigt sie, mir das Baby zu überlassen: »Dann kannst du dich ausruhen.«

Sie ist so ermattet und von der Geburt so erschlagen, dass sie kapituliert.

Das Kindchen in meinen Armen macht lustige Geräusche. Es ist begeistert. Entzückt verlangt es nach meiner Brust. Bei mir … Michèle wird grün vor Eifersucht. Ich biete ihm also meine Faust an, dem Prachtkerl. Graça, zwischen ihren beiden Kerzen, presst ihre Hände auf die Brüste, um zu sehen, ob Milch herauskommt. Die Quelle ist versiegt.

»Ich gehe und bereite eine Flasche vor«, flüstert sie mit heiserer Stimme.

Und als ich meinen kleinen Bruder in den Armen wiege, bemerkt Jacob, wie etwas aus deiner Tasche fällt. Es sieht aus wie ein Foto. Der Schatz, den du unter dem Sofa in der alten

Bruchbude gefunden hast, segelt langsam um sich kreisend zu Boden. Jacob stürzt vor und fängt das Bild auf, kurz bevor es den Boden berührt. Er schaut es an. Er dreht es um. Er studiert es. Er dreht es noch einmal um.

Auf dem Foto steht ein Mann mit breiter Schirmmütze auf der Veranda von Noahs kleinem Haus. Er stützt sich mit dem Ellenbogen ab, sein unter der Kopfbedeckung verborgenes Gesicht ist nicht zu erkennen. Aber er dreht den Kopf in Richtung Farm. Jacob sieht blass aus. Noch einmal dreht er das Foto um.

*Paul N., 1913*

Jacobs Atem geht schneller. Er nähert sich seinem Erben, der in meinen Armen eingeschlafen ist. Er beäugt ihn mit fast angewidertem Blick. Dann starrt er Michèle an. Er untersucht das Kind. Sieht Maria an, die in ihrem Bilderrahmen lächelt. Dann heftet sich sein Blick auf Paul N. auf dem Foto. Sein Gesicht zeigt die Züge eines alten Mannes, der in weniger als einer Sekunde entdeckt, was er sich drei Viertel seines Lebens lang nicht eingestanden hat.

Ich kann dir sagen, das versetzt ihm einen gottverdammten Schock.

Er stößt einen Schrei aus, einen langen, animalischen Schrei, der sich aus seinem tiefsten Innersten Bahn bricht.

In der Schwärze hebt sich ein weisser Satz ab:

*Sie fanden ein Zuhause.*

Das Schwarze schwindet, aber mir schmerzt noch immer der Kopf.

Ich sehe jetzt Leute in Sonntagskleidung, die spazieren gehen. Eine Stimme merkt dazu an: »Die dreiundachtzig Waisenkinder, die 1948, also vor fünfzehn Jahren, von südafrikanischen Familien adoptiert worden sind, haben das Voortrecker-Denkmal besucht, das Symbol ihrer Adoptivheimat.«

Annas Lächeln erstrahlt in diesem Rahmen, neben Herren in grauen Anzügen, die Brillen tragen. Anna ist älter geworden. Sie ist vielleicht um die fünfzig Jahre alt, doch man sieht es ihr nicht an.

»Frau Anna Schleininger«, fährt die Stimme fort, »freut sich, dass sie die Kinder wiedersieht, die heute Erwachsene sind.« Ein Männerchor hat deutsche und südafrikanische Lieder für die neuen Bürger gesungen, die ihre düstere Vergangenheit vergessen und in unserem Land der Sonne und Möglichkeiten ein neues Leben beginnen konnten …

Michèle befindet sich unter den Leuten, die an dieser Feier teilnehmen, in Begleitung eines Kindes, das sich unter einem großen Hut versteckt. Auch sie ist älter geworden, zehn Jahre älter. Donnerschlag, das ist wahrlich ein Schock. Lothar ist auch da, ein wenig gebeugt, das Gesicht ganz zerknittert, an den Sucher seiner Kamera gepresst. Er lächelt vor sich hin, während er filmt, ganz im Gegensatz zu Michèle, deren Züge plötzlich entgleisen. Sie hat soeben bemerkt, dass ein gut zwanzigjähriger Junge unter den Adoptierten nicht das aufsagt, was er zusammen mit den anderen vortragen sollte. Dieser etwas eckige, muskulöse Riese, das bin ich. Blonde, kurz geschnittene Haare, breite Schultern und Hüften, blaue Augen, deren Blicke töten können, und eine gerade Nase mitten in einem Killergesicht. Du bist ich als Mädchen, ich bin du als Junge, wir sind zwei stattliche Erscheinungen, mit dem einzigen Unterschied, dass du im Gegensatz zu mir gern hier bist, zusammen mit den anderen Adoptierten. Mit Ausnahme einiger weniger singen alle: »Von jetzt an haben wir nur noch ein Vaterland: Südafrika. Seine Probleme sind unsere Probleme. Seine Zukunft ist unsere Zukunft. Wir wollen Teil des Kampfes sein gegen die Winde der Veränderung und uns für den Sieg unserer Ideale einsetzen.«

Das nennt sich Treueschwur und rührt dich zu Tränen. Ich spreche ihn nicht nach. Ich habe meine Lektion wohl nicht gelernt. Aus diesem Grund wendet sich Lothars Kamera von mir ab, aus diesem Grund verschwinde ich aus seinem Film, in dem nur die Adoptierten ein Bleiberecht haben, die Liebe und Treue schwören.

Da ist wieder Michèle, aber sie ist nicht mehr im Film. In ihrer Küche lehnt sie sich gegen das Spülbecken, um nicht umzukippen. Sie ist in Sekundenschnelle gealtert, ich schätze, um drei Jahre. Sie hat nur wenige Falten, aber weiße Haare fallen ihr in die Augen.

Was sie am Fenster herannahen sieht, ist noch erschreckender, Michèle ist trotz der Sonne, die das Tal überflutet, entsetzt. Ein Schrank von einem Mann, städtisch gekleidet und mit militärischem Auftreten, kommt auf sie zu, immer noch mit den kantigen Schultern und einem zerknitterten Gesicht. Selbst in diesem Sommerlicht habe ich nichts Anziehendes an mir. Du umfasst mich an der Taille, und ein dreizehnjähriger Junge trottet vor uns her. Er ist schmächtig und ähnelt weder einem Schrank noch einem Afrikaaner, Arier oder Afrikarier. Sein Haar ist blond bis braun, und er sieht aus wie eine Brillenschlange. Er scheint von seinem Haar besessen, streicht es ständig mit der flachen Hand glatt.

»Wie lange dauert es, bis du wieder gesund bist, großer Bruder?«, fragt er mich. Er ist im Stimmbruch.

Dem äußeren Eindruck nach zu urteilen, bin ich in bester Verfassung. Aber ich antworte ihm: »Vierzehn Tage sollten reichen.«

Du wirfst mir einen bösen Blick zu. »Glaubst du? Wie denkt der Arzt darüber?«

Der Arzt, von dem du sprichst, hat vermutlich sechs Wochen empfohlen, aber ich scheine mir meiner Einschätzung sicher zu sein. Du bist nach wie vor anderer Meinung und fängst schließlich wieder an, so leise, dass die Brillenschlange es nicht hören kann: »Alles nur, um eher nach Deutschland zu reisen … Wirklich, Wolf, der Zeitpunkt ist schlecht gewählt.«

Schuldbewusst beobachte ich die Brillenschlange, die weiter vor uns herschleicht. Die Sommerferien haben Anfang des Monats begonnen, und Wilhelm freut sich auf meine Heimkehr zum Weihnachtsessen, ein Festmahl. Er streicht sich immerzu die Haare glatt, weil er Angst hat, dass der Wind sie zerzaust. Doch es weht kein Wind, auch wenn sich am Himmel ein paar Wolken bilden. Wilhelm wirft einen ängstlichen Blick darauf. Der Himmel verdunkelt sich und droht ihm, ihm persönlich, auf den Kopf zu fallen.

Michèle klammert sich immer noch an das Spülbecken. Sie

zittert. Nur ihre Locken nicht. Ihre Lockenpracht ist mustergültig, bewegt sich nicht um Haaresbreite. Sie kaut an einem Finger und schließt das Fenster, um nicht mit ansehen zu müssen, wie ich mich in eurer Gesellschaft dem Farmhaus nähere.

»Bekommst du trotz deiner Operation deine Judogriffe hin?«, fragt mich Wilhelm, der sich Sorgen macht, dass eine Regenwolke über seinem Kopf zerplatzen könnte.

»Aber klar! Im Kampf Mann gegen Mann werde ich meine Gegner immer schlagen!«

Im Handumdrehen ist Wilhelm zwischen meinen Armen eingeklemmt, und die Brille rutscht ihm auf die Nasenspitze. Seine Haut ist so glatt, dass er mir durch die Finger gleitet. Er muss lachen: »Mama schmiert mich die ganze Zeit mit Sonnencreme ein.«

»Sogar wenn es regnet«, fügst du betrübt hinzu.

Mit einem nervösen Lachen richtet Wilhelm sein Brillengestell, meine Kraft schüchtert ihn ein, er wehrt sich nicht. Ich habe selbst Angst vor mir. Würde ich mir auf der Straße begegnen, würde ich die Seite wechseln.

»Du siehst gar nicht so krank aus!«, ruft Wilhelm und windet sich. »Man könnte glauben, du kämst von der Armee!«

Vor lauter Sonnencreme lasse ich ihn von einem Moment auf den anderen los und reibe mir die Unterarme: »Alles, nur das nicht! Wenn deine Mutter mich nicht wegen der Disziplin hingeschickt hätte … Ich bin die ganze Zeit nur wegen des Geldes dabeigeblieben, weil …«

»Du willst immer noch nach Deutschland reisen«, unterbricht mich Wilhelm traurig. Seine Miene verfinstert sich, er stellt einen Haufen Fragen. Und meine Arbeit danach, bei den Bankern, habe ich die auch nur gemacht, um Geld anzusparen? Warum helfe ich ihnen stattdessen nicht auf der Farm? Warum lebe ich lieber in der Stadt? Warum Deutschland und nicht sie, meine wahre Familie? Du stimmst jeder seiner Überlegungen zu und lehnst dich an die alte Weinpresse. Wilhelm und ich tun es dir gleich, und wie ein Verbrecher rechtfertige ich mich: »Ich bin dort geboren, ich habe dort noch Familie.«

»Und ich?«, begehrt mein Bruder, die Brillenschlange, auf. »Bin ich nicht deine Familie?«

Er lässt sich nicht überzeugen, du dich auch nicht. »Diese Leute haben nie auf deinen Brief geantwortet«, rufst du mir in Erinnerung. »Diese Sturheit … ich verstehe das nicht. Und sich totarbeiten, um sich diese Reise leisten zu können.«

Voller Sorge fragt Wilhelm, ob sie ernst sei, meine Krankheit. Wo ich doch in guter Form zu sein scheine.

»Unser Bruder hat zu viele Steine«, sagst du ironisch.

Du zeigst auf dein Zwerchfell, um mein Problem zu verorten.

»Er hat zu viel gearbeitet. Und keine Luft mehr bekommen.«

Verwirrt fragt Wilhelm, wie die Holländische Zentralbank mir die Luft zum Atmen nehmen konnte, wo ich doch in der Armee der Stärkste war. Seine Brille rutscht wieder herunter, er rückt sie zurecht. Du schlägst einen dramatischen Ton an. »Zu viel Verantwortung. Die Bank ist nichts für ihn. Aber er würde alles tun, um möglichst viel Geld zu verdienen und so viel zu sparen wie möglich.«

Ich verteidige mich: »Mir geht es schon viel besser seit der Operation. Ich werde mich zwei Wochen bei Barbie erholen.«

»Warum nicht zu Hause, großer Bruder?«, fragt Wilhelm. »Im ersten Stock ist noch ein Zimmer frei.«

Ein Blitz zuckt über den Himmel und erspart mir die Antwort. Eine Regenwolke ergießt sich über unsere Köpfe, vor allem über den von Wilhelm. Michèle öffnet das Fenster und schreit: »Wilhelm! Dein Haar!«

Erschrocken versucht Wilhelm, sein Haar mit den Händen abzuschirmen, und läuft zu seiner Mutter, nicht unbedingt geradeaus, weil die Sicht durch seine Brillengläser von den Wassertropfen getrübt ist. Doch er macht sich mehr Sorgen um seine Frisur als um sein Sehvermögen. Du siehst ihm traurig nach, wie er fortläuft, und führst mich dann, unbeeindruckt vom Regen, zu einem Lagerhaus. In der Ferne mache ich die Silhouette von Thando aus.

***

Thando ist nicht gewachsen, doch sein Gesicht sieht ziemlich lädiert aus, trotzdem wirft er sich mit einem breiten Grinsen in meine Arme. »Du! Die Banker wollten dich umbringen! Du wärst besser bei der Armee geblieben …«

Es erschüttert mich, ihn wiederzusehen. Ich weiß nicht, ob es daran liegt, aber die Sonne bahnt sich einen Weg durch die Tropfen, tief unten, es bildet sich ein Regenbogen, und der Regen verzieht sich.

»Gehen wir Sophie begrüßen«, sagst du.

Arm in Arm folgen wir dir, während du, die Hände in den Taschen, im gleißenden Licht vor uns herschreitest. Hinter einem Wolkenrest verborgen, hüllt die Sonne sich in ihr orangefarbenes Gewand und geht im Meer unter. Die Berge ziehen ihre schwarzen Kleider über. In Trauer um den Tag nehmen sie am Horizont Aufstellung. Mama muss auch schwarz gekleidet gewesen sein, als man ihr gesagt hat, dass Papa tot war. Vom Himmel gefallen, von einem Himmel wie dem, der sich über unseren Köpfen rosa färbt, doch von einem tiefen Himmel. Heute geht seine Tochter unter ihm her, vor uns und in die sinkende Sonne.

Ich zögere zu sprechen und schlucke mehrmals, bevor ich den Mund öffne: »Ich reise am achten Januar nach München. Ihr kommt mit, nicht wahr? Ich kümmere mich um eure Tickets.«

Thando spitzt die Ohren, aber du scheinst dich nicht zu freuen. Wo ist die Entschlossenheit geblieben, die du hattest, als du acht Jahre alt warst und den Abschiedsbrief geschrieben hast, als du Thando geschickt hast, um mich aus der Garage zu befreien? Als er uns zum Hafen gebracht hat, wo es uns beinahe geglückt ist, auf ein Schiff zu kommen? Die Frage brennt mir auf der Zunge, aber ich wage nicht, sie zu stellen.

»Ich hatte es euch versprochen, erinnert ihr euch?«

Thando nickt, aber du tust so, als hättest du mir nicht zugehört. Woran denkst du? Dass sich die Zeiten geändert haben? Dass wir jetzt erwachsen sind? Dass man keine Dummheiten anstellt, wenn man erwachsen ist? Du bleibst vor dem Straußengehege stehen und streichelst die sich vordrängelnden Köpfe. Neugierig reckt einer von ihnen seinen Hals und dreht ihn in meine Richtung. Das amüsiert dich: »Sophie scheint dich nicht wiederzuerkennen.«

Mit einem schnellen Blick auf Thando fragst du: »Wie alt mag sie heute wohl sein?«

»Sophie? So um die siebzig?«

Mein Atem geht schwer. Ich lasse nicht locker: »Ich habe genug Geld für Deutschland. Für uns drei. So, wie wir es besprochen haben.«

Vögel flattern aus einem Baum auf, und Sophie, die Straußendame, betrachtet mich mit einem erstaunten Blick, wie eine alte Tante, die ihren Großneffen nach Jahren wiedersieht. Er hat sich verändert, es ist unglaublich, wie groß er geworden ist, verrückt, seine tiefe Stimme, irre, was er erzählt.

»Diesmal schaffen wir es.«

»Und Wilhelm?«, wirfst du ein. »Was willst du mit Wilhelm machen?«

Ihr tauscht einen wissenden Blick aus, wegen einer Sache, von der ich keine Ahnung habe.

»Was soll mit Wilhelm sein?«

»Wir können ihn doch nicht hierlassen …«, murmelst du, »besonders jetzt nicht.«

Du kraulst Sophie die Stirn. Ich glaube beinahe, sie schnurrt.

Ein Rollstuhl, den Graça schiebt und in dem Jacob sitzt, taucht unvermutet aus einer Allee auf.

»Geh zurück zu Noah …«, brummt Jacob mit schwacher Stimme und eingezogenem Kinn. Er spricht ins Leere. Sein Körper ist abwesend. Oder er ist abwesend in seinem Körper.

»Das ist nicht nett!«, weist Graça ihn zurecht.

Plötzlich sieht sie uns und eilt, wenn man es so bezeichnen will, auf uns zu, schiebt den Rollstuhl vor sich her, in dem Jacob wie ein Sack hin und her geschüttelt wird.

Nachdem sie mich voller Freude umarmt hat (die Familie ist endlich wieder vereint), weicht sie Sophies Annäherungsversuchen aus und klagt über Jacobs Zustand, der sich bei jeder seiner Attacken verschlechtert hat. *Euer armer Großpapa,* sagt sie in jedem Satz, voller Mitgefühl für den Mann, der keine Gelegenheit ausgelassen hat, Thando zu züchtigen. Jacobs Verfall überrascht mich nicht. Graça streicht ihm mit einer Zuneigung über die Wange, die nicht bis zu ihm vordringt: »Euer armer Großpapa kann nur noch vier oder fünf Worte sprechen … Sogar nachts hat er die Augen geöffnet. Mit Ausnahme des Essens hat er zu nichts mehr Lust.«

Sophie pickt Jacob in den Nacken, er nimmt es teilnahmslos hin. Graça sagt, dass sie gehen muss, und löst die Bremse des Rollstuhls, um ihn anzuschieben. »Für heute Abend bereite ich ein Spanferkel zu und backe einen Weihnachtspudding … Ich decke den Tisch draußen, wenn es nicht regnet.«

Thando fragt, ob sie daran gedacht habe, ein Stück Spanferkel und einen Teil des Kuchens für sie beide zur Seite zu legen. Graça verzieht empört die Lippen, und Jacob knurrt: *Sie werden uns alle töten,* was darauf hindeutet, dass er eine Menge versteht. Vielleicht ist er sich sogar seiner Schwäche bewusst. Es ist schrecklich, das muss man zugeben, aber das Schlimmste ist, dass ich nicht das geringste Mitleid für ihn empfinde. Graça und ihr Patient kehren zur Farm zurück.

***

»Die Generaldirektion für innere Angelegenheiten, das Amt für Klassifizierung, hat ein anonymes Schreiben erhalten. Du warst im Krankenhaus, ich habe dir lieber nichts davon erzählt.« Seltsamerweise, fährst du fort, war das Schreiben alt, es stammte aus dem Jahr 1959, ist aber erst vor Kurzem abgeschickt worden. Sophie hört dir genauso aufmerksam zu wie Thando. Er reißt neugierig die Augen auf, als du von einer Vorladung sprichst, der Wilhelm zusammen mit Michèle nachkommen musste.

»Mama wurde ganz schlecht davon …« Wilhelm habe sich in einem Mauseloch versteckt. Sie habe ihm fast die Haare ausgerissen, als sie ihm den Schopf bürstete. Sein Haar war nie glatt genug.

Aber an dem Tag regnete es. In weniger als drei Sekunden formte sich Wilhelms Haar zu Kringeln, und als er vor die Experten trat, hatte er mehr Locken als ein Schaf. Das hätte bei der Prüfung mit dem Kamm Probleme bereiten können.

»Jacob ist schon seit einiger Zeit nicht mehr Direktor des Amts für Klassifizierung … Aber die Experten zeigten sich eher nachsichtig. Wilhelm erfüllte die meisten Kriterien: Seine Gesichtszüge sind fein, seine Haut ist hell, seine Muttersprache ist Afrikaans …«

Ich höre dir fassungslos zu, und Thando schweigt, während er dich mit düsterer Miene mustert. Sophie stochert mit der Schnabelspitze im Boden herum.

»Er isst wie wir, er trinkt wie wir … Dazu sein Milieu und der Ort, an dem er lebt, das alles sprach für ihn. Aber der Test mit dem Kamm … Er blieb in seinem Haar hängen. Zu gekräuselt.«

Du nimmst ein Papier aus deiner Tasche und faltest es auseinander. Es handelt sich um eine Zeitung mit dem Datum 21. Dezember 1966.

*Ist er ein Weißer?*

Diese Frage steht über einem Foto von Wilhelm. Voller Entsetzen lese ich sie mehrmals, und Thando bittet mich, sie ihm laut vorzulesen. Erschreckt stöhnt er auf, als er es hört. Dumpfe Wut ergreift von mir Besitz. Du bleibst erstaunlich ruhig.

»Wilhelm sollte zu *Colored* umklassifiziert werden, die Schule und den Wohnort wechseln. Papa beantragte die Revision der Entscheidung. Er hat die Presse alarmiert, damit die Sache nicht verschleppt wird. Es könnte Monate dauern … Mama wollte das natürlich nicht an die große Glocke hängen.«

Ich habe das Gefühl, ich bin wieder im Dunkeln gefangen, ohne ein Streichholz, um die Petroleumlampe anzuzünden. Ich fahre aus der Haut: »Michèle hätte ihn sicher lieber in der Garage eingesperrt, um ihn zu verstecken!«

»Sie schiebt die Schuld auf Papa. Sie wirft ihm vor, dass er … na ja … nicht ganz so helle Vorfahren hat. Er kann sich überhaupt keinen Reim darauf machen.«

Thando bricht plötzlich in lautes Gelächter aus und kann nicht mehr damit aufhören. Er klatscht sich mit seinen Händen auf die Beine, von oben bis unten, weil er so sehr lachen muss: »Jeder weiß, was sich zwischen Noah und Jacobs Frau damals abgespielt hat!«

»Was denn?«, frage ich ihn.

Thando beruhigt sich endlich und runzelt die Augenbrauen, um nicht wieder zu lachen. »Ich sage nur … ich habe gehört, dass sie keinen Hehl daraus gemacht haben.«

Du wirfst ihm einen wortlosen Blick zu und sagst dann mit dumpfer Stimme: »Wilhelm fühlt sich so schuldig.«

Gereizt schnalzt Thando mit der Zunge. »Schuldig, weil er kein Weißer ist? Schickt ihn zu den Zulu, und die Sache ist erledigt!«

Diese Idee gefällt Sophie, die den Kopf hebt und uns wieder zuhört. Du amüsierst dich darüber: »Wilhelm bei den Zulu? Das soll wohl ein Witz sein!«

Deine Entscheidung, dass du mir nicht nach Deutschland folgen wirst, steht fest – weil Wilhelm dich braucht. Selbst Sophie straft mich mit einem anklagenden Blick, ein Gefühl der Scham und auch Groll steigen in mir auf. Warum hast du mir nichts gesagt?

»Ich bin nicht aus Zucker, Barbie, du hättest es mir sagen sollen.«

Wir verabschieden uns von Sophie, die uns mit einer gewissen Art Melancholie hinterherschaut. Wir laufen weiter und kommen zu einem Haus, das ich kenne. Noahs alte Bruchbude sieht protzig aus, ist instand gesetzt bis hin zum Tor, das neu gestrichen und dessen Schloss ausgetauscht worden ist. Das hübsche Innere ist für mich keine Neuentdeckung, ebenso wenig, dass dieses Haus dein Zuhause ist, in dem Koffer mitten im Wohnzimmer stehen. Meine, vermute ich, für meine Rekonvaleszenz. Thando lässt sich auf das gemütliche Sofa fallen, das das zerfetzte Sofa ersetzt hat. Ich mich auch. Er zieht eine Flasche Branntwein aus seiner Tasche und rühmt sich, dass er sie aus der Brennerei gestohlen hat.

»Seit Jacob im Rollstuhl sitzt, bin ich nicht mehr verprügelt worden«, erklärt er und öffnet die Flasche mit den Zähnen. »Manchmal schimpft er mich einen *Kommunisten*. Aber Beleidigungen tun nicht weh.«

»Kommunist?«, wiederholst du lachend. »Bist du ein Kommunist, Thando? Wie Bobby Kennedy?« Du weist die Flasche zurück, die er dir anbietet, und setzt dich auf einen niedrigen Stuhl dem Sofa gegenüber. Der schadhafte Holzfußboden hat weißen, glänzenden Fliesen Platz gemacht.

»Was ist überhaupt ein Kommunist?«, fragt Thando.

»Das ist jemand, der in Ostdeutschland eingesperrt ist«, antworte ich und wärme mir die Kehle mit dem Obstschnaps.

Ich erzähle von einer Mauer, die in Berlin gebaut wurde, um Deutschland in zwei Teile zu teilen. Seitdem können sie sich nicht mehr besuchen. Sie dürfen sich nicht vermischen. Überaus überrascht ruft Thando aus: »Wirklich? Gibt es in Deutschland auch Apartheid?«

***

Spanferkel und Reis mit Rosinen, Graça trägt das Weihnachtsessen schließlich drinnen auf: Draußen ist es warm, aber ein Gewitter droht sich zu entladen. Weißhaarig mit ihren siebzig Jahren, lächelt Graça vor Freude darüber, dass wir uns um den festlich gedeckten Tisch und in der Nähe der Krippe versammelt haben. Kleine Figuren stehen in einem Stall vor einer leeren Krippe. Die Geburt Christi ist für Mitternacht vorhergesehen. Doch Jacob schmollt. Mit glasigen Augen brummelt er in seinen Bart: »Noah … geh zurück zu Noah …«

Graça wagt nicht zu sagen: *Das ist nicht nett.* Immer noch lächelnd zieht sie sich schweigend zurück.

Ich beobachte den wackeligen Kronleuchter über mir, während du zwischen Michèle und Wilhelm sitzt und betest. Jacob sabbert und unterbricht die Lobpreisungen des Herrn: »Sie werden uns alle töten … Sie werden uns alle töten … Sie werden uns alle töten …«

Er wiederholt seine Litanei und schielt zu Wilhelm hin. Von Zeit zu Zeit starrt er verdrossen Michèle an und bewegt die Lippen, um etwas zu sagen, was schwierig auszusprechen ist, aber er bringt nur zusammenhangslose Silben heraus. Als das Gebet beendet ist, wendet sich Michèle mit einem kalten Lächeln zu ihm hin und bindet ihm ein rotes Lätzchen mit weißen Sternen um. Du wischst ihm über die Mundwinkel. Michèle wirkt traurig, doch ich habe nicht den Eindruck, dass Jacobs Zustand die Ursache dafür ist.

Lothar ist verdrossen, vielleicht, weil Wilhelms Haar versengt riecht: Michèle musste es föhnen, um die Verwüstungen, die der Regen angerichtet hat, zu beseitigen. Der Regen ist ein

Segen für die Felder und ein Verhängnis für Wilhelms Haare. Jeder weiß, warum Gott den Regen erschaffen und warum er den Messias geschickt hat, aber niemand begreift, warum er Wilhelm diese Haare gegeben hat. Seine Wege sind unerforschlich, Amen und guten Appetit.

Gierig schlägt Wilhelm seine Gabel in ein Stück Spanferkel. Michèle und Lothar zerlegen es. Du bereitest einen Löffel Reissuppe für Jacob vor, dem Speichel aus dem Mund rinnt.

Auf dem Buffet steht ein kleiner Fernseher, der in seiner Ecke Selbstgespräche führt und bedauert, dass ihm niemand zuhört. Michèle sieht traurig aus, ziemlich traurig!

»Alles in Ordnung, mein Liebling?«, fragt Lothar besorgt.

Michèle kippt ein Glas Rotwein hinunter und sagt Ja. Beruhigt streckt Lothar seinen Arm aus, um ihr die Hand zu streicheln: »Was ist mit dem Verleger?«

Michèles Miene verdüstert sich. Lothar bereut seine Frage bereits, aber zu spät, der Schaden ist angerichtet. Michèle zerfließt in Selbstmitleid: Der Verleger hat zwar zugestimmt, ihr Buch über Erziehung – fünfzehn Jahre Arbeit – zu veröffentlichen, aber seitdem lässt er nicht mehr von sich hören. Was hat sie getan, um dieses Schweigen zu verdienen? Sie wischt sich über die Mundwinkel und schaut auf die Uhr. »In vier Stunden«, sagt sie mit erzwungener Freude, »wird Christus geboren.«

Lothar und Wilhelm, die nebeneinandersitzen, zwinkern sich zu und bedienen sich noch einmal beim Spanferkel. Ich sitze neben dir und versuche, keine Aufmerksamkeit auf mich zu lenken, vor allem nicht die von Michèle. Zum Glück ist mein Appetit heute besser, ich esse ordentlich, und sie hat keinen Grund mehr, auf meinen Teller zu schielen.

»Sie werden uns alle töten«, sagt Jacob und belauert Wilhelm.

Lothar wirft einen Blick auf seinen Sohn, und was er sieht, entlockt ihm ein Lächeln, so schön wie ein Sonnenstrahl. Er braucht keine Kamera mehr, um seine Welt zu verschönern, seine Augen zeigen ihm, was ihm gefällt. So gesehen, erscheint ihm Wilhelm so blond wie Christus, der in vier Stunden geboren wird. Also diese Umklassifizierung … unverständlich.

»Offenbar ist er ein Kommunist«, warnt Jacob. Michèle und du, ihr reicht ihm das Essen an, aber die Hälfte fällt herunter und landet auf dem Weihnachtstischtuch. Ein Viertel auf dem Fußboden.

»Geh zurück zu Noah«, sagt Jacob. Er scheint Michèle zu meinen.

Michèle verzieht die Lippen, doch sie hindert sich selbst daran, laut zu schreien. Man merkt, dass sie versucht ist, an den Fingernägeln zu kauen. Aber sie hält sich zurück. Jacob prustet los, was sie mit Speicheltröpfchen besprüht. Sie wischt sie ruhig ab und fragt dann ihren Mann: »Neuigkeiten von Distrikt Six?«

»Sie werden uns alle töten«, sagt Jacob.

»Der Abriss sollte bald beginnen«, sagt Lothar.

»Offenbar ist er ein Kommunist«, sagt Jacob.

Michèle dreht sich ein Löckchen, bevor sie die Strähne zurückschiebt.

»Geh zurück zu Noah!«, ruft Jacob ihr zu und versucht, seinen Gedankengang fortzuführen, aber sein Gehirn verweigert die Arbeit.

»Es gibt auch in Claremont Möglichkeiten«, meint Lothar und tunkt Brot in die Soße auf seinem Teller. »Und in Wynberg.«

Als Jacob den Mund aufreißt und Michèle ihm ein Stück Brot hineinstopft, erwähnt Lothar eine hübsche Immobilie, die er am Hafen entdeckt hat. Zwei Stockwerke voll mit Indern, Gauklern, Schnapshändlern, Drogenhändlern und Curryhändlern. Nach der Zwangsräumung wird er dort weitere Büroräume für die Firma bauen. Du schüttelst den Kopf, etwas an seinen Worten empört dich, aber du ziehst es vor, nichts zu sagen.

Michèle legt ihr Besteck auf ihren leeren Teller, und nachdem sie Graça gerufen hat, um den Tisch abzuräumen, empfiehlt sie Lothar, die Immobilie zu desinfizieren, bevor er seine Büroräume dort einrichtet. Weil in District Six die Pest gewütet hat.

»Die Pest?«, wiederholt Lothar. »Das war vor mehr als sechzig Jahren!«

»Offenbar...«, fängt Jacob an. Er vergisst hinzuzufügen, dass er ein Kommunist ist. Michèle sieht auf ihre Uhr, um die Geburt Christi nicht zu verpassen, und Lothar stellt klar, dass die Pest nicht von den *Colored,* sondern von den Schwarzen eingeschleppt wurde. »Sie sind nach Langa zwangsvertrieben worden«, erklärt er.

Ein elektrischer Impuls jagt durch meine Wirbelsäule, dann kitzelt ein Geruch von Zimt und Zucker meine Nase. Graças Pudding thront mitten auf dem Tisch. Sie schneidet ihn in gleich große Portionen, die sie auf unsere Teller legt. Lothar reibt sich die Hände, bemerkt aber nicht, dass Michèle ihn argwöhnisch beäugt. In aller Unschuld beschenkt er jeden in der Familie, außer Jacob, mit einem zärtlichen Lächeln. Es fällt mir leicht, Michèles Gedanken zu lesen: Ich hätte ihn nie heiraten dürfen ... Was für ein Riesenfehler. Und ihr Vater, der unmittelbar nach Wilhelms Geburt die Mittel fand, Noahs alte Bruchbude zu renovieren ... um sie aus dem Farmhaus zu werfen?

Tränen sammeln sich unter ihren Augenlidern.

Gott sei Dank hat Jacob seinen ersten Schlaganfall erlitten, und sie konnten ... sie mussten ... zurück zur Farm kommen und sich um ihn kümmern. Aber der Verdacht gegen Wilhelm lastet seitdem auf der Familie. Ihr Verleger lässt nichts mehr von sich hören, der Pastor grüßt sie nicht mehr, alle wenden sich von ihr ab. Man lässt sie gerade eben noch unterrichten. Dennoch hat sie beschlossen, Wilhelm zum Beginn des neuen Schuljahres im Januar nicht anzumelden.

Michèle richtet ihre Locken und wischt ihrem Vater über das Kinn, an dem Zuckerkristalle kleben.

»Geh zurück zu Noah!«, spuckt er ihr in Gesicht.

Sie stopft ihm einen Löffel Kuchen in den Hals, um ihn zum Schweigen zu bringen. Er ist so ungerecht. Warum sagt er das? Ist sein Gehirn so aufgeweicht? Was bleibt von dem Mann, der er einmal gewesen ist? Den Mund voll mit Süßem, schweigt er und dreht sich zum eingeschalteten Fernseher um. »Offenbar ist er ... ein Kommunist. Sie werden uns alle töten!«

Lothar nimmt eine Pillendose aus seiner Tasche und schluckt seine Herztabletten. Michèle verkündet matt: »Ich hole den kleinen Jesus und lege ihn in die Krippe.«

»Schon?«, wundert sich Lothar, als er auf die Uhr schaut. »Er ist noch nicht geboren!«

»Verwoerd ist im Fernsehen!«, ruft Wilhelm.

Endlich fühlt sich der Fernseher erhört. Er hat das Glück, uns von einem wichtigen Mann zu berichten und uns daran zu erinnern, dass wir ihn nicht vergessen dürfen, denn er ist ermordet worden, weil er wichtig war. Damit wir ihn nicht vergessen, bleibt sein Blut an dem Sessel, in dem der Tod ihn ereilt hat. Schon vor sechs Monaten. Gott, dessen Sohn gleich geboren wird, hat das nicht gewollt. Im Übrigen stammt der Wilde, der Hendrik Verwoerd getötet hat, nicht von Adam ab. Nochmals Dank an die USA, Frankreich, England ... für ihre Beileidsbezeugungen. Hendrik Verwoerd war immerhin der Vater der Apartheid. Frohe Weihnachten an alle.

***

Und da bin ich am Steuer eines Autos, eines granatroten BMW mit Ledersitzen. Du hast auf dem Beifahrersitz Platz genommen, du bist entsetzt. Du hast denselben Gesichtsausdruck wie damals, als wir von der Farm davongelaufen sind, weil wir zurück nach Deutschland wollten. Es ist geschafft. Wir haben den

Sprung ins kalte Wasser gewagt. Thando ist nicht da, und ich fühle mich irgendwie schuldig.

Der Rückspiegel umrahmt ein wütend dreinschauendes Gesicht: Wilhelm. Er hockt auf dem Rücksitz und ist verschnürt wie ein versandbereites Päckchen.

»Hast du das in der Armee gelernt?«, wirft er mir vor.

Ich erkenne die steil ansteigende Straße wieder, die Bäume, die inzwischen gewachsen sind, und die prächtigen Landschaften. Wilhelm hat nicht die geringste Ahnung, welches Ziel wir ansteuern. Jenseits des Kaps hat er keine Vorstellung, wohin es gehen könnte.

Mit Stricken gefesselt, versucht er, sich Stück für Stück dem Fenster zu nähern. Von Zeit zu Zeit hält er inne und nimmt die steinige Straße in Augenschein, die bergauf, immer weiter bergauf führt und auf die die Winde einpeitschen. Sie sind eisig.

»Jetzt«, sagst du zögerlich, »ist es sicher: Die Polizei ist hinter uns her.« Deine Stimme verstummt, ein Schauer läuft mir über den Rücken.

»Dann müssten sie uns erst einmal finden«, antworte ich unsicher.

Wir kommen auf ein Plateau, wo der Boden durchnässt ist, so aufgeweicht, dass der Wagen sich festfährt. Ein boshaftes Grinsen erscheint auf Wilhelms Gesicht: Gott hat deine Räder zur Strafe im Schlamm versenkt. Gott ist gegen dich. Gott wird dich bestrafen: Bald durch Polizeisirenen, hofft mein kleiner Bruder.

Der Bengel ist Michèles Sohn, kein Zweifel.

Ich halte an, schalte die Zündung aus und springe hinaus, ich stürze mich auf ein erstes Rad und fange an, drumherum zu graben. Man könnte meinen, wir hätten es eilig. Obwohl ich dich mehrmals darum bitte, kommst du mir nicht zu Hilfe. Lässt du mich für Wilhelms Fesseln bezahlen? Bist du nicht schon eine Komplizin, nur weil du hier bist? Auf jeden Fall lässt du mich allein schuften. Es stimmt, das Wageninnere ist bequemer als der Boden, auf dem ich hocke.

»Mach mich los …«, flüstert Wilhelm im Glauben, dass ich ihn nicht höre.

»Es ist besser, Wolf erst einmal zur Vernunft zu bringen …«

»Ist er verrückt geworden?«

»Es hat mit Deutschland zu tun. Er denkt, wir sind *Vertriebene.*«

»Wie die Schwarzen und die … äh … Mischlinge?«

»Ganz genau, Wilhelm. Dein großer Bruder will alle an ihren *richtigen* Platz zurückbringen.«

»Zu den Zulu?«, ruft Wilhelm. »Warum will er mich zu den Zulu bringen? Ich habe nichts mit den Zulu zu tun!«

Niedergeschlagen lässt Wilhelm sich nach hinten fallen. Die Tränen, die ihm in die Augen steigen, erschüttern dich. Du versuchst, deine Gefühle zu unterdrücken, und sprichst sanft zu ihm, mit leiser Stimme. »Er hat seine Reise nach München deinetwegen verschoben. Die Zulu, das ist Thandos Idee.«

»Dieser Kommunist!«, empört sich Wilhelm und zieht die Nase hoch, damit seine beschlagene Brille sich nach oben schiebt. »Ich habe ihm gesagt, dass ich nicht mitwill! Dann hat er mich gekidnappt! Und du lässt ihn gewähren?«

Aufgeschreckt durch einen Kopf, der plötzlich am Fenster erscheint, meinen Kopf, sieht Wilhelm mich an, als wäre ich ein Springteufel, der aus einer Kiste hochschnellt.

»Wegen Jung!«, sagt der Teufel, der auf seiner Sprungfeder hin und her schwingt.

Wilhelm zuckt zusammen, und du weißt nicht, ob du lachen oder weinen sollst. Ich stütze mich auf den Fensterrand. »Wilhelm … du hast doch verstanden, was da passiert ist, in der Kommission, oder?«

Wilhelm wendet den Kopf ab, um der Frage auszuweichen.

Trotzdem fahre ich fort: »Der Traum, er wird dir sagen, wer du wirklich bist. Es ist wichtig zu wissen, wer man ist.«

Im Bewusstsein, dass er darauf keine Antwort weiß, wirft er mir einen Blick zu.

Als das Rad endlich freigelegt ist, setze ich mich wieder ans Steuer, meine Hände sind schwarz vor Schlamm. »Das hätte ich vorhersehen können«, murre ich. »Anna und ich sind an genau derselben Stelle stecken geblieben.«

Das Auto rumpelt über einen schmalen, mit Steinen übersäten Weg. Du wirst hin und her geschüttelt, drehst dich zu Wilhelm um, der auch herumhopst, und lächelst ihn an, um ihm zu versprechen, dass alles gut wird. Er glaubt dir offensichtlich nicht, denn er traut sich, mich zu fragen, ob wir wenigstens vor Schulbeginn wieder zurück sein werden.

»Bestimmt«, antworte ich und lüge schamlos. »Bist du hundertprozentig sicher, dass deine Mutter dich angemeldet hat? Sie wollte nicht, dass man dich in der Schule sieht, glaube ich ... Vielleicht hat sie vor, dich in der Garage einzusperren, oder?«

Wilhelm läuft rot an, er ist entrüstet. »So etwas würde Mama nie tun! Sie weiß doch selbst, es ist ein ... Fehler ... den Papa rückgängig machen wird.«

Hinter einer Kurve lassen sich Paviane mit ihren Jungen blicken, die meinen roten BMW anstaunen. Normalerweise kommen hier Leute zu Fuß vorbei oder kakifarbene Jeeps. In einiger Entfernung trinken Zebras an einem Wasserloch. Sie nehmen keine Notiz von uns. Du bewunderst ihre schwarzweiße Aufmachung, um Wilhelm aufzuheitern. Er bricht in Tränen aus. »Warum tut ihr mir das an?«, heult er.

Schuldig, das Atmen fällt mir immer schwerer. Wilhelms Tränen lassen mich nicht kalt. Nach einer Weile halte ich erneut an, diesmal, um ihn zu befreien, nachdem ich ihm das Versprechen abgenommen habe, dass er nicht die Flucht ergreift: »Wo soll ich denn hin?«, fragt er, in sein Schicksal ergeben.

»Als ich in deinem Alter war, dachte ich, ich könnte zu Fuß nach Deutschland gehen. Alles ist möglich.«

»Ja, aber du bist auch verrückt.«

Wir fahren weiter, orangefarbener Staub wirbelt vom Boden auf. Getragen vom Wind, folgt er unserer Spur. Du drehst dich wieder zu Wilhelm um. »Ich wünsche mir, dass du uns verzeihen kannst, Wilhelm. Es ist auch für uns nicht leicht, weißt du?«

»Der Heiler tut dir nichts an«, beteuere ich und lächle ihn im Rückspiegel an. »Es ist so wie beim Psychiater.«

Wilhelm macht aber nicht den Eindruck, als würden meine Worte ihn beruhigen, er weint still vor sich hin und zieht die Nase hoch. »Also, selbst ohne Fesseln … bin ich ein Gefangener?«

Ich erkläre ihm, dass es das gibt. Manchmal halten uns unsichtbare Bande gefangen. Sie sind schlimmer als Stricke, weil wir sie nicht sehen können. Wir denken, wir sind frei, aber wir sind im Gefängnis. Plötzlich fällt ein leichter Regen auf die Motorhaube. Der Himmel verdunkelt sich. Wilhelm streicht sich mit der flachen Hand das Haar glatt.

***

Anna hat ihren Helm und ihre Bluse gegen einen Perlenschurz und einen Fellrock getauscht. Sie heißt uns in den Armen eines alten Mannes willkommen, der ungefähr hundertsiebzehn Jahre auf dem Buckel hat. Ich erkenne Mongezi, den Kollegen von Gustav Jung. Mit einer seltsamen Magie hat er Anna verhext, wenn nicht sogar unter Drogen gesetzt: Er ist ihr Ehemann geworden. Sie ist nicht seine erste Frau und bei Weitem auch nicht seine einzige. Aber sie ist die Chefin. Als sie den Qualm aus der Motorhaube meines Wagens aufsteigen sieht, befiehlt sie zwei großen, kräftigen Männern, ihn neben ein anderes Autowrack zu schieben. Annas Jeep steht in der Nähe eines Busches, wo er einem Ziegenpaar als Unterkunft dient.

Mongezi fasst Wilhelm behutsam an der Schulter und nimmt ihn mit sich fort, wobei er mit ihm in einer unbekannten Sprache spricht. Mit unsicherer Miene, zumal die Nacht hereinbricht, schiebt Wilhelm ständig seine Brille hoch und blickt immer wieder hinter sich, um sich zu vergewissern, ob wir mit Anna noch da sind. Anna nickt, stimmt mir in allem zu. Obwohl sie nichts von Wilhelms Unglück wusste: »Die Zeitungen kommen hier nicht hin. Wer hat euren Bruder beim Amt für Klassifizierung angezeigt?«

»Nicht die leiseste Ahnung«, erwiderst du, bevor du erklärst, dass Lothar gegen die Entscheidung, Wilhelm als »Farbigen« umzuklassifizieren, Einspruch erhoben hat. Du fühlst dich nicht sehr wohl und lässt unseren kleinen Bruder nicht aus den Augen, der sich nur widerwillig führen lässt. Anna bleibt plötzlich stehen: »Habt ihr inzwischen eure deutschen Verwandten kennengelernt?«, fragt sie.

»Kein Kontakt.«

Meine Miene verdüstert sich. Aber ich erzähle ihr von meiner bevorstehenden Reise nach München. Wir bleiben vor der Hütte stehen, die Anna uns zugedacht hat, während Wilhelm und Mongezi weiter zur Kammer der Träume gehen. Dort waren mir damals meine Erinnerungen wieder bewusst geworden. Wilhelm dreht sich um, voller Angst, weil wir ihn allein lassen. Du winkst ihm aufmunternd zu, dann begeben wir uns in unsere Unterkunft. Sie ist sehr einfach, zwei Matten, ein geflochtener Teppich und zwei Hocker.

»Ruht euch aus!«, empfiehlt uns Anna.

Die beiden kräftigen Männer von vorhin bringen uns die Koffer. Anna entfernt sich mit ihnen und lässt die Perlen auf ihrem Schurz klicken. Wir strecken uns auf unseren Matten aus, einander zugewandt, die Knie angewinkelt. Es gibt nichts auf der Welt außer uns beiden, unseren Atemzügen, die miteinander verschmelzen, und den Sternen, die durch eine Öffnung in der Wand auf uns herabsehen. So vergeht eine Zeit, in der wir die Stille, die Freude am Zusammensein und auch die Besorgnis um Wilhelm miteinander teilen. Wir sprechen nicht darüber. Was gäbe es auch zu sagen? Du wartest erst einmal ab, was es mit Mongezis Zaubereien auf sich hat.

Du drehst dich auf den Rücken und holst tief Luft, dann fragst du leise: »Als du bei der Armee warst …« Du verstummst, kannst dich nicht dazu überwinden weiterzureden und findest schließlich doch den Mut dazu: »… und als ich in Stellenbosch studierte …«

Du zögerst, denkst nach. Ich fahre für dich fort: »Önologie und Französisch … Ein Vorwand, um nicht heiraten zu müssen. Ich kann mich sehr gut erinnern.«

Du legst die Hand in den Nacken. Ein Lächeln huscht über dein Gesicht. »Papa und Mama tun, was sie nur können, weißt du … und sie sind überzeugt von dem, was sie tun. Aber wirklich, die Jungs, die sie mir vorgeschlagen haben!«

»Und Kobus? Der auch nicht? Noch immer nicht?«

Du schüttelst den Kopf. Keine Lust zu heiraten, schon gar nicht ihn! Du rückst näher an deinen Bruder heran, das einzige männliche Wesen, das du akzeptierst, mit Ausnahme von Lothar … Für einen kurzen Augenblick blendet uns ein Stern, der heller als die anderen in dem Spalt aufleuchtet.

»Als du in der Armee warst … da teilte ich mein Zimmer im Studentenheim mit einer Freundin, Elsa. Ich habe dir nie davon erzählt, oder?«

»Daran würde ich mich erinnern …«

»Sie studierte Psychologie.«

Deine Stimme wird heiser, du räusperst dich, denn du hast einen Frosch im Hals.

»Sie schrieb ihre Examensarbeit über Kriegstraumata. Da sie gewusst … mitbekommen hat, dass ich oft an Albträumen litt, wollte sie meinen Fall untersuchen. Meistens träumte ich von

Orten, die so dunkel waren, dass es hätten Wälder sein können, in denen ich mich verirrt hatte. Ich spürte die Anwesenheit von Menschen, die nichts Gutes mit mir im Sinn hatten. Elsa dachte, wie du, dass ich eine *Vertriebene* bin … ehrlich, ist das nicht übertrieben, wenn man bedenkt, was hier los ist! Außerdem war sie für … ich meine, für sogenannte Schutzzonen.«

Du senkst für eine Sekunde die Augen und wartest, wie ich reagiere.

»Und hast du dich erforschen lassen?«

Bei meiner Frage zuckst du zusammen. Ängstlich schaust du dich um. Du schließt die Augen und gestehst: »Das war mein erstes Mal.«

Deine Stimme bebt, das Beben wandert in deine Augen, wo es sich in Tränen verwandelt. Plötzlich fängst du an, dich mit Vorwürfen zu überschütten. Und wie du dich herabsetzt! Du bist nichts wert. Etwas stimmt nicht mit dir. Man hätte dich liquidieren sollen, denn du bist nicht normal. Irgendetwas läuft schief bei dir. Du bist wie eine Behinderte. Hektisch gestikulierst du mit den Händen, wirfst den Kopf hin und her, als wolltest du aus deinem Körper heraus, dich von ihm befreien, weil er dich bedrückt. Und du wirfst mir giftige Blicke zu. »Sag mir nicht, dass du nicht schockiert bist!«

Du ja, du bist es offensichtlich. Du bist verabscheuungswürdig, sagst du, umso verabscheuungswürdiger, weil du deine Krankheit vor allen verheimlichst, und ich würde dich nicht verabscheuen? Wo du uns doch beschmutzt?

»Ehrlich, Wolf! War dein erstes Mal mit einem Jungen?«

Ich starre die Decke an, mit einem Lächeln, das dich stört. »Nein. Es war die Tochter eines hohen Tiers, an einem Feiertag. Nicht berauschend. Ich meine … ich war nicht sehr überzeugend.«

Du winkelst deine Beine an, dein Rock rutscht die Oberschenkel hoch. »Manchmal frage ich mich, ob ich nicht Mädchen liebe, um so zu sein wie du.« Deine Stimme zittert, aber du weinst nicht. Du hältst die Tränen zurück. Das wäre wahrhaft erbärmlich, denkst du. »Was ich getan habe … was ich bin … das ist gesetzlich verboten.«

»Sarah auch … sie war per Gesetz verboten. Du hast sie geliebt, nicht wahr?«

»Ich sollte eine Arierin sein, Wolf. Dazu waren wir ausersehen.«

Ich höre nicht weiter zu, denn mit einem Mal fallen mir an deinen Schenkeln senkrechte, übereinander verlaufende Narben auf. Du drehst und wendest dich, bleibst eine Sekunde auf dem Rücken liegen, rollst dich wieder auf die Seite, nach links. Und ich, ich lasse kein Auge von den Narben, für die ich keine Erklärung habe. Ich erinnere mich nicht, dass du dich an den Schenkeln verletzt hast. Du fängst wieder an: »Was mir bei Elsa am meisten wehgetan hat … In Wirklichkeit liebte sie mich nicht. Sie brauchte ein Versuchskaninchen für ihre Examensarbeit. Sie hat mich benutzt. Um zu sehen, wie es mit einem Mädchen ist.«

Du hältst inne und versuchst, tief durchzuatmen. Du bekommst keine Luft. Und ich helfe dir nicht: »Was sind das für Narben an deinen Beinen?«

Verlegen streckst du deine Beine aus und ziehst mit aller Kraft deinen Rock nach unten, um keinen Millimeter Haut unbedeckt zu lassen. Habe ich etwas gesehen, was ich nicht sehen sollte? Plötzlich muss ich an Lothar denken. Und bin entsetzt über das, was ich mir vorstelle. Am ganzen Körper bebend, stelle ich dir die Frage: »Es war doch nicht etwa Lothar, der dich …?«

Energisch streitest du es ab. Du fühlst dich in die Enge getrieben. Alles, aber nicht das. Nein, über diese Verletzungen willst du nicht sprechen. Dann kommst du auf Elsa zurück. Weil sie dir weniger angetan hat als diese Wunden?

»Sie hat das Gleiche mit einem Inder gemacht, der in Durban lebte. Sie hatte eine Beziehung mit ihm, um ihn zu testen, um auszuprobieren, wie es mit einem Inder ist. Aber ich, ich bin seit Sarah nicht mehr verliebt gewesen.«

»Ich auch nicht. Seit Sarah habe ich mich nie mehr verliebt.«

»Ich glaube nicht, dass mir das jemals wieder passiert. Du nicht auch?«

Dann wird dein Blick klar. Diese Schnitte, die hast du dir selbst zugefügt.

Verstört von dem gerade Gehörten, denn, weißt du, ich habe es gesehen, wirklich gesehen, breche ich in Tränen aus. Du begreifst nicht, weshalb ich anfange zu weinen. Weil ich dich nicht verteidigen konnte. Und auch hier bist du es, die mich beschützt, indem du mich in deine Arme nimmst.

***

Das Essen ist genauso undefinierbar wie beim ersten Mal, aber es schmeckt noch besser. Wilhelm trinkt viel, viel Bier, nach dem Essen will er aber nicht tanzen und steuert ganz allein auf einen großen, einzelnen Stein zu, wo er, während er wieder nüchtern wird, seine Verzweiflung mit Gott teilt.

Hemmungslos stürzt du dich in den Tanz. Ich mich auch. Zum Glück habe ich keine Angst davor, mich der Lächerlichkeit preiszugeben, denn ich bin lächerlich. Besonders in Gegenwart von Anna, die ihr Bein immer so hochwirft, und von dir, die du bestens zurechtkommst. Ich wusste nicht, dass du so geschmeidig tanzt. Du erklärst es mit den Frühlingsbällen, zu denen Elsa dich manchmal mitgenommen hat, als sie dich als Versuchskaninchen benutzte.

Erschöpft, verschwitzt legen wir eine kurze Pause ein. Du nutzt sie, um mir Charleston-Schritte beizubringen. Auch dies hast du in der Zeit mit Elsa gelernt. Sie hat nichts ausgelassen, bis hin zu den Jazzclubs in District Six. Dort hatte sie ihre Auftritte und ihre Liebhaber. Von den Liebhabern hast du erst später erfahren. Nach dem Jazz seid ihr ins Studentenwohnheim in Stellenbosch zurückgekehrt und habt den Rest der Nacht damit verbracht, bei zärtlichen Umarmungen Musik zu hören.

Gegen Mitternacht hört Mongezi zu tanzen auf und beobachtet aufmerksam den Himmel, wo sich ein geheimnisvolles Zeichen offenbart hat. Dann gesellt er sich zu Anna, die vom Tanz, vom Alkohol und von der Freude berauscht ist. Er flüstert ihr zwei Worte ins Ohr, danach begeben sie sich gemeinsam zu Wilhelm und schleifen ihn, jeder an einem Arm, von seinem Stein fort. Wilhelm hat gerade noch Zeit, seine Brille zurechtzurücken. Er hatte gehofft, dass man ihn vergisst und dass seine Eltern oder die Polizei kommen, um ihn zu befreien. Seine Gebete sind nicht erhört worden. Widerstandslos lässt er sich in die Hütte der Träume schleppen.

Gott straft ihn.

Angstvoll lässt er sich auf eine Matte legen und wirft einen furchtsamen Blick auf die mit Zaubertrank gefüllte Kalebasse, die sich auf seine Lippen zubewegt. *Okoma!* Das bedeutet Durst, wie du weißt. Wilhelm wagt es nicht, das Trinken zu verweigern, und lässt die Flüssigkeit zögernd auf seine Lippen tropfen. Sie rinnt ihm über die Zunge, dann in die Kehle, würgt ihn, bevor sie in seinem Magen ankommt. Ungerührt gegenüber Wilhelms Husten, spricht Mongezi eine Beschwörungsformel, die unserem kleinen Bruder helfen soll, in den Schlaf zu sinken. Ein Schlaf, der kein richtiger Schlaf ist, sondern eher eine Reise zu verborgenen Erinnerungen, seine eigenen, die seiner Nächsten und sogar die seiner entfernten Verwandten.

Wilhelm schläft immer noch nicht, in Panik starrt er an die Decke. Er schläft noch nicht, nein. Dennoch ist es ihm vergönnt zu sehen.

Wilhelm beginnt zu träumen. Ein junger Mann, der sich hinter im Kreis aufgestellten Wagen verschanzt, setzt sich gegen

Speere zur Wehr. *Die Ochsenwagenwache*, sagt Wilhelm in seinem Dämmerzustand, aufgeregt, weil er die große Schlacht am Blood River wiedererkennt. In der Schule war sie oft Thema … Aber hier sieht er sie in Technicolor: Buren in der Kleidung der Zeit kämpfen gegen Zulu, und dieser heroische junge Mann stemmt sich gegen Pfeile, die auf ihn abgeschossen werden.

Seine geringe Größe und die buschigen Augenbrauen könnten an Lothar erinnern, und Wilhelm wäre überglücklich, einen so tapferen Vorfahren zu entdecken. Aber er ist bronzefarben. Und trotz seiner ziemlich schmalen Lippen wird seine Nase zur Spitze hin breiter. Und diese Haare … er, das ist sicher, er würde den Kammtest nicht bestehen.

Wilhelm schwingt sich empor, von nun an ist er ein Vogel. Er schwebt über Tälern, Bergen und Jahren. Dann landet er auf dem Hof der Farm, wo er Jacob erkennt. Zu der Zeit trägt Jacob keinen Zwicker, sein Haar ist schwarz und sein Alter um die dreißig, fünfunddreißig Jahre. Er trägt eine Latzhose und kaut Tabak auf einer vertrauten Veranda, wo er gegenüber einem Mann mit Schirmmütze Platz genommen hat. Zwischen den beiden ein Tisch, ein Kartenspiel, zwei Gläser und eine Flasche.

Diese Veranda … ist sie nicht die Vorderseite seines alten Hauses? Das, wo er von seiner Geburt bis zu Jacobs letztem Schlaganfall gewohnt hat? Großpapa hatte sich verschuldet, um es zu renovieren, damit sie ein eigenes Zuhause hatten … War dieser Typ mit der Schirmmütze der frühere Besitzer? Wie kann es sein, dass Jacob und dieser *Colored* Karten spielen und denselben Tabak kauen? Vor allem, wenn es sich wirklich um den Eigentümer handelt, den Jacob enteignet hat, nicht wahr? Was die Träume offenbaren …

Wilhelm bricht wieder auf, und in sieben Sekunden durchquert er zwei oder drei Jahre. Jacob ist sehr bewegt, als er Marias gewölbten Bauch sieht. Er bittet sie, sich beim Jäten im Gemüsegarten nicht anzustrengen. Marias Antlitz sieht genauso aus wie auf dem alten Hochzeitsfoto … und dann in ihrem Bauch … *Mama*, flüstert Wilhelm, das ist Mama, sie ist da drin und noch nicht allein lebensfähig. Zu Jacobs glücklicher Miene gesellt sich eine andere, eine zweifelnde. Jacob vermutet etwas. Er sieht Maria fragend an, und sie streichelt ihm die Wange: *Natürlich ist es von dir. Ich habe dich gewählt, nicht Paul. Ich habe dich geheiratet, dich, nicht Paul!*

Jacob fällt ein Stein vom Herzen, er glaubt seiner Frau, die sich selbst glaubt. Nur manchmal täuscht man sich, auch wenn man sich gegenseitig glaubt. Das Ehepaar sieht sich verliebt an und kümmert sich gemeinsam um das frische Gemüse im Garten. Bald stößt ein sehr junges, schüchternes Mädchen zu ihnen. Sie ähnelt Thando, dem Kommunisten. Ist es Graça? Jedenfalls scheint sie zu glauben, dass Maria nicht glauben sollte, was sie glaubt, und dass Jacob sich irrt oder dass er betrogen wird oder etwas in der Art.

Jacob geht langsam fort. Im selben Augenblick dreht Maria sich um und trifft auf das ferne Lächeln des Mannes mit der Schirmmütze, der sich an die Veranda des Nachbargrundstücks lehnt …

Dass sie sich anlächeln, ist verwunderlich, vor allem, weil hinter dem Rücken des Mannes seine Frau in einem Schaukelstuhl sitzt. Sie wiegt ein an ihrer Brust schlafendes Baby und redet es zärtlich mit seinem Vornamen an. *Rabia.* So ähnlich, ja. Graça, die dieses peinliche Schauspiel beobachtet, wendet den Kopf ab. Nichts sehen, nichts wissen. Und doch weiß sie es. In den Baracken der Schwarzen weiß man alles.

Eine Sekunde später (die ein paar Tage ausmacht, denke ich) wird Wilhelm von einem Blitz geblendet: Im Garten des Mannes mit der Schirmmütze hat ihn gerade jemand fotografiert. Es ist das Bild, das du unmittelbar vor Wilhelms Geburt unter dem alten Sofa gefunden hast. Jacob hatte es in Michèles Zimmer aus deiner Tasche fallen sehen. Er hatte es aufgehoben, siebenmal umgedreht, gelesen, noch neunmal gelesen: *Paul N. 1913*. Seine Zweifel, die vierzig Jahre lang verstummt waren, lebten innerhalb von Sekunden wieder auf.

Ein Albtraum.

Die ganze Zeit ihrer Ehe hatte Jacob an Maria geglaubt.

Die ganze Zeit seit ihrem Tod hatte er sie verehrt.

Vierzig Jahre später bekam er einen Enkel, der genau wie Paul N. aussah. Paul Noah.

Hier begegnet Wilhelm sich selbst. Plötzlich begreift er, wer er ist. Er begreift, warum Jacob Michèle ständig anschreit: *Geh zurück zu Noah!*

Er begreift, warum Großpapa nach seiner Geburt Noahs Haus renovieren ließ: um sie aus dem Farmhaus zu vertreiben.

Und, mein Gott, denkt Wilhelm, seine Eltern, beide, kommen nicht nur aus Holland, Deutschland und Frankreich. Madagaskar, die Ostindische Kompanie und Mosambik haben sich auch zum Bankett eingeladen. Vielleicht sogar die Khoikhoi?

Und der Ehebruch!

Unter dem Schock, aber ich weiß nicht, ob es der Schock wegen des Ehebruchs oder wegen der Khoikhoi ist, verliert Wilhelm an Höhe, fällt im Zickzack vom Himmel, wie ein Flugzeug vor dem Absturz über Russland. Als er um Haaresbreite davor ist, an einem Berg zu zerschellen, wird er woandershin getragen, über einen Brief, in dem geschrieben steht:

*Ich möchte Sie darauf aufmerksam machen, dass der genannte Wilhelm Adolf Jacob Schultz das Produkt eines Verstoßes gegen die folgenden Gesetze ist: Gesetz gegen die Unmoral von 1950, Gesetz zur Unterdrückung des Kommunismus von 1950, Gesetz gegen Mischehen von 1949, Bevölkerungsregistrierungsgesetz von 1950 (verschärft 1957), Gesetz zu getrennten Wohngebieten von 1950, Gesetz zur getrennten Vertretung der …*

Wilhelm wacht schreiend auf, wütend, weil er den Rest des Briefes nicht mehr lesen kann. Im Fieber bäumt er sich gegen die Ostindiengesellschaft auf, gegen Ehebruch, Lügen und Mosambik.

Er ist wütend. Aber ich weiß, wie es weitergeht: Die Hand eines alten Mannes kritzelt die Schleifen und Striche in diesen Brief. In einem Rollstuhl erleidet Jacob vielleicht gerade seinen zweiten Schlaganfall.

Er hat noch genug Verstand, um sich an Paul zu rächen, indem er seinen Enkel denunziert. Da ihn seine Beine aber nicht mehr weit genug tragen, um den Brief abzuschicken, ruft er Thando zu sich. Er gibt ihm den Umschlag und weist ihn an, ihn abzuschicken. Thando ist Analphabet und kann nicht lesen, dass der Brief an das Amt für Klassifizierung adressiert ist. Außerdem ist er abgelenkt. So denkt er nicht mehr an den Brief, umso weniger, als Jacob am nächsten Tag seinen letzten Schlaganfall erleidet. Gott hat ihn bestraft, und zack, kann es jeden treffen.

Jahre später, mindestens sieben, findet Graça den Brief zufällig in einer Schublade. Sie erkundigt sich bei Thando, und der erinnert sich an die Order, die er nicht ausgeführt hat. Graça wäscht ihm den Kopf … hat er denn gar kein Pflichtgefühl? Kein Mitleid mit dem armen Großpapa?

Thando bekennt sich schuldig, aber eifersüchtig wirft er seiner Mutter die Zuneigung vor, die sie dem Großpapa entgegenbringt, der ihn doch ständig verprügelt hat! Das stimmt, gibt Graça zu. Aber Jacob hat so viel gelitten! Es hat ihn geschmerzt, dass er Paul Noah enteignen musste, der sein Freund war. Um sich dafür zu bestrafen und sich immer an Marias Ehebruch zu erinnern, hat er sich geschworen, dabei zuzusehen, wie das Haus verfiel. Oder es zu verkaufen … sehr, sehr, sehr teuer. Der Preis für sein Leid. Armer Großpapa … bis zu Wilhelms Geburt hatte er geglaubt … also ein bisschen Mitgefühl! Jacob muss vergeben werden. Amen.

Graça übernimmt es also persönlich, den Brief des armen Großpapas abzuschicken. Ein paar Tage später ist Wilhelms Schicksal besiegelt, trotz seines gewissenhaften Haarebürstens.

★★★

Auf der Außentreppe der Farm steht, neben Michèle und Jacobs Rollstuhl, Lothar. Er wird von Blitzlichtern geblendet, während er Journalisten und Schaulustigen, die in großer Zahl gekommen sind, eine Erklärung vorliest: Nach acht Monaten und siebzehn Tagen Prozessdauer haben sich die Richter seiner Auffassung angeschlossen. Das Bevölkerungsgesetz wird in Kürze geändert. Im Interesse der afrikaanser Bevölkerung kann künftig niemand, der Eltern hat, die beide als »weiß« klassifiziert worden sind, mehr umklassifiziert werden. Wenn es wachsen will, muss das Volk der Afrikaaner seine Regeln lockern! Menschen, die nur ein kleines bisschen gemischt sind, sind immer noch besser als Menschen, die bis ins Mark schwarz sind. Ganz zu schweigen von den Indern.

So wird die Einheit der Familien und der Nation gewahrt.

»Sie werden uns alle töten«, murrt Jacob in seinem Rollstuhl. Michèle steht rechts neben ihrem Mann und umklammert die Rollstuhlgriffe.

Sie lächelt, aber es sieht so aus, als wäre sie noch immer aufgebracht. Ein Reporter hält ihr ein Mikrofon hin und fragt, ob der Ausreißer Wilhelm aufgefunden wurde.

»Es geht nicht um Ausreißen«, erklärt Michèle, »sondern um eine Entführung. Nach acht Monaten und siebzehn Tagen Suche haben wir ihn endlich gefunden.«

Sie unterdrückt ein Schluchzen: »Die Polizei ist unterwegs.«

Zwei dicke Tränen laufen ihre Wangen hinunter. Sie zögert, sie wegzuwischen, denn die Tränen einer verhöhnten Frau rühren jeden. Leidenschaftlich sagt sie, dass dies ein Verrat ist, ein Verrat vonseiten der beiden deutschen Kinder, die man ihr als Arier präsentiert hatte. Offensichtlich ist das nicht wahr. Vor allem das Mädchen, das …

Abrupt übt Michèle Selbstzensur: Deine Krankheit könnte sich gegen sie wenden. Nicht der richtige Zeitpunkt, wirklich nicht. Kurz gesagt, diese gekauften … diese adoptierten Kinder, über die man ihr etwas vorgegaukelt hat, haben ihren Sohn entführt und ihn den Zulu überlassen.

Aber sie ist bereit zu vergeben. Sie ist eine Mutter, nicht wahr? Und sie ist eine gute Christin. Ein Raunen der Bewunderung geht durch die Menge der Journalisten und Schaulustigen. Michèle ist eine Heilige. Geheiligt sei ihr Name.

In einer Hütte hält eine Frau Wilhelm einen Spiegel hin, da höre ich Polizeisirenen. Offensichtlich kommt er gerade von einer Frisierstunde. Den vielen Kleiderbügeln nach zu urteilen, die an den Wänden hängen, lebt Wilhelm schon eine ganze Weile hier. Acht Monate und siebzehn Tage: ein ganzes Schuljahr futsch. Weitere Kleidungsstücke liegen gefaltet in zwei Koffern, die darauf warten, geschlossen zu werden. Mit entspannter Miene und sonnenverwöhnter Haut scheint Wilhelm glücklich zu sein über sein Spiegelbild. Zufrieden dreht er sich lange Zöpfe, die sein Gesicht umrahmen und bis zu den Hüften herabfallen.

Wirklich, ja, es gefällt ihm sehr, selbst wenn er wie ein Mädchen aussieht, noch dazu wie eins mit dunkler Haut.

Du und ich, wir lächeln auch, sitzen dösend auf zwei Hockern, die neben dem Eingang stehen. An meinem Kinn wuchert ein Bart, Haarwuchs verdeckt deine Achselhöhlen. Die Pracht ist rötlich, genau wie bei König David. Aber die Polizei kommt und nimmt uns mit.

Ich frage mich, ob wir vorhatten, Wilhelm zurück auf die Farm zu bringen.

Ich frage mich, ob wir nicht eher nach Deutschland reisen wollten.

Wie hätten wir das mit einem dreizehnjährigen Jungen tun sollen?

*Er ist ein Weißer!*

Mit Datum vom siebten September 1967 gibt die Zeitung diese Antwort, darunter ein Foto von Wilhelm, dem Michèle eilig die Haare geschnitten hat. Neben der Schlagzeile zeigt ein anderes Bild zwei Teufel hinter Gittern. Der Artikel führt aus, dass die beiden Deutschen, die von den Schultz adoptiert worden sind, darauf warten, wegen Entführung eines Minderjährigen verurteilt zu werden.

***

Ein Straßenschild zeigt die *Hanover Street* an, auf einem Hintergrund aus blauer Emaille. Hannover, der gleiche Name wie der Bahnhof, von dem aus wir unsere Reise angetreten haben.

Ein Menschenstrom ergießt sich in die Hannoverstraße, mit Schubkarren voller Früchte, vorbei an Marktständen, Ball spielenden Kindern und zwischen den Gebäuden aufgehängten Tüchern. Weiß, rosa und blau, sie halten sich für Schmetterlinge und flattern an den Fenstern. Neonröhren flackern müde an den Auslagen der Geschäfte.

*Hanover Street*, wiederholt ein weiteres Schild.

Aber es sieht nicht wie in Deutschland aus.

Mein Haar ist gestutzt und mein Schnurrbart kurz. Kein Bart mehr. Ich gehe neben dir die Straße entlang.

»Diese Sängerin«, sagst du, »die ist irre!«

Dein Haar ist gewachsen. Ich kann deine Achseln nicht sehen, also weiß ich nicht, was du mit deinen Haarbüschen gemacht hast. Zu deiner Linken geht Kobus, der seit dem letzten Mal in die Höhe geschossen ist. Sein Haar glänzt noch immer, er ist rank und schlank, seine Augen leuchten. Eure Finger sind ineinander verschränkt. An euren Ringfingern funkelt ein goldener Ring. Thando ist auch da, pfeifend läuft er vor uns her.

»Ich habe sie einmal gesehen«, erwidert er. »Es ist wahr, für eine Weiße singt sie gar nicht mal schlecht.«

Auch an seinem Finger schimmert ein Ring, allerdings aus Silber. Ständig reibt er ihn mit dem Daumen, als sei er erstaunt, dass der Ring dort steckt.

An meinem Arm keine andere Frau als du.

Thando bleibt unter einem Schild stehen, das für ein dunkles Getränk wirbt, *Coca-Cola.* Er begrüßt einen Bekannten, stellt uns vor: »Sie haben drei Monate im Knast gesessen!«, ruft er voller Stolz aus.

Der andere sieht uns an, nicht übermäßig beeindruckt, aber ein wenig überrascht. »Drei Monate! Die beiden?«

»Weil sie ihren Bruder auf einen Ausflug mitgenommen haben …«, erklärt Thando. »Sie sind am Tag vor Weihnachten entlassen worden.«

Wir kommen aus dem Gefängnis …

Kobus schämt sich bis auf die Knochen. Er ist nicht stolz darauf, du auch nicht. Keine Zulu mehr, nie mehr. Auch keine Elsa mehr. Die Hochzeit, ja. Aber es fällt dir schwer, dich zu überwinden: Du weichst Kobus' Küssen aus, der seinerseits darunter leidet, nicht geliebt zu werden. Er hat dich gewollt … er hat dich bekommen. Und er wird dich behalten. Kobus ist wie du: Er hängt sich an Menschen, die ihn nicht lieben. Und wartet darauf, dass sich das eines Tages auf magische Weise ändert. Im Grunde passt ihr gut zusammen. Ich frage mich, wie deine Schenkel aussehen. Verstümmelst du dich immer noch?

Thando gibt dem Mann ein paar Geldscheine für einen Beutel mit einem Kraut. Er riecht daran, brummt vor Vergnügen. Wir gehen weiter, Thando vorn, du in der Mitte, ich schließe die Reihe. Kobus streicht dir über den Kopf. Es sieht eher so aus, als würde er dir den Kopf waschen. Du reagierst nicht. Thando hebt die Nase zum Himmel. »Ich glaube nicht an Gott. Aber Mama hat jeden Tag für euch gebetet. Für alle Gefangenen im Land. Sie betet für jeden … Das regt mich auf.« Er dreht sich spöttisch zu mir um: »Und jetzt, wo du deine ganze Kohle verpulvert hast, wie willst du mit uns nach Deutschland reisen?«

Du verziehst empört das Gesicht und antwortest ihm mit Wut in der Stimme, schneller als ich: »Mach dir keine Sorgen um ihn, er ist wieder bei der Bank angestellt.«

Ich stammele: »Ich werde wieder auf die Beine kommen … ihr wollt mich ja nicht begleiten, es wird also nicht so teuer werden.«

Offensichtlich bereut keiner von euch, dass ihr euch für die Hochzeit statt für die Reise nach Deutschland entschieden habt. Was mich betrifft, so gebe ich unseren Kindheitstraum nicht auf.

»Ich schätze, ich kann am Ende des Jahres los.«

Du bückst dich, um die Riemen deiner Sandalen enger zu ziehen, und sagst: »Ja, wenn du nicht wieder eine Nierenkolik bekommst!«

Rumms. Einfach so.

Kinder sitzen auf einer Treppe und sehen staunend zu, wie die Lichter der Schiffe in der Bucht aufleuchten. Die Wellen schlagen hoch. Zum Baden ist es zu stürmisch, aber man kann gut angeln. Kobus mustert mich erstaunt: »Ich kann nicht glauben, dass du es geschafft hast, wieder bei der Bank anzufangen. Wissen sie, dass du … ein ehemaliger Häftling bist?«

»Sie hatten sonst niemanden zur Hand. Mein Chef ist nach Holland gegangen, um sich weiterzubilden … am Hauptsitz.«

Du fügst hinzu: »Sie hatten niemanden, der schuftet wie vier. Aber mit nur einem Nierenleiden.«

Vor einem Gewürzladen unter einer Zigarettenreklame rauchen ein paar Männer. Nein, sie rauchen keine Zigaretten, das ist Dagga, verrätst du uns im Tonfall einer Eingeweihten. Noch ein Andenken an Elsa, vermute ich. Du hast von ihr gelernt, auch wenn sie dich nicht geliebt hat. Du bleibst neben einer Steintreppe stehen und teilst mit den Rauchern ein paar Züge. Hinter uns verläuft ein gepflasterter Weg, der zwei Straßen verbindet.

»Dort ist es«, erklärst du uns. »Sie müssten bald anfangen.«

Kartenspieler, Zocker, Raucher und Musiker tummeln sich auf den Stufen und in der Allee.

Kobus sieht dir zu, wie du dich auf die Motorhaube eines verrosteten, mit einem Rad auf dem Bürgersteig geparkten Ford setzt. Du hast seine Hand losgelassen, er ist verloren. Wider Willen atmet er die Dämpfe des glimmenden Krauts ein. Es betäubt dich. Du lachst. Doch an deinen Handgelenken sehe ich die gleichen Narben wie an deinen Oberschenkeln. Weniger, aber deutlicher. Tiefer. Es bringt mich fast um.

Thando pfeift einer Orangenverkäuferin hinterher, die vor ihrer Schubkarre auf Kunden wartet. Sie beißt an, aber er gibt ihr lachend einen Korb: »Tut mir leid, ich habe gerade geheiratet.«

»Arschloch!«

»Du wirst dich doch nicht mit Zandile anlegen! Sie ist ein hohes Tier beim Panafrikanischen Kongress!«

***

Auf den Treppenstufen lassen sich Jungs mit Hut und zweifelhaftem Aussehen nieder. Sie haben Gitarren bei sich. Ein anderer, im Karnevalskostüm und mit bemaltem Gesicht, schließt sich ihnen an. Sieben Stufen, jeder hat seine eigene. Sie spielen für die Passanten und für die Kinder, die um die Hydranten herumhopsen. Ein junges Mädchen kommt von oben und stellt sich gut sichtbar in die Mitte von allen.

»Da ist sie …«, flüsterst du und schmiegst dich an mich. »Die Sängerin, von der ich dir eben erzählt habe.«

Ihr Gesicht leuchtet verheißungsvoll. Die Sonne lässt ihren braunen Bubikopf golden schimmern. Sie hat ein hübsches Profil … sie sieht aus wie Heidi. Und sie beginnt zu singen.

*No mixed dancing,*
*No mixed dining,*
*No mixed bands.*

Dein Herz klopft rasend gegen meine Haut. Ich spüre es, als wäre es in mir. Meins öffnet sich auch. Etwas dringt in mich ein, eine Hitze, die mir in die Wangen steigt.

*How the hell do you run a jazz club in District Six?*

Ihr kleiner Körper wiegt sich graziös auf der Treppenstufe. Sie bewegt sich sicher, geschmeidig, und singt mit einer für ihre Größe erstaunlichen Kraft. Thando schnipst mit seinen Fingern im Rhythmus, alle Blicke folgen ihr. Ihre ausdrucksstarken Gesten, die Gewandtheit ihrer Musiker, alles zieht uns in den Bann. Ich halte den Atem an, kann mich nicht ihrer betörenden Ausstrahlung entziehen, mich nicht von ihrer heiseren Stimme losreißen, die mich entflammt.

Die dich elektrisiert.

Wir beide finden zu dem Gefühl zurück, wie es ist, sich zu verlieben.

*We won't move from District Six.*

»Du hast es gesagt, Frances! Oh nein! Wir gehen nicht weg! Frances …«

Ich drehe mich zu der Person um, die soeben ihren Namen verraten hat. Platinfarbenes Haar umrahmt ihr dunkles Gesicht, ihre Augenlider sind zu stark geschminkt, ihre Hose formt eine Beule. Kobus tippt mir auf die Schulter, zeigt auf sie: »Was ist das …?«

»Ich weiß nicht«, antworte ich Kobus.

Er starrt die Person neugierig an, was der durchaus gefällt.

Plötzlich wendet er den Kopf, weil etwas riecht. Auch aus den Fenstern dringt Gestank. Unangenehm berührt sucht er die Umgebung ab, bis sein Blick auf ein paar alte Frauen fällt, die in Korbstühlen mitten auf der Straße sitzen. Ihre Männer stehen in den Türschwellen und rauchen Pfeife.

Leute gehen vorbei, den Kopf gesenkt oder in den Wolken, den Hut in der Hand. Auf den sieben Treppenstufen entspinnt sich ein Tanz um Frances. Thando mischt sich unter die Tanzenden. Frances' Blick bleibt an mir hängen. Ich bin dabei, mich zu verlieben, auf meine Zunge legt sich der Geschmack von Kürbiskeksen. Der Geschmack von Sarah. Dir geht es ebenso, nicht wahr?

»Abdul!«, ruft die Person mit den platinblonden Haaren. Es ist die Stimme eines Mannes, der sich als Frau ausgibt. »Weiß dein Vater, dass du hier bist, Abdul?«

Abdul schüttelt hinter Frances die Rasseln. Sein Gesicht ist schwarz-weiß bemalt, und er trägt ein Karnevalskostüm, rot mit blauem Satin und einer gelben Fliege. Er lacht schallend: »Kannst du ein Geheimnis für dich behalten, Kewpie?«

Kewpie ruft in die Runde: »Sein Vater ist ein sehr strenger Mann.«

Amüsiertes Gemurmel erhebt sich. Frances stimmt lachend ein. Auf ihrer Wange zeigt sich ein Grübchen, und ich, ich verspüre eine unbändige Lust, sie auf den Mund zu küssen. Du seufzt, ich glaube, aus Verdruss, weil Kobus dich an sich zieht. Er flüstert dir ins Ohr: »Kewpie? Püppchen? Ist das überhaupt ein richtiger Name?«

»Sein Name ist Eugène Fritz«, murmelst du gereizt.

»Woher weißt du das?« Kobus ist nicht wohl dabei, dass du dich in dieser seltsamen Umgebung so zu Hause fühlst.

Aus dem Publikum kommt eine Stimme: »Abdul hat sein Kostüm nicht mehr abgelegt, seit er beim Karneval den ersten Preis gewonnen hat!«

»Ich bin vorhin in der Aspeling Street vorbeigekommen«, sagt Abdul, seine Rasseln schwingend. »Papa hat auf der Terrasse gerade sein Stück Kuchen verspeist und ist dann in die Moschee gegangen. Er hat mich nicht einmal erkannt.«

»Kommst du heute Abend zu mir ins Ambassadeur?«, fragt Kewpie.

»Ganz bestimmt nicht! Du bist nicht mein Typ!«

Lachen. Ich sehe Frances in die Augen. Etwas Warmes durchströmt mich. Ein schmerzloses Fieber. Thando tanzt und lächelt. Sein Lächeln gilt dem Badestrand unten, wo sein Großvater geboren worden ist. Und dann, an einem Sonntag, hat ihn die Pest dahingerafft.

Ich verliebe, verliebe, verliebe, ich verliebe mich.

Frances wird mich in einen Lebensmittelladen mitnehmen, sie wird eine Tüte mit Erdnüssen füllen, mir sagen, *es sind die besten in der Stadt*, und ich werde ihr einen Heiratsantrag machen. Sie wird sagen …

»… ich will frei sein. In meinem Kommen und Gehen, meinen Plänen, meinem Sein. Wenn du mir versprichst, mich gleichberechtigt zu behandeln, dann will ich dich heiraten.«

Dann wird ein Flugzeug über das Meer fliegen. Wir werden drinsitzen und durch ein Fenster die Gebirgslandschaften bewundern. Sie werden an die Postkarten von Frau Pfefferli erinnern. Die Wolken werden weiß sein wie aus Sahne und Lust machen, davon zu kosten. Die Maschine wird im Licht eines Sonnenstrahls aufblitzen. Zwei grüne Linien werden neben den Fenstern verlaufen. Das Flugzeug wird eine Luxair sein, eine Boeing 707.

Das wird zu einer Jahresmitte sein.

Papa? Ich bin's, Rosie. Du bewegst immerzu deine Augen … Sicher, weil du gleich aufwachen wirst, nicht wahr? Man sagt, dass man sein ganzes Leben sieht, bevor man stirbt. Aber du, du wirst zurückkommen, hm? Weil du mich hörst, ja? Papa … du hast gesehen, wer geschossen hat, ja? Entschuldige, ich kann seinen Namen nicht mehr aussprechen. Es ist, als gehöre er nicht mehr zu unserer Familie. Als wäre er mit einem Mal ein Fremder. Man sagt, dass die Hand, die einen schlägt, oft nah ist. Das weiß man. Aber man kann es sich nicht vorstellen. Papa? Ich muss immer wieder an deinen Geburtstag denken … und an Mandelas Geburtstag. Du weißt doch, dass viele ihn für einen Verräter halten. Es ist wahr, dass er den Weißen Zugeständnisse gemacht hat. Es ist wahr, dass die Schwarzen nicht viel haben, außer Arbeitslosigkeit. Mit Obamas süßen Worten wird man keinen wirklichen Frieden schaffen. Vor allem nicht am Kap! Ich wollte vor allem, dass du Frieden mit dir selbst schließt. Daher habe ich dir die Böttcherei deines Vaters zum Geburtstag geschenkt. Ich hoffte, dass Bremen damit ein bisschen ans Kap rücken würde und du dich ganz fühlen würdest. Ich hoffte, dass du dann nicht mehr denken würdest, alles sei deine Schuld. Der Nationalsozialismus. Die Apartheid. Aber wie konnte ich das glauben, wenn sogar ich mich schuldig fühle? Papa? Du hattest recht. Du hättest nie ans Kap zurückkehren sollen. Du wolltest in Europa bleiben. Arya, Barbie und ich haben dich dazu gedrängt. Marianne war zu klein, aber sie wäre sicher auch lieber dortgeblieben, sie auch. Es tut mir leid, Papa. Und ich möchte dir danken, dass du mein Vater bist. Du warst kein Superpapa für mich. Aber für Marianne … Doch das ist nicht schlimm. Deine Tochter zu sein genügt mir. Ich mag dein Gesicht. Weil ich das gleiche habe. Und es ist keine Nazifratze.

»Ich konnte Hitler nie leiden.«

Das sagt ein alter Mann ohne Haare, aber mit Tränensäcken unter den Augen. Mit schmalen Schultern und breiten Hüften ähnelt seine Statur einem Dreieck. Er muss um die fünfundsechzig Jahre alt sein, und so sieht er auch aus.

»Er hat immer geschrien«, sagt eine Frau, die eine Tasse mit Blümchenmuster an die Lippen führt. »Doch er wurde fanatisch geliebt ...«

Rosige Wangen und eine spitze Nase, und sie ist rund, eine Kugel. Meiner Meinung nach sind sie Mann und Frau, man könnte aber denken, Bruder und Schwester. Manchmal hat die Ehe eine solche Wirkung.

Sie sitzen auf einem grünen Samtsofa und lächeln zwei junge Leute an. Der eine, mit den langen Koteletten an den Schläfen und dem weißen Hemd, dessen Ärmel über behaarten Armen hochgekrempelt sind, das bin ich. Ich lächle sanft. Frances an meiner Seite knabbert an einem Stück Nusskuchen, gleichzeitig raucht sie eine Zigarette. Wir tragen beide einen goldenen Ring mit einem Flechtmuster am Finger. Zwischen uns und ihnen steht ein Couchtisch, darauf ein besticktes Deckchen und eine Vase mit roten Nelken.

»Wann ist Ihr Vater in Russland gefallen?«, fragt der Mann.

»1943.«

»Wolf hat es kürzlich vom Roten Kreuz bestätigt bekommen«, ergänzt Frances.

Wir schweigen eine Weile, dann räuspert sich die Frau und sagt in leicht betrübtem Tonfall: »Sie müssen sehr jung gewesen sein.«

»Ich erinnere mich trotzdem daran, Frau …«

»Helge, nennen Sie mich Helge.«

Ihr Mann nickt: »Und mich Markus.«

»Nun … ich sehe mich vor meinem geistigen Auge, da bin ich zwei oder drei Jahre alt. Es klingelt. Mein Vater kommt zur Tür herein. Er lockert seine Krawatte. Auf Urlaub, vermute ich.«

»Sie haben in München gewohnt?«

»In Bremen. Mein Vater hat dort noch Familie. Wir wollen sie am Ende unserer Deutschlandreise besuchen.«

»Anschließend kommen wir nach München zurück«, erklärt Frances. »Würden Sie uns Ihre Parterrewohnung vermieten?«

»Sie sind ein sehr sympathisches Paar«, sagt Helge leise. »Unser Sohn sieht Ihnen ähnlich … Er wäre entzückt. Es ist mutig von Ihnen, dass sie wieder anfangen wollen zu studieren. Sie haben doch schon gearbeitet, nicht wahr?«

Ich erzähle von meinen Jahren in der Armee, meinem Erststudium und meiner Erfahrung bei der Holländischen Zentralbank. Ich war sehr jung. Aber ich hatte zwanzig Leute unter mir, dann dreißig. Dann dreiundachtzig.

Das Ehepaar ist von mir begeistert. Kein Wort über meinen Aufenthalt bei den Zulu und meine drei Monate im Gefängnis.

»Wolf mag es, wenn man vollen Einsatz zeigt«, fügt Frances hinzu und zieht an einer Zigarette. »Er hat bis zur Erschöpfung gearbeitet, um uns diese Reise zu ermöglichen und weiter zu studieren.«

»Du übertreibst.«

»Du bist es, der übertreibt: Krankenhausaufenthalt, Rekonvaleszenz …«

Sie wendet sich an Helge: »Eine Nierenkolik. Ein Rückfall.«

Markus schenkt uns Tee nach, während Helge noch drei Stücke vom Kuchen anschneidet.

»Er hat manchmal Probleme, Luft zu bekommen«, erklärt Frances und verzieht dabei schmerzhaft das Gesicht. »Das Zwerchfell, wissen Sie. Er hat auch kleine Harnwegsprobleme.«

Sie runzelt die Stirn und hält sich die Seiten, um ihnen zu demonstrieren, welche Schmerzen ich haben kann. Peinlich berührt senke ich den Kopf. Helge strahlt Frances an: Sie kann sich glücklich schätzen, mit einem so tapferen Mann verheiratet zu sein. Frances drückt ihre Zigarette in einem Terrakotta-Aschenbecher mit der Aufschrift *Herzlichen Glückwunsch zum Geburtstag, Papa* aus.

»Was mich angeht, so werde ich mir eine Arbeit suchen. Ich kann mir nicht vorstellen, meinem Mann auf der Tasche zu liegen.«

»Was ist Ihr Beruf?«, fragt Helge interessiert.

»Ich bin Sängerin. In einer Jazzband in Kapstadt. Aber mein Gitarrist und mein Perkussionist sind … nun ja, umgesiedelt worden. Hanover Park. Mitchell Plains. Das sind Zonen, die sind für *Coloreds* reserviert. Auch Schwarze haben nicht das Recht, in der Stadt zu wohnen.«

Helge und Markus verstehen nicht.

»Entschuldigen Sie«, sagt Helge verlegen, »ich kenne mich mit Jazz nicht so gut aus. Ich habe früher in einer Strumpffabrik gearbeitet.«

Markus nimmt einen Schluck Tee und stellt seine Tasse haargenau in die Mitte der Untertasse. Helges Stimme klingt unsicher. »Wir können Sie bei all Ihren Vorhaben nur ermutigen. Wie könnte man gegen Sie sein, nachdem …?«

Sie weist auf eine große Anrichte mit Schubladen und Scheiben, hinter denen Geschirr und Kinderbücher stehen. »Ich begreife nicht, wie man ein kleines Kind weggeben kann«, sagt sie nachdrücklich.

»Umsiedeln, Helge, umsiedeln. Meine Eltern sind tot, sie haben mich nicht weggegeben.«

»Ich verstehe, aber trotzdem.«

»In der ganzen Zeit bin ich Deutscher geblieben. Kürzlich konnte ich meinen Pass beantragen.«

»Das ist das Mindeste«, seufzt Helge. Eine Gefühlsregung huscht über ihr Gesicht. Nach einem Moment des Schweigens wendet sie sich Markus zu. »Erinnerst du dich noch an die Leuchtraketen?«

Markus' Züge verkrampfen sich, in seinen Augen ist eine plötzliche Traurigkeit. »Sie sahen aus wie heutzutage die Christbäume.«

Liebevoll legt Helge ihre Hand auf den Arm ihres Mannes. »Nachts haben wir in voller Kleidung geschlafen. Für den Fall, dass es Bombenangriffe geben würde.«

Sie tauschen ein zärtliches Lächeln aus. Ich wünschte, ich wäre so verliebt, wenn ich alt bin. Markus erhebt sich, was ihm wegen seines Rheumas schwerfällt. Als er aufrecht steht, schwankt er kurz und geht dann, etwas vor sich hin murmelnd, zur Anrichte, zieht die erste Schublade auf und kramt darin herum. Er findet einen Stoß Papiere, die mit einem Stück Bindfaden zusammengeschnürt sind. Mit einem Lächeln auf den Lippen will er wieder Platz nehmen, aber auch das bereitet ihm Schwierigkeiten, und seine Gelenke knacken. Als er sitzt, legt er die Papiere neben die Nelkenvase und löst bedächtig den Knoten.

»Es wird nicht viel darüber gesprochen«, sagt er. »Ich musste in die Partei eintreten, wenn ich meine Versicherung nicht verlieren wollte. Wenn ich gewusst hätte. Wenn ich alles gewusst hätte, wäre ich nach Amerika ausgewandert. Mein Bruder lebte dort. Und nach dem Krieg musste ich diesen Fragebogen ausfüllen.«

Er nimmt ein paar vergilbte Blätter aus dem Stapel und legt sie auf das Deckchen zwischen die Nelken und den Kuchen. Helge starrt das Papier an, als ob es ihr die Augen verbrennen würde. Ich wage nicht, es anzufassen. Frances auch nicht.

»Die Alliierten wollten wissen, wer belastet war«, sagt Markus leise. »Und wie. Und in welchem Ausmaß.«

Er nimmt seine Brille ab und reibt sich die Augen. Ich hänge an seinen Lippen und fühle mich in die Zeit zurückversetzt, als mein Vater gerade gestorben war. Markus und er gehören derselben Generation an. Sie hätten sich kennen können.

»Das ist ein Entnazifizierungsbogen«, sagt Helge mit belegter Stimme.

»Ich bin entlastet worden«, beeilt sich ihr Mann zu erklären. Auch seine Stimme wirkt, als sei eine Last abgefallen.

»Es ist sicher richtig, dass Deutschland Sie im Stich gelassen hat, aber vielleicht hätten Ihre Leute Ihnen kein gutes Leben bieten können?«

Frances drückt ihre zweite, vielleicht ihre dritte Zigarette im Aschenbecher aus und zündet sich empört eine neue an: »Was ist ein gutes Leben, Markus? Wolf wird es Ihnen nicht erzählen, aber er hat Schreckliches erlebt. Das gute Leben, das war für andere!« Rauch steigt steil aus Frances' Nasenlöchern hoch. »Die Organisation, die seine Adoption veranlasst hat, war für die Nazis. Sie wollte in Afrika erreichen, was die Nazis in Deutschland nicht geschafft hatten.«

Frances' Miene verdüstert sich. Markus senkt den Kopf, ihm ist unbehaglich zumute. Helge flüchtet sich in eine Tasse Tee. Sie wirken auf mich, als wollten sie den Erinnerungen entfliehen, während ich mich ihnen stellen will. Nach einer Weile sagt Helge: »Was ist mit Ihnen, Frances? Woher stammen Sie eigentlich?«

»Mein Vater ist Holländer.«

»Und Ihre Mutter?«

»Jüdin«, haucht Frances und bläst eine Rauchwolke in die Luft.

Ein Schleier aus Scham legt sich über das Ehepaar. Frances beachtet ihn nicht. In aller Unschuld fährt sie fort: »Die Familie meiner Mutter ist zur Zarenzeit aus Russland geflohen. Seit jeher wohnen wir im selben Viertel, über einem Buchladen, den mein Großvater in District Six eröffnet hat. Zurzeit werden Menschen von dort vertrieben.«

Ohne Luft zu holen, erzählt Frances von dem Bagger, der die Unterkunft ihres Musikers niedergewalzt hat. Sie hält ihre Tränen zurück: »Dieses verfluchte Land zu verlassen war die einzige Lösung. Ich habe Zeit gebraucht, um das einzusehen. Aber Wolf hatte recht.«

Vor lauter Wut kaut Frances auf ihrer Zigarette herum. Ich liebkose sie mit einem zärtlichen Blick. Helge stellt ihre Untertasse auf dem Tisch ab. Das Porzellan klirrt.

»Wenn Sie nach Bremen kommen«, meint sie, »werden die Ihren Sie wieder in Ihre Familie aufnehmen, da bin ich mir sicher.«

***

An der Vorderfront wacht ein Trio schmiedeeiserner Kobolde über eine Böttcherei.

*Gebrüder Grimm*

Mir scheint, ich erkenne das Glockenspiel, das Papa immer erklingen ließ.

*Sieh nur, Frieda, dein Mann ist da!*

Papas Gesicht war so zärtlich.

Hinter Frances trete ich über die Türschwelle. Der Klingelzug rasselt. Ein starker Holzgeruch empfängt uns. Fässer ruhen auf langen, übereinander angeordneten Brettern.

»Ich bin hier!«, brüllt jemand, der am oberen Ende einer Treppe beschäftigt ist, mürrisch.

Eine Schuhspitze wird auf der obersten Stufe sichtbar, dann der ganze Fuß in einem Stiefel, in den eine Hose gesteckt ist. Über den kurzen Beinen ragt ein Männerbauch hervor, die Haut glänzt vor Schweiß.

Unten angekommen, trocknet er mit einem schmutzigen Tuch seine Hände ab, begrüßt uns und heftet seine Augen auf Frances. Er ist empfänglich für ihre Schönheit, sie fühlt sich geschmeichelt. Er sieht nicht besonders anziehend aus mit seinen Brustwarzen, die sich auf dem Trikot abzeichnen.

Doch er erweckt Zuneigung in mir und das Gefühl, nach Hause gekommen zu sein. Zu den Meinen. Ist es der Ort, der mich wiederfindet? Ist es der Geruch, der mich aufnimmt?

Die Koteletten an seinen Schläfen gleichen meinen. Seine Augen haben die gleiche längliche Form, sind aber braun. Unsere Augenbrauen sind ähnlich geschwungen, bei ihm nur schmaler. Er erkennt mich nicht. Es ist ihm sichtlich unangenehm, von einem Fremden und dessen Frau angestarrt zu werden. Ich breche das Schweigen, meine Stimme ist brüchig: »Adolf?«

Seine Augen weiten sich vor Erstaunen und ruhen eine ganze Weile auf mir. Ungläubig hält er sich die Hand vor den Mund. »Hans?«

Er kommt näher und lacht lauthals. »Hänsel!« Er wirft sich in meine Arme und weiß sich vor Freude nicht zu fassen. Er schüttelt sich vor Lachen, ich spüre es in meinem Magen, es kitzelt. Ich bin verwirrt, weil er mich nicht erkannt hat. Doch mit wem könnte er mich verwechseln? Er tritt zurück, um mich besser ansehen zu können. »Das letzte Mal hast du in eine Hand gepasst!«

Wieder fällt er mir in die Arme und bricht in Lachen aus, aber ich bin mir nicht sicher, ob er nicht gleichzeitig Tränen vergießt. Ja, er weint und lacht in einem, was in meiner Magengegend Schwingungen auslöst. Auch ich bin bewegt, doch meine Augen bleiben trocken. Ergriffen und staunend hält Frances sich abseits und erblickt auf der Treppe ein zweites Paar Schuhe. Die Schuhe stehen auf der obersten Stufe, und die Frau, der sie gehören, lässt schließlich ihre Nasenspitze erkennen, eine sehr schüchterne Nasenspitze. Sie, ihre Nase und ihre Füße bleiben dort stehen, rühren sich nicht vom Fleck.

»Guten Tag!«, sagt Frances zu ihr und achtet dabei auf ihren Akzent.

Verunsichert durch die Fremde und den großen Blonden in den Armen ihres kleinen braunhaarigen Mannes, zögert sie immer noch. Adolf beruhigt sie mit einem breiten Lächeln und bedeutet ihr, näher zu kommen: »Das ist Hans! Mein Cousin Hänsel!«

Die Augen weit aufgerissen, kommt sie zu uns und wischt sich die Hände an ihrer Schürze ab. Sie beißt sich auf die Lippen, deutet ein Lächeln an und wirft ihrem Mann einen fragenden Blick zu, ratlos, was sie tun soll.

»Gib ihnen einen Kuss«, ruft Adolf.

Stumm vor Erstaunen drückt seine Frau einen flüchtigen Kuss auf meine Wange und einen anderen, vielleicht nicht ganz so flüchtig, auf die von Frances. Die Küsse streifen uns und verfliegen. Dann fragt sie langsam, in ernstem Ton: »Was kann ich Ihnen anbieten?«

Frances lächelt sie an, in der Hoffnung, dass sie sich entspannt. »Wie wäre es mit Kirschbier?«

Ich bin sprachlos, da ich noch immer darüber schockiert bin, wie das Wiedersehen verläuft, und nicht weiß, wie ich das Missverständnis aufklären soll. Katja nickt und verschwindet, um Getränke zu holen, während Adolf uns auffordert, auf kleinen Hockern Platz zu nehmen. Er legt seine großen Hände auf die Knie und mustert uns beide eine Weile, er muss sich von dem Schreck erholen.

»Ich habe deinen Brief erhalten«, sagt er. »Das ist gut sechzehn Jahre her. Aber erst einmal: Nenn mich nicht mehr Adolf!«

Er fängt wieder an zu lachen. Und ich weiß nicht, was ich sagen soll.

»Das hast du doch gewusst, oder? Man kann nicht … Egal, jetzt heiße ich Rudi! Seit langer Zeit schon heiße ich Rudi!«

»Rudi«, wiederholt Frances entzückt. »Von Rudolf?«

In dem Moment sage ich: »Und ich bin Wolf.«

Rudi sieht betrübt aus. »Ja, das habe ich in deinem Brief gesehen. Dann haben sie euch umbenannt?«

»Wer hat das getan?«

»Sag du es mir, Hänsel!«

Ein Engel schwebt durch den Raum, und Rudi ruft plötzlich aus: »Was ist mit deiner Schwester? Ist sie mit dir gekommen?«

Ein wenig schäme ich mich für deine Abwesenheit, antworte ihm aber: »Sie konnte nicht kommen. Das nächste Mal …«

Rudi nickt leicht mit dem Kopf, als traute er sich nicht weiter zu fragen. Und Katja kommt mit drei schönen Biergläsern. »Willst du nichts trinken, Katja?«, erkundigt sich Rudi im Flüsterton und fasst sie um die Taille.

Katja stottert, dass sie noch mit der Buchhaltung zu tun habe, und zieht sich unauffällig zurück. Sie huscht die Treppe hinunter, die in den Schuppen führt.

»Sie ist überempfindlich wegen ihrer Schwangerschaft«, entschuldigt sich Rudi. »Wir haben es schon ein paarmal versucht. Sie hatte schon mehrere Fehlgeburten.«

Frances nimmt meine Hand. Eine melancholische Stimmung überkommt sie: »Wir auch«, sagt sie zu Rudi. »Wir schaffen es nicht.«

Tiefe Stille. Aber mit jeder Sekunde, die vergeht, gewinnt meine Freude Oberhand über die Traurigkeit. Ich bin so glücklich, zu Hause zu sein, den Hintern auf dem Holzhocker, den vielleicht mein Vater angefertigt hat, weil er sich sagte: Eines Tages werden meine Kinder ihre Hintern darauf setzen und dann meine Enkelkinder ihre Enkelhintern … bis zu den Ururenkelhintern meiner Ururenkelkinder und bis ans Ende der Zeit. Aber die Geschichte hat anders entschieden, Papa ist in Russland unsanft gelandet. Das Band ist zerrissen. Rudi bricht das Schweigen, um in Erinnerungen zu schwelgen. Er lacht über das Kind, das ich war und das nur einen Satz sagen konnte: *Oh, das ist genial!*

»Wenigstens hast du nicht so unter dem Krieg gelitten«, schließt er.

Es herrscht eine seltsame Atmosphäre, in der sich Wärme, Schmerz und Süße vermischen.

»Dein Brief hat mich sehr berührt, Hänsel … Oder soll ich dich Wolf nennen?«

»Ich muss dir gestehen, dass ich nicht weiß, was ich denken soll …«

»Dein Brief jedenfalls … Ich wünschte, ich hätte weitere bekommen.«

»Dann hättest du mir antworten müssen, Rudi!«

Rudi ist einen Moment starr vor Staunen. »Ich habe dir zweimal geschrieben, Hänsel. Du hast mir nie geantwortet.«

Stell dir den Schock vor, einen elektrischen Schlag, mein Herz rast, und in meinem Kopf herrscht dichter Nebel. Ich höre mich schwören, dass ich seine Briefe nie erhalten habe. Auch ihn trifft ein Stoß mitten ins Herz, und er versteht es nicht. Wie konnten zwei Briefe, frankiert, abgeschickt und per Flugzeug oder Schiff transportiert – noch dazu von vertrauenswürdigen Gesellschaften –, spurlos verschwinden? Was ist da passiert? Auf unseren Hockern sitzend, suchen wir alle drei nach einer Erklärung.

»Michèle?«, fragt Frances unvermittelt.

»Michèle?«, wiederholt Rudi.

»Seine Mutter hat ihm denkwürdige Streiche gespielt … es wäre kein Wunder, wenn sie diese … konfisziert hätte.«

»Sie hat uns gesagt, dass ihr tot seid!«, ruft Katja, die unbemerkt zurückgekommen ist. Drei Augenpaare blicken sie an. Aus meinen und Frances' Augen spricht Fassungslosigkeit. In Rudis Augen ein Vorwurf.

Als wir uns verabschieden, amüsiert sich Frances über eine Statue, die in der Nähe ihres Hauses steht. Sie stellt einen Esel dar, auf dem ein Hund steht, auf dem eine Katze steht, auf der ein Hahn thront. Wie es scheint, stammen sie aus einem Märchen, und sie sind Musikanten.

***

Ich trage keinen Schnurrbart mehr, sondern eine Sonnenbrille und Shorts. Mit nacktem Oberkörper sitze ich im Gras am Ufer eines Sees, auf dem Segelboote kreuzen, und rupfe die Blätter eines Gänseblümchens aus. Große Bäume mit schlanken Stämmen, ich glaube, es sind Kiefern, ragen in den Himmel, der Wind weht in ihre Nadeln. Besorgt runzle ich die Stirn. »Warum hätte meine Mutter ihnen sagen sollen, dass wir tot sind?«

Frances lehnt sich an einen Autositz, der vor einem großen orangefarbenen Zelt auf der Wiese steht, tut einen Zug aus ihrer Zigarette und bläst Rauch in die Luft.

»Ich glaube, Katja hat von Michèle gesprochen. Nicht von deiner richtigen Mutter.«

»Ich bin mir sicher, dass sie von Mama gesprochen hat.«

»Du hast eure Adoptionsakte immer wieder durchgesehen. Da war nichts, Wolf.«

Sie fährt sich mit der Hand durchs Haar. Sie trägt ein hübsches Top mit schmalen roten und blauen Streifen, trinkt etwas aus einer Tasse und zieht gierig an ihrer Zigarette. Nachdenklich nehme ich den Faden wieder auf: »Die Akte ist voller Ungereimtheiten. Warum ist da nur die Sterbeurkunde von Papa?«

»Weil er den Heldentod gestorben ist, Wolf. Deine Mutter hingegen ist verhungert.«

Ein rot-weißer Campingbus steht ganz in der Nähe, auf derselben Wiese. Auf dem Dach ist ein Boot festgezurrt, an den Fenstern hängen Vorhänge, seine Schiebetür ist offen und gibt den Blick auf das Innere frei, auf einen Tisch und ein kleines Bett. Hinten am Bus flattert eine südafrikanische Flagge. Frances muss sie dort angebracht haben. Mein Stil ist es nicht. Außerdem ist sie nicht in der Mitte, ich hätte sie genau in die Mitte platziert.

Frances wärmt sich in der Sonne, sie hat die Augen geschlossen und summt eine Jazzmelodie, die mir wohltut, die das Gras, die Kiefern und die Sonne entzückt. Aber dieser Gedanke will mir nicht aus dem Kopf: »Was ist, wenn sie zu dem Zeitpunkt, als man es uns gesagt hat, gar nicht tot war? Wenn es später passiert wäre? Wenn man ihr die Kinder weggenommen hätte, bevor man ihre Namen änderte, und wenn das die Ursache für ihren Tod gewesen wäre?«

»Das sind alles Vermutungen, Wolf.«

»Trotzdem. Als wir in Hannover in den Zug gestiegen sind, stand eine Mutter auf dem Bahnsteig. Sie ist lange Zeit neben dem Zug hergelaufen und hat nach ihrer Tochter gerufen. Karin …«

Ich erröte, senke den Blick und fühle mich ratlos. Frances beugt sich vor, um mich zu küssen. Ihre Zunge ist ein bisschen belegt, das mag ich nicht so gern. Außerdem schmeckt sie nach kaltem Rauch.

»Wenn deine Mama länger gelebt hätte«, sagt sie, »würde Rudi es wissen und hätte es dir erzählt.«

Sie streckt ihre Arme aus und zeigt in die Landschaft: »Genieß dein Heimatland!«

Aber das Heimatland interessiert mich nicht. Dunkle Gedanken verdüstern meine Stimmung: Guten Tag, ich heiße Hans, und ich weiß nichts davon … Soll ich dir alles erzählen? Hast du auch einen anderen Namen? Ich habe nicht daran gedacht, Rudi danach zu fragen. Nicht daran gedacht oder es nicht gewagt? Eine frische Brise verschafft uns Kühlung, die am Bus befestigte Flagge flattert im Wind. Darunter kommt eine Schrift zum Vorschein. *Scheiß Faschisten.* Hastig hingeschmiert. Vor Kurzem erst, denke ich. Jemand muss die Flagge verschoben haben, um das Graffiti zu verbergen. Die Farbe lässt sich nicht entfernen. Die Worte sind nicht schmeichelhaft … sonst müsste man sie nicht unter der Flagge verstecken.

Ich bin noch immer gekränkt. Frances trinkt ihre Tasse aus.

»Du bist nie zufrieden, Wolf! Alle sprechen dich auf Deutsch an. Sie sehen keinen Unterschied. Wie jeder x-beliebige Deutsche reist du im Sommer durch Europa. Was willst du mehr?«

Ich seufze unwillig. »Ich habe erwartet, dass ich kämpfen muss, und sei es nur, um meinen Pass zu bekommen. Aber keiner hat mir Probleme gemacht. Ich bin kein Weißer mehr in der für ihn vorgesehenen Zone, ich bin ein Deutscher. Trotzdem … es ist nicht in Ordnung.«

»Wann ist es für dich denn in Ordnung?«

»Nicht, solange Vandalen mitten in der Nacht *Scheiß Faschisten* an den Bus malen, nur weil du eine südafrikanische Flagge angebracht hast. Dazu kommt, dass diese Typen uns als Faschisten bezeichnen, obwohl ihre Eltern mit Sicherheit Nazis waren, und du willst, dass wir die Landschaft genießen? Sind wir die Faschisten, Frances? Wer sind die Faschisten?«

Frances drückt ihre Zigarette in einem Aschenbecher aus, der im Gras steht. »Du wirst sowieso nie irgendwo zu Hause sein. Dein Zuhause gibt es nicht mehr. Das ist Vergangenheit. Nun gut … In drei oder vier Tagen sind wir in Lahn. Dann siehst du das Waisenhaus wieder.«

Frances streckt ihr Gesicht der Sonne entgegen. Sie fängt

an zu lachen: »Sicher sind es nicht mehr dieselben Kinder wie damals. Aber das tut dir vielleicht gut.«

Heidis schmutziges Kindergesicht erscheint vor meinem geistigen Auge. In meiner Vorstellung ist sie immer noch fünf Jahre alt.

Der Campingbus fährt durch das Land, durch Länder. Er schlängelt sich über Bergstraßen, steht an Abgründen, wo wir picknicken. Frances klappt einen Tisch auf, ich schneide Kartoffeln für einen Salat, mit einem Stück Zervelatwurst. Ich schütte eine Fertigsoße auf unsere Teller. Ich mache ein paar Fotos. Autos fahren vorbei, Leute winken uns aus den Wagenfenstern zu.

Frances wagt nicht zu antworten, wenn man sie auf Deutsch anspricht. Man hört, dass sie Ausländerin ist, sie betont es nicht extra, aber man sieht es trotzdem, wegen der Flagge.

Morgens steht sie mit der Sonne auf. Im Halbschlaf höre ich, wie die Tür sich öffnet, dann rieche ich den Kaffeeduft, spüre ihren Atem in meinen Ohren und ihre Zunge in meinem Mund.

Mir fehlt immer etwas. Oder jemand.

***

»Ich sage dir, es war hier …«

Ich sitze am Steuer und zeige nach rechts auf einen hässlichen Parkplatz. Wir sehen ihn durch Frances' heruntergelassenes Fenster. Der Tag neigt sich dem Ende zu.

»Bist du dir sicher? Wirklich, wirklich sicher?«

Frances legt die Hand auf den Türgriff: »Willst du nicht, dass wir trotzdem nachsehen?«

Auf der anderen Seite sehe ich ein dreistöckiges Gebäude, dem Parkplatz gegenüber.

»Und dort stand ein Bauernhof. Da habe ich mit den Kindern vom Hof gespielt.«

Das Gebäude hat den Platz von Heidis kleinem Bauernhof eingenommen. Fort, verschwunden wie die beiden Briefe von Rudi. Ein Schachzug von Michèle? Aus meiner Kindheit existiert nichts mehr. Außer dir, meiner Zwillingsschwester. Aber du hast dich von ihr gelöst. Weil wir weggegangen sind. Wir sind zu nichts geworden. Wie Tote.

Frances steigt allein aus dem Wagen, ein Foto von mir als Achtjährigem in der Hand. Das einzige, glaube ich. Sie schlendert zwischen den Autos hindurch und geht auf einen Zaun zu. Ich verliere mich in Gedanken, die zu düster sind, um erzählt zu werden. Eine ganze Weile. Eine lange Zeit. Im Abendlicht sehe ich auf einmal Frances, die mir von Weitem zuwinkt. Sie ist nicht allein, eine Person, eher klein, begleitet sie. Ein Zittern befällt mich. Weiß diese Person, die neben Frances gestikuliert, etwas über meine Vergangenheit? Neugierig auf die unbekannte Gestalt, die ich nicht kenne, oder vielleicht doch, springe ich aus dem Auto.

Ich gehe auf sie zu, wobei ich mich zwinge, nicht zu rennen und mir meine Aufregung nicht anmerken zu lassen. Ich will niemanden erschrecken. Es ist eine Frau. Brünett, lange, lockige Haare, klein, sehr klein. Ihre Silhouette wird deutlicher, sie lächelt mich an, und mir wird schwindelig. Ich taumle. Ich tauche in die Vergangenheit ein, in wenigen Sekunden bewege ich mich fünfundzwanzig oder dreißig Jahre zurück.

Ich bin acht Jahre alt und steige in das vor dem Waisenhaus geparkte Auto, das uns nach Hannover bringen soll. Er fährt los. In Richtung Bahnhof.

Aber das Auto bleibt plötzlich stehen.

Die Wiesen erstarren und auch die Kühe. Die Zeit steht still. Dann läuft sie wieder rückwärts. Das Auto bewegt sich langsam im Rückwärtsgang. Wir fahren nicht mehr nach Hannover, um in den Zug zu steigen, nicht auf die Fähre, gehen nicht an Bord des Schiffs. Im Rückwärtsgang zurück nach Lahn. Im

Fenster wird Heidis Silhouette wieder sichtbar, wird deutlicher. Das Auto bringt uns zurück ins Waisenhaus, Thomas ist glücklich, uns wiederzusehen, Heidi fällt mir um den Hals, und ich nehme sie in meine Arme. Ich mache ihr einen Heiratsantrag. Aber mit acht Jahren kann man das anscheinend nicht. Und dann macht die Zeit eine Kehrtwende und rast vorwärts. Heidi verwandelt sich in die Frau, der Frances ihren Mann vorstellt.

In dieser Sekunde habe ich das Gefühl, dass ich sie nie verlassen habe. Sie hat mich erkannt, ich erkenne sie. Sie hatte mir versprochen, mich nie zu vergessen. Das Versprechen hat sie gehalten.

Frances lächelt sie an, lächelt mich an und ist glücklich, dass sie mich und die Vergangenheit wieder zusammengebracht hat. Ich musste mit ihr über die Vergangenheit sprechen. Ein wenig. Doch sie weiß nichts darüber und denkt: Jetzt wird Wolf die Gegenwart akzeptieren. Es wird leichter sein, ein Kind zu zeugen. Eltern zu werden. Siehst du, Wolf, du bist nicht mehr acht Jahre alt!

Frances irrt sich, weil sie es nicht weiß. Deshalb. Denn in der Minute, in der ich Heidi finde, löst sich alles, was seit unserem Fortgang aus dem Waisenhaus geschehen ist, in Luft auf.

Wie eine Fata Morgana.

Ich reibe mir die Schläfen, sehe Heidi an und kann nicht glauben, dass ich fortgegangen bin. Dass ich fern von ihr aufgewachsen bin. Dass ich wirklich Frances geheiratet habe.

Überwältigt von ihren Gefühlen, lädt Heidi uns ein, ihr zu dem dreistöckigen Gebäude zu folgen. »Der Bauernhof wurde, ein paar Jahre nachdem du fortgegangen bist, in Wohnungen umgewandelt. Ich wohne im obersten Stock.«

In ihrer Stimme schwingt ein Hauch von Vorwurf mit. Frances spürt ihn, ohne ihn zu verstehen. Sie ahnt etwas und wirft mir einen fragenden Blick zu: Warum habe ich Heidi nie erwähnt? Wo ich ihr doch alles von Sarah erzählt habe!

Wir gehen die Treppe hinauf, und Heidi erzählt: »Das Waisenhaus wurde einundsechzig abgerissen, am Tag, als sie die Berliner Mauer gebaut haben.«

Es ist eine Neubauwohnung, weiße Wände, eine geflieste Terrasse mit Blick auf bebaute Felder. An einer Wand hängt ein Bild. »Der Krieg« von Otto Dix. Gebannt blicke ich auf nackte, von Kugeln durchlöcherte Beine. Ich stelle mir Papas Gesicht vor, bevor ich weiter unten den Rest des Körpers sehe. Und das Antlitz der Leiche. Nein, so sieht Papa nicht aus. Er kann nicht so entstellt sein. Es sind keine unbedeckten Gesichter auf dem Gemälde, nur Soldaten unter Stahlhelmen, Gasmasken, Nebelschwaden, in der Hölle. Ein massiger Mann hält einen Verwundeten und schaut mich an. Er lebt, als Einziger. Er hat noch Augen.

»Dix wollte sich von alldem befreien«, sagt ein Mann hinter mir. »Aber können wir jemals darüber hinwegkommen?«

Ich drehe mich um. Er lächelt mich an. »Wenigstens … nicht vergessen, nicht wahr?«

Guten Tag, er heißt Wolfgang, er ist Heidis Mann. Guten Tag, ich heiße auch Wolfgang, aber Sie können mich Wolf nennen. Frances verzieht das Gesicht. Warum sage ich ihm nicht, dass ich der Ehemann bin? Sie ergänzt: »Ich bin Frances, Wolfs Ehefrau. Ich hätte nicht gedacht, dass Wolfgang ein so häufiger Vorname ist.«

Anscheinend doch. Ist Mozart daran schuld? Wolfgang bittet uns, Platz zu nehmen, während Heidi sich in der Küche zu schaffen macht. Warmherzig sagt er, wie sehr er sich freut, mich kennenzulernen. Verzeihung, uns kennenzulernen: »Heidi hat mir von Ihnen erzählt.«

Nun, Wolf hat mir nicht von Heidi erzählt, denkt Frances, verschränkt die Beine und stellt sie wieder nebeneinander. Sie würde es sagen, traut sich aber nicht zu sprechen. Sie sucht nach einem Aschenbecher, findet keinen und fragt, ob sie rauchen darf. Wolfgang antwortet ihr, dass hier im Haus leider niemand raucht. »Heidis Vater ist an Lungenkrebs gestorben. Und ich habe nie damit angefangen. Und Sie, Wolf, rauchen Sie?«

»Nein«, kommt Frances mir zuvor. »Er trinkt.«

Es folgen ein verlegenes Schweigen und ein Räuspern. Frances tut es leid, sie stellt die Beine nebeneinander und verschränkt sie wieder, weil sie kein Gesprächsthema findet.

Heidi bietet uns Tee an in Blümchentassen, immer diese Blümchentassen. Die Blumen auf dem Porzellan erwärmen mir das Herz, ebenso wie der würzige Tee und die Marzipanküchlein, die Wolfgang gebacken hat: Er ist von Beruf Konditor. Ich beobachte Heidis Mann voller Eifersucht, Heidi mustert meine Frau voller Wut. Aber wenn sich ihre Blicke kreuzen, gelingt es ihr, ihre Wut hinter einem Lächeln zu verbergen. Sie wirft mir vielsagende Blicke zu. *Du hast es mir versprochen.* Wir reden über dieses und jenes, Deutsches, Südafrikanisches, Otto Dix, den Krieg, vertriebene Menschen, geteilte Länder, reservierte Zonen, und Heidi sagt den Satz: »Ich will niemanden schockieren, aber man muss realistisch sein. Wenn wir uns nicht schützen, wie ihr es in Südafrika tut, verschwinden wir von der Erdoberfläche. Ohne die Mauer würden wir überrannt werden.«

Versteinert hört Frances zu, wie Heidi erklärt, dass die Menschen im Osten faul und humorlos sind. Ihr schnürt es die Kehle zu, nicht nur, weil die Apartheid sie dort einholt, wo sie es am wenigsten für möglich gehalten hätte, sondern weil ich Heidi, trotz der von ihr geäußerten Verachtung, weiter selig lausche.

Ich bin selbst schockiert. Aber es gibt Menschen, die du bedingungslos liebst. Diejenigen, die von deinem Blut sind. Die, die aus deiner Kindheit kommen. Du verleugnest dein Blut nicht. Und niemals verlässt du deine Kindheit. Denn inmitten von all dem, was dich umherwirft, was dich verändert, ist sie das Einzige, das dir festen Halt gibt.

***

Mein Bruder,

vielen Dank für deinen langen Brief und die Einladung, euch in München zu besuchen. Ich bin sehr glücklich, dass du unseren Cousin gefunden hast, doch ich muss gestehen, dass ich keine große Lust habe, diese alte Geschichte wieder aufzuwärmen.

Ich kann nachvollziehen, wie sehr dich das Wiedersehen mit Heidi aufgewühlt hat, aber ich glaube, man kann die Zeit nicht zurückdrehen. Das ist ungesund. Wir sind nicht mehr jene achtjährigen Kinder. Du tust dir selbst weh, Heidi tut sich selbst weh. Ich versetze mich an die Stelle von Frances und von Heidis Ehemann. Du magst dich schuldig fühlen, wenn du deine Frau betrügst, aber rechtfertigt das irgendetwas?

Hier haben wir die Geburt von Samora erlebt, dessen Foto ich dir mitschicke. Zandile hat ihn am siebzehnten März bekommen. Thando staunt noch immer nicht schlecht über dieses kleine Stück von ihm selbst. Ein winziges Etwas. Samora wurde viel zu früh geboren. Ich bin seine Patin. Thando hat darauf bestanden. *Seine zweite Mama*, wie er sagt. Nichts Offizielles, wie du dir denken kannst, aber diese Rolle passt zu mir, und sie liegt mir am Herzen. Ich werde nie Mutter sein, du weißt, warum. Daher tut Samora mir gut.

Thando (er trinkt immer mehr) ist nach wie vor sehr in die Farmarbeit eingebunden, von der Papa nichts versteht. Wilhelms Arbeitskraft fehlt, seit er am Institut für landwirtschaftliche Ausbildung angefangen hat. Kurz, ich bin die Chefin, und Kobus hilft mir sehr, bis Wilhelm zurückkommt.

Papa hat schließlich akzeptiert, dass Wilhelm den Hof übernimmt statt der Versicherungsgesellschaften. Er hat alle Hebel in Bewegung gesetzt, dass Wilhelm im Institut in Elsenburg aufgenommen worden ist. Das Gesetz ist wegen seines Falles geändert worden, das stimmt, aber die Überzeugungen wandeln sich nur zögerlich. Das beste Beispiel dafür ist, wie Mama auf seine neue Frisur reagiert, du weißt schon, seine Zöpfe. Er will sie behalten. Zwischen Mutter und Sohn ist etwas zerbrochen. Sie verzeihen einander nicht.

Mama tut, was sie kann. Mutter zu sein ist sicher nicht einfach! Außer für Graça! Samora freut sich immer, wenn er in ihren Armen vor sich hin brabbeln kann. Da Zandile beim Afrikanischen Nationalkongress sehr beschäftigt ist, wird Samora meist von seiner Großmutter oder mir betreut. Ich bin eine Meisterin im Fläschchen- und Windelwechseln geworden. Ich geize nicht mit Schmusereien, und der Knirps erwidert sie so gern, dass ich manchmal denke, ich bin seine Mutter!

Kobus ist eine Seele von Ehemann. Er rackert sich ab, man kann es nicht anders sagen. Er unterstützt mich in allen Belangen und steht mir bewundernswürdig zur Seite. Aber ich liebe ihn nicht. Ich kann es nicht. Manchmal lasse ich zu, dass er mich berührt. Ich denke an etwas anderes und warte, dass es vorübergeht. Der Arme tröstet sich in den Baracken. Dort können sich die Mädchen ihm nicht verweigern. Diese Mädchen tun mir leid. Umso mehr, als es in gewisser Weise meine Schuld ist.

Nun zu Großpapa Jacob. Es geht ihm wie immer … stell dir vor … er hatte sich nicht damit begnügt, Wilhelm zu denunzieren, weißt du? Der Notar hat uns vor Kurzem mitgeteilt, dass er Mama enterbt hat. Jeder weiß, warum. Mama hat sich zu Tode geschämt dafür und tut alles, um es wiedergutzumachen. Sie kümmert sich um Jacob, wie es sich für eine Tochter gehört. Die Domäne soll trotzdem der Bruderschaft zufallen. Wir können nur hoffen, dass Großpapa uns nicht so schnell verlässt.

Ich schließe mit Sophie … Unsere Straußendame ist vorgestern gestorben, sie wurde genau dreiundsiebzig Jahre alt. Denk, was du willst, aber ich habe die ganze Nacht um sie geweint.

Nur Samoras Atmen, der in seiner Wiege am Fußende des Bettes schlief, konnte mich trösten.

So, mein Bruder, ich hoffe, dass ich nichts vergesse, du fehlst mir, es ist merkwürdig, dreizehntausend Kilometer von dir entfernt zu sein.

Dreizehntausend Kilometer.

Ich kann mir nicht vorstellen, wie sich das anfühlt.

Es fühlt sich an wie dreizehntausend Jahre.

Deine Schwester

***

Eine Haarsträhne fällt mir in die Stirn, ich beuge mich über einen Tisch, an dem ich hart arbeite, sehr hart, ich bin ein fleißiger Mensch. Ich schreibe etwas auf ein Blatt Papier inmitten eines Aktenbergs. Falten haben sich in meine Stirn gegraben. Meine Koteletten sind gewachsen, ergraut. Ich sehe nicht alt aus, aber ich bin erwachsener als früher, trotz meiner nackten Füße unter dem Tisch und grün gestreifter Shorts.

Aus einem Lautsprecher kommt Musik. Ein Mann singt auf Englisch. Der Plattenhülle zufolge heißt er Sixto Rodriguez. Frances sitzt in einem weißen Rattan-Schaukelstuhl, hat sich eine Decke übergelegt und trällert zu der Musik. Sie ist besser als der Sänger. Ihre Stimme ist umwerfend, doch ich bin nicht dafür empfänglich.

In einer Zimmerecke steht eine Fotoausrüstung neben einem Regal voller Aktenordner. Da liegt auch meine Kamera.

Frances schaukelt beim Singen und schaut aus dem Fenster, wo der Himmel klar ist. Ab und zu hört sie auf zu singen und knabbert an einer Scheibe Roggenbrot. Auch sie ist älter geworden. Sie trägt keinen Bubikopf mehr, sondern einen Pferdeschwanz, der mit einem Gummiband zusammengehalten wird. Ihr Gesicht ist runder geworden, man sieht die Äderchen. Sie hat zugenommen. Viel zugenommen. Sie ist schwanger.

Traurigkeit liegt in ihrem Blick. Plötzlich sagt sie: »Du bist gestern spät nach Hause gekommen.«

Ich zögere kurz, antworte dann: »Ich musste im Büro noch einen Kreditantrag bearbeiten.«

»Du hast nach Bier und Zigaretten gerochen.«

»Auf dem Nachhauseweg habe ich bei Markus reingeschaut.«

Frances dreht den Kopf und sieht aus, als würde sie mir nicht glauben. Ich füge hinzu: »Er bestätigt es dir, wenn du willst.«

»Was soll er mir bestätigen? Dass du meine Gegenwart fliehst?«

Es verwandelt mich in einen Eisblock, wenn ich uns so kalt miteinander reden höre. Das verträgt sich nicht zur heißen Musik. Ich winde mich auf meinem Stuhl, und das unbequeme Sitzen lässt mich seufzen, seufzen, seufzen. Frances schaukelt in ihrem Sessel hin und her und massiert sich den Bauch. »Du warst mit ihr zusammen.«

Mein Fuß will sich hinter meiner Wade verstecken, dann hätte ich zwei Knoten in den Beinen. »Wie lange willst du mir diese Geschichte noch auftischen, Frances. Es ist vorbei. Seit Langem schon.«

Frances streicht noch immer über ihren Bauch. Das Baby soll ihr Zeuge sein: »Ihr habt es aber getan. Wie konntet ihr uns das antun!«

Ich räuspere mich, weil mir etwas die Kehle zuschnürt. Wenn du dich schuldig fühlst, verspürst du ein Kratzen im Hals, aber es ist schwer zu sagen, wo genau und warum. Ich stelle die Beine nebeneinander und kreuze sie wieder.

Mein Fuß verkrampft sich. Frances beginnt wieder zu singen und schließt die Augen, um sich besser vorstellen zu können, dass sie Sixto Rodriguez begleitet. Bestimmt vermisst sie ihre Band. Ich bin mir nicht sicher, ob es ihr gelingen würde, eine neue Band zu gründen. Ihre Miene verzerrt sich, ihr Atem geht schneller, ihre Lippen ziehen sich zusammen, und jählings fällt sie über mich her: »Ich kann nicht vergessen, wie ihr euch angeschaut habt, im Wald, als wir uns den Joint geteilt haben …«

»Das war vor fünf Jahren, Frances.«

Sie hört mir nicht zu. Sie kann mich nicht hören. »Die Gelegenheit war zu günstig …« Sie verstummt und hüllt sich weiter in Schweigen, um mich zu provozieren. Ich winde mich noch immer und öffne den Mund, bin aber unfähig zu reden. Die Last einer großen Dummheit lähmt mich und hindert mich daran, auch nur ein Wort auszusprechen.

Frances fährt mit heiserer Stimme fort: »Wenn sie nicht mir dir Schluss gemacht hätte … dann wäre ich heute nicht schwanger.«

Mein Herz zieht sich zusammen. Es fällt mir schwer, Frances' Blick standzuhalten. Ich senke meinen Kopf. »Ich habe geglaubt … ich habe mich geirrt. Ich habe es dir gesagt.«

Mit dem Bauch voran, erhebt sich Frances, mühsam wegen des Gewichts des Babys. Sie kommt zu mir und legt meine Hand auf ihren Bauch. »Glaubst du, es spürt nichts? Sein Vater hält sich für einen kleinen Jungen … Und ich, alle meine Freunde sind in Townships eingesperrt, während ich mir in Westdeutschland mit einem achtjährigen Kind ein bequemes Leben gönne.«

Frances stemmt die Hände in die Hüften, blinzelt, dreht sich um sich selbst, als suche sie einen Ausweg, und seufzt laut auf. Das Atmen fällt ihr schwer. Sixto Rodriguez singt immer noch mit seiner sanften, flehenden Stimme.

»Ich will nach Hause …«, flüstert sie plötzlich.

Ihre Worte treffen mich wie ein Schlag. Eine Wolke vernebelt meine Sicht. Frances lässt sich nicht aus der Fassung bringen. Sie spricht weiter: »Du hast deinen Cousin Rudi in Bremen. Und Katja … Du brauchst mich nicht. Du brauchst uns nicht.«

Ich springe von meinem Stuhl auf, der nach hinten kippt. »Hör auf damit! Ich lebe nicht mit Rudi! Ich habe kein Kind mit ihm gezeugt! Ich sehe ihn nur einmal im Jahr! Ich weiß nicht mal, ob es bei Katjas letzter Schwangerschaft …«

»Ich will zurück nach Kapstadt!«, schreit Frances.

Ein Schwindel ergreift mich, ich halte mich an der Tischkante fest. Sixto Rodriguez singt immer noch mit seiner sanften, flehenden Stimme.

»Bitte mich nicht darum, Frances. Nicht mich! Ich überlasse mein Kind nicht Südafrika.«

»Weil es hier besser ist?«, schreit Frances. Sie bricht in Tränen aus und lässt sich in ihren Schaukelstuhl fallen. Ich decke sie mit der karierten Decke zu, knie mich nieder und lege meinen Kopf auf ihren Bauch. »Du solltest diesen Produzenten anrufen.«

»Hansa Records interessiert sich nicht für meine Songs gegen Mauern. Und District Six ist allen hier völlig egal … Ich will nach Hause.«

Da macht sich das Baby bemerkbar. Deutlich spüre ich unter Frances' Haut Finger, die mich an der Wange kitzeln. Immer und immer wieder.

Ich konzentriere mich darauf, mit ihm zu reden. Ich sage schöne Dinge, dass ich mit ihm im Park spazieren gehen werde, dass ich mit ihm in Bremen Sandburgen bauen werde, dass ich es an seinem ersten Weihnachtsfest in die Böttcherei bringen werde, dass ich Kartoffelsalat machen werde, dass ich mit ihm Pilze, Maronen und Haselnüsse pflücken werde, dass ich ihm Fahrradfahren beibringen werde und dass ich nachts aufstehen werde, wenn es Albträume hat.

Frances stößt einen kleinen Schmerzensschrei aus, den ich nicht höre, weil ich mich mit dem Baby unterhalte. Irgendetwas stimmt nicht, und mir fällt auch nicht auf, dass meine Knie von einer Flüssigkeit benetzt werden, die an Frances' Beinen herabläuft. Nach einer Weile bemerke ich die Pfütze um mich herum. Das Baby hat meine Botschaft erhalten, eins zu eins.

***

Lieber Wolfgang,

ich habe die Geburtsanzeige erhalten, mit dem Foto von Rosie, ihrem feinen blonden Flaum und ihren Augen, die blau sind, nicht wahr? Gott gebe, dass sie diese Farbe behalten.

Ich kann mir gut vorstellen, dass ich die Anzeige nicht auf deine Initiative hin erhalten habe, auch wenn sie von deiner Frau und dir unterschrieben worden ist. Aber ich nehme es dir nicht übel. Gott ist mein Zeuge, eine Mutter vergibt alles. Ich bin so glücklich, nach sieben Jahren des Schweigens endlich ein Lebenszeichen von dir zu bekommen. Rosies Geburt ist eine große Freude für mich. Wie die meisten vom Fonds ausgewählten Kinder bist du nun Vater, eine schöne Antwort auf unsere Erwartungen.

Es ist immer ein Glück, Eltern zu sein, besonders für uns, du weißt es, du verstehst es, die Zeiten sind schwierig. Wir werden nie zu viele sein, um unsere Ideale triumphieren zu lassen … Also, willkommen, Rosie.

Habe ich richtig gehört, dass du deiner Schwester regelmäßig schreibst? Diese gute Tat wird man dir am Tage des Jüngsten Gerichts anrechnen. Da du ihr Vertrauen genießt, würdest du sie bitte davon überzeugen, welch ein Glück und wie notwendig es ist, Kinder zu gebären? Ich mache mir Sorgen, dass sie sich nicht der ehelichen Pflicht unterwerfen will. Ich befürchte, dass sie während ihres Studiums in Stellenbosch unter den Einfluss des Teufels geraten ist. Hat sie sich gegen die Gesetze Gottes und die der Menschen vergangen? Du weißt, wovon ich rede, nicht wahr? Wenn es dir möglich ist, bring deine Schwester zur Vernunft, bevor es zu spät ist. Einen weiteren Skandal würde unsere Familie nicht verkraften.

Wilhelm fragt oft nach dir. Nicht mich, sondern deine Schwester und auch deinen Vater. Meist bekommt er zur Antwort: *Wolf schreibt nicht viel* … Wilhelm versteht sich, wie du weißt, viel besser mit Lothar und Barbara als mit mir. Ich habe ihn ausgetragen, ich habe ihn unter Schmerzen geboren, ich habe ihn bei den Schicksalsschlägen, die uns getroffen haben, unterstützt. Aber Wilhelm ist mir gegenüber noch immer misstrauisch. Er gibt mir die Schuld für all sein Unglück.

Falls es dich interessiert, solltest du wissen, dass er sein Studium abgeschlossen hat und sich nach Herzenslust auf Terre'Blanche austobt. Gott ist mein Zeuge, ich bin die Einzige, die ihn zügelt. Er ist so fanatisch, dass er die Rebsorte Pinotage einführen, ein Restaurant eröffnen, Ziegenkäse herstellen, Besichtigungen organisieren, »Terroirs« kreieren und unseren Wein ins Ausland verkaufen will. Wilhelm unterliegt dem Einfluss dämonischer Kräfte. Das beunruhigt mich, wie auch viele unserer Nachbarn. Gott prüft uns.

Was deinen Vater betrifft, falls du etwas über ihn erfahren willst, so ist sein Herz immer noch schwach, aber er findet Linderung bei der Leitung des Chors, bei den kleinen Filmen, die er mit seiner Kamera dreht, und in der Kirche, wo er sich zusammen mit Herrn und Frau Pastor immer mehr engagiert. Ich kann nichts anderes zu Lothar sagen, außer dass ich mich bemühe, meinem Mann eine hingebungsvolle Ehefrau zu sein, so wie ich immer alles getan habe, um für euch die beste Mutter zu sein, und meine Schüler angespornt habe, ihre Möglichkeiten voll auszuschöpfen. Gott ist mein Zeuge.

Dein Großvater schließlich feiert bald seinen hundertsten Geburtstag. Er ist wohlauf, dank Gott, der ihm Leben schenkt, und der Bruderschaft, die ihn zu ihrem Ehrenvorsitzenden gemacht hat. Papa, der nicht mehr ganz bei Sinnen ist, hat manchmal Wahnvorstellungen. Dann redet er mit Paul Noah, den er überall zu sehen glaubt und den er beschuldigt, meine Mutter verführt zu haben. Wir schenken seinen Verirrungen keine Beachtung mehr. Wir wissen, woran wir uns zu halten haben. Es wäre doch schrecklich, wenn wir unter dem geistigen Verfall deines Großvaters leiden müssten. Deshalb habe ich mich als sein Vormund einsetzen lassen und versehe alle Verfügungen, die Terre'Blanche oder *uns* betreffen, mit meiner Unterschrift. So konnte ich mich, *uns*, wieder in das Testament, das dein Großvater in einem Anfall von Schwäche geändert hatte, eintragen lassen. Gott ist mein Zeuge, dass ich mich gut um ihn kümmere.

Was mich betrifft, falls es dich interessiert, kann ich dir berichten, dass mein Buch vor drei Jahren veröffentlicht wurde, auch wenn die unbegründeten Anschuldigungen gegen Wilhelm seine Verbreitung verzögert haben. Und den Verkauf erschweren. Bei Verleumdungen bleibt immer etwas hängen … Doch selbst wenn böse Zungen nach wie vor an meinem und Wilhelms Wert zweifeln, ist mein Buch in Bildungs- und Pädagogenkreisen sehr gut aufgenommen worden und wird dort hoffentlich bald als Referenz dienen. Eine Mutter, die Lehrerin ist, weiß, wovon sie spricht.

Trotzdem sollst du wissen, Gott ist mein Zeuge, dass kein Tag vergeht, ohne dass ich für dich bete. Gott hat mich erhört und uns die Geburt dieser Enkelin gewährt. Wir verdanken sie unseren Vätern, unseren Pionieren, unseren tapferen Helden, all denen, die wie Hendrik Verwoerd für uns gestorben sind.

Dein Vater, dein Bruder, dein Großvater und die Bruderschaft schließen sich mir an, um dir zur Geburt dieser Enkelin, *unser* aller Enkelin, zu gratulieren und dir, *uns* allen, einen Sohn deines Blutes zu wünschen, der sicher kommen wird, wie wir es für deine Schwester hoffen. Ich bin froh, dass du begriffen hast: Südafrika ist das Vaterland unserer Enkelin, seine Probleme sind ihre, seine Zukunft ist ihre Zukunft. Sie wird unseren Kampf teilen und sich mit uns allen dafür einsetzen, dass unsere Ideale den Sieg davontragen.

Dein Großvater ruft mich, lieber Wolfgang, er braucht ständige Pflege, auf die ich nicht näher eingehen will, die mir aber am Tag des Jüngsten Gerichts gutgeschrieben wird.

Wir freuen uns auf eure Heimkehr – denn irgendwann werdet ihr heimkehren, nicht wahr? Und darauf, unsere Enkelin in einer angemessenen Umgebung aufwachsen zu sehen.

Sei vom Bösen erlöst, mein liebes Kind.

Deine Mutter, die dir verzeiht.

***

Den Kopf auf ein an die Wand gelehntes Kissen gestützt, lese ich den Brief ein weiteres Mal, zum siebten Mal, schätze ich, und reibe mir die Augen. Sie können immer noch nicht glauben, was sie lesen. Sie beginnen von vorn.

Noch ganz benommen, überhöre ich das Geschrei aus der Küche, wo das Baby sich gegen das Essen wehrt, das Frances ihm in den Mund schieben will.

Ich kann nicht glauben, dass ich der Vater bin.

»Ein Löffelchen für Papa!«, versucht Frances es zu überzeugen.

Ich lese noch einmal Michèles Worte. Das Kinn gesenkt, kratze ich mich verwirrt an meinen Koteletten.

Das Geschrei hat aufgehört. Frances lehnt sich neben mir an die Wand und sagt mir, dass Rosie im Bett liegt. Wenn sie schlafen könnte, eine halbe Stunde, das wäre gut. Die Ringe unter ihren Augen bezeugen, wie übermüdet sie ist, aber die Äderchen sind verschwunden. Sie hat sichtlich abgenommen. Ihr Pullover ist mit Gemüsebrei befleckt.

»Sie hat wieder hundert Gramm an Gewicht verloren«, sagt sie mit einem Schluchzen. Frances fühlt sich schuldig, sie kann diese *mentale Magersucht* nicht verstehen. Weil sie beim Stillen versagt hat? Weil ich sie betrogen habe? »Und Helges Blicke, wenn wir uns auf der Treppe begegnen. Rosie schreit dermaßen, dass sie denkt, ich würde sie misshandeln. Natürlich nur ich! Immer ist es die Schuld der Mütter, oder?«

Frances hält ihre Tränen zurück, aber nicht ihre Wut. Rosie, die den ganzen Tag weint, und wir, die wir ständig streiten. Die Grubers haben nur eins im Sinn, das ist unübersehbar, nämlich, dass wir ausziehen.

»Außerdem bleiben alle meine Anstrengungen erfolglos. Hansa Records hat Franz Reuther unter Vertrag genommen. Es stimmt, seine Kompositionen sind perfekt, aber in der Zwischenzeit …« Nach einer Pause erklärt sie: »Wir müssen zurückgehen, Wolf.«

Ich fühle mich, als würde ein Kübel Eiswasser über mich geschüttet. Gleichzeitig ist mir heiß, Schweißperlen stehen auf meiner Stirn. Sie sind wie Eis. »Ich werde meine Tochter niemals den Schultz ausliefern, Frances.«

»Deine Tochter?«, entgegnet mir Frances. »Weil du dich plötzlich für sie interessierst?«

Die Sintflut ist da. Oh, Versprechen sind für den, der sie abgibt, nicht bindend! Zum Glück! »Denn du hältst kein einziges!«

Rosie ist zu klein, um es zu bemerken, aber Frances ist groß genug, um es mir vorzuwerfen: Nein, ich stehe nachts nicht auf. Nicht ein einziges Mal bin ich aufgestanden, nein. Es ist ganz einfach, ich höre sie nicht einmal weinen. Zum Beispiel, gerade eben, als sie in der Küche geschrien hat, habe ich sie nicht gehört. Wie immer war ich mit meinen Gedanken woanders. Aber wo? Bei Heidi? Und in welcher Zeit? Im Jahr 1948? Oder zwanzig Jahre später? Nein, ich kann nicht Rosies Windeln wechseln. Ganz einfach, ich ertrage den Geruch nicht. Dabei kann man nicht sagen, dass sie viel kackt, denn sie isst ja nicht richtig!

Nein, ich nehme sie nicht mit in den Park, weil der Kinderwagengriff zu weit unten angebracht ist und ich davon Rückenschmerzen bekomme.

»Glaubst du nicht, dass ich auch Rückenschmerzen habe?«

Mit einem Mal springt sie auf und eilt zu Rosies Zimmer. Sie hat sie weinen gehört, noch vor mir, der ich es erst jetzt bemerke. Ich halte immer noch den verdammten Brief in den Händen, und was mich erschreckt, vielleicht mehr als sein Inhalt, ist, dass ich es tief in meinem Inneren schon immer gewusst habe.

Ich wusste, was in dem Brief stehen würde, bevor er geschrieben wurde. Und doch überrascht es mich, kann ich mich nicht damit abfinden, dass es wahr ist.

Die Hölle also.

Nicht im Fegefeuer quält der Teufel die Sünder am Spieß. Die Hölle ist dieser Brief, der schon existierte, bevor Michèle daran dachte, ihn zu schreiben, in dem ich wie in einer Garage eingesperrt bin und der mich daran hindert, die Versprechen zu halten, die ich meiner Tochter gegeben habe. Meiner Frau.

Dann hagelt die Kritik auf mich herab, wie Kampfflugzeuge auf Russland. Frances kann es nicht begreifen. Also nimmt sie es mir übel. Bis zum Tod.

Frances, es tut mir leid. Aber wenn du an meiner Stelle wärst, dann würdest du es spüren. Wenn du zu dem Zweck deportiert wirst, dass du dich fortpflanzt, und deine Aufgabe schließlich erfüllst, kannst du diesem Kind nicht die Windeln wechseln: Es ist Michèles Triumph. Vor allem, wenn das Kind dir wie aus dem Gesicht geschnitten ist und du deinen Anblick hasst. Weil sie ihn verehren.

Dennoch liebe ich Rosie. Aber ich kann es nicht sagen. Und ich kann es nicht zeigen.

Ich glaube, ich liebe auch Frances. Doch ich kann es mir nicht eingestehen.

***

Die Wohnung ist leer und vollkommen still. Auf einem Tisch liegt ein in der Mitte gefalteter Zettel. Ich nehme ihn an mich, mein goldener Ehering mit seinem Flechtmuster glitzert. Meine Hände zittern, ich zögere, ihn zu lesen. Schließlich lasse ich das Stück Papier auf dem Tisch liegen, ziehe mir einen Mantel über, lege einen orangefarbenen Schal um und gehe hinaus. Im Erdgeschoss treffe ich Frau Gruber. Aus ihrem Einkaufswagen ragt Lauch, und in ihrem Haar haben sich Schneeflocken verfangen. Guten Tag, Helge, wie geht es dir? Und Markus' Rheuma? »Oh«, sage ich, »schneit es?«

Sie dreht den Kopf weg und entflieht zu ihrer Wohnungstür. Hat sie Angst vor mir? Ich gehe hinaus, früh am Abend, grau, drückend. Beißende, doch trockene Kälte. Gleichwohl ziehe ich mir den Schal, der nicht zu meinem beigen Kaschmirmantel passt, enger um den Hals. Der Schnee fällt in meinen Kragen, bevor er sich in Wassertropfen verwandelt. Ein paar Schritte weiter biege ich rechts ab, die Straße verläuft in Kurven, und ich lande vor einer Kneipe mit großen beschlagenen Fenstern und einer Menge Leute dahinter. Ich gehe hinein, streife ein paar betrunkene Gestalten und lehne mich an die Bar. Ich bestelle ein Bier, stürze mich darauf. Um meine Lippen zeichnet sich ein weißer Schnurrbart ab.

Allein in meiner Ecke verliere ich mich in meinen Gedanken, meine Streitereien mit Frances gehen mir durch den Kopf. Mir ist bewusst, dass ich im Begriff bin, alles zu verlieren. Vielleicht habe ich schon alles verloren. Im Stimmengewirr kann ich ein Kichern vernehmen. Ich merke, dass sie über mich reden. Von Frances. Die zurück nach Afrika ist.

Spöttisches Gelächter ist zu hören. Unter Alkoholeinfluss erscheint alles komisch, insbesondere das Unglück der anderen. Aber ich bin nicht so betrunken, dass ich über mein Los lachen kann. Ich reiße mich zusammen, um nicht zu explodieren. Ich wische mir den Mund ab, meine Hand erscheint mir monströs. Verflixt, sie ist wirklich groß, mit ihren hervortretenden Adern. Ein Mann, ein richtiger Mann, der trinkt, und ich trinke noch ein Glas, und noch ein Glas, aber ich werde nicht fröhlicher davon. Meine Nasenlöcher dehnen sich, meine Pupillen weiten sich.

Nach einer Weile drehe ich mich unvermittelt zu den Lachenden um. Sie sind zu einem anderen Thema übergegangen, sie machen sich nicht mehr über mich lustig, aber jetzt mische ich mich ein: »Wenn ihr mir was zu sagen habt, Jungs, tut es jetzt, hier bin ich!«

Sie werfen mir erstaunte Blicke zu, einige sind erschrocken. Ich bin kein schöner Anblick. Der Kopf eines Mörders, das Gesicht hassverzerrt. Ein Verrückter, der so viel getrunken hat, dass er alles witzig findet, versucht, seinen Spott mit mir zu treiben: »Wenn man deine Fresse sieht, möchte man sich lieber nicht mit dir anlegen!«

Er erntet lautes Gelächter und schlägt sich auf die Schenkel. Ein paar Meter weiter beginnen die Leute im Chor zu singen. Entrüstet richte ich meinen Zeigefinger auf meine Brust: »Nazi? Bin ich ein Nazi?«

Das Gelächter und die Gesänge übertönen meine Stimme, und mein Verrückter lacht über etwas anderes: Eine Frau hat sich gerade unter einen Tisch übergeben. Ich bin wieder allein, rege mich in meiner Ecke aber weiter auf: »Bin ich das, Südafrika? Die Rassenpolitik, bin ich das? Apartheid, bin ich das?«

Ich bemitleide mich selbst. Und ich trinke und trinke, und immer wieder weist mein Zeigefinger auf meine Brust, spreche ich ins Leere, zu meinem Bierglas, zu einem Rücken, der mich streift, zu einem Auge, das meinen Blick kreuzt. Ich wende mich an sie alle, als wären sie Staatsanwälte, die mir den Prozess machen. Ich fühle mich so ungerecht behandelt, und mein Gehirn ist so abgefüllt mit Alkohol, dass ich schließlich einen Typen angreife, der das Pech hat, sich neben mir an die Theke zu lehnen. Verblüfft hört er, wie ich ihm entgegenschleudere: »Die Afrikaaner sind nicht alle Nazis!«

Freundlich klopft mir der Typ auf die Schulter: »Du solltest nach Hause gehen.«

In normalen Zeiten hätte ich begriffen, dass er mir rät, es gut sein zu lassen. Aber jetzt bin ich zu betrunken. Die Wut steigt. *Lass es gut sein!* Wieder bin ich wütend … *Lass es gut sein!*

Und Frances, die Koffer packt und nach Hause fährt. Nach Kapstadt?

Mir wäre es lieber gewesen, sie hätte mich für einen anderen Mann verlassen. Aber Kapstadt? Ich explodiere, ich schreie. Ein Faustschlag aufs Geratewohl. Ich teile aus, ein paar Leute lachen schallend, andere schreien, Fäuste fliegen. Eine saust von oben herab, genau auf meinen Schädel.

Ich finde mich vor dem Eingang auf dem Boden wieder. Über mir ein Typ, den ich packe, der mich beleidigt. Ich habe nur meine Fäuste, ich schlage mit all meiner Wut zu, es fließt Blut. Ich verliere das Bewusstsein.

Als ich an derselben Stelle aufwache, steht eine Gruppe verdatterter Menschen um mich herum und beäugt mich, als hätte ich Lepra. Ich bekomme schlecht Luft. Mein Zwerchfell ist gereizt. Meine Eingeweide verkrampfen sich.

»Nazi!«, brüllt jemand.

Ich drehe mich um und wische mir den Schweiß von der Stirn. Im ersten Licht des Tages schleppe ich mich nach Hause und begegne Frau Gruber mit ihrem Einkaufswagen. An ihrem entsetzten Gesichtsausdruck sehe ich, dass ich ein Wrack bin. In der Wohnung, die Frances schon leer geräumt hat, werde ich nicht lange bleiben …

Und ich falte den Zettel, jenen Zettel, den ich nicht lesen wollte, endlich auf.

*Rosie ist dein Ebenbild, und das erträgst du nicht. Geh doch zurück zu Heidi und begebt euch beide wieder ins Jahr 1948, denn genau das willst du. Rosie und ich kehren nach Hause zurück, wo alles erst noch aufgebaut werden muss.*

Das ist ein Dolchstoß in den Magen. Ein bohrender, aufwühlender Schmerz. Ein Stich in die Nieren.

***

Ich sitze im Schneidersitz auf dem Boden, der Zettel von Frances liegt zusammengefaltet auf meinen Schenkeln. Das Telefon in der Hand, sage ich nichts, höre zu und betrachte die weißen Stores, die an den Wohnungsfenstern flattern. Die Wohnung ist leer. Das Telefonkabel ringelt sich um meine Finger. Es ist sehr lang, verbindet München mit dem Kap. Du zu mir: »Und hast du den gleichen Schmerz wie ich gefühlt, zur gleichen Zeit?«

»Wie Dolchstöße in die Eingeweide, ja.«

Nach einem Schweigen sagst du, dass du versucht hast, mich zu erreichen, mehrere Tage hintereinander. Ich erzähle dir, dass ich woanders geschlafen habe. Hilflos entfalte ich Frances' Notiz, hantiere damit herum, ohne sie zu lesen. Mein Hals schwillt an vor Kummer. Anfangs fühlt es sich an, als schnürte mir etwas Weiches, Rundes die Kehle zu. Dann wird es immer größer und härter, wie ein Ballon. Ich keuche, bringe mühsam heraus: »Frances hat mich verlassen.«

Ich kann nicht mehr sprechen. Du auch nicht, keinen Ton gibst du von dir. Wir hören uns eine Weile dabei zu, wie wir Luft holen, und nach einem langen Atemzug sage ich: »Ich kann den Gedanken nicht ertragen, dass Rosie dort aufwächst.«

»Dort …«, wiederholst du mit sanfter Stimme.

Jäh brichst du in Schluchzen aus. Erschüttert erzählst du mir eine eigenartige Geschichte, ein Drama, das sich in Terre'Blanche in dem Augenblick ereignet hat, als ich den Schmerz in den Eingeweiden spürte und du das Gefühl hattest, dass dir ein Dolch in den Unterleib gestoßen wurde. Du saßest auf dem

Thron, wie angekettet. *Es* kam nicht heraus. Seltsam, wie du das sagst, als hätte *es* einen Namen, den auszusprechen aber unmöglich oder verboten wäre. In deine Ohren drang ein Schuss, während du dich auf der Toilette eingesperrt hattest. Es war Jacob. Den Hintern im Rollstuhl und das Gewehr auf den Knien, hielt er im Hof Wache. Das tat er für gewöhnlich, ein Zeitvertreib, und weil er bis dahin nie etwas Böses angerichtet hatte, ließ Michèle ihm die Waffe.

»Es war sein Spielzeug«, sagst du.

Du erzählst weiter, und ich sehe, wie Jacob sein übliches *Sie werden uns alle töten* knurrt und dabei über den Gewehrkolben streicht. Plötzlich in Panik, als sähe er einen Geist, hebt er das Gewehr an seine Schulter und schießt, schießt, schießt auf alles, was sich bewegt. Hühner, Ziegen, Strauße, Menschen … alles flüchtet. Doch Jacob zielt vor allem auf Männer. Ein junger Mann fällt zu Boden. Er ist auf der Stelle tot. Mitten ins Herz getroffen.

»Ich hatte Gadhla vor Kurzem als Zimmermann eingestellt. Gerade sechzehn Jahre alt …«

Du legst eine kurze Pause ein, schnäuzt dich, um dich zu beruhigen. Aber die Worte strömen nur so aus deinem Mund, immer wieder von Schluchzen unterbrochen. Du hast nichts gesehen, Thando hat es dir berichtet. Nach ein paar Minuten stürzt sich ein Mann auf Jacobs Stuhl und stößt ihn um, damit das Morden aufhört. Jacob kippt um. Er fällt in die Weinpresse, und als er versucht, sich abzufangen, setzt er sie in Betrieb. Und du, wie festgebannt auf der Toilettenschüssel, dein Bauch ein brennender Schmerz, du kannst dich unmöglich erheben. *Es* wühlte sich durch deinen Unterleib. Du glaubst zu sterben. Von der Toilette aus hörst du Michèles Schreie. Sie schreit, denn die Presse beginnt, Jacob von oben her zu zerstückeln. Michèle sieht dem Schicksal, das ihrem Vater zugedacht ist, vom Fenster ihres Zimmers im ersten Stock aus zu. Lothar sitzt auf dem Bett, die Knie unter das Kinn geklemmt, und zittert. Bestimmt stellt er sich vor, dass *sie* auch ihn holen und in die Presse werfen werden, wo sich sein Blut mit dem Traubensaft vermischt, der an den Wänden des Holzbottichs antrocknet. Michèle schreit ihn an, etwas zu tun. *Sei ein Mann! Sei einmal ein Mann!*

Er rührt sich nicht, Michèle beschimpft ihn als Vollidioten und mit allen möglichen Tiernamen. Er kommt um vor Angst, während Jacob in der Presse schreiend um sich schlägt. Unter seiner Achselhöhle fühlt Lothar einen Schmerz. Er breitet sich in den Arm aus, Lothar sinkt zu Boden, spürt einen starken Druck in der Brust. Er durchwühlt seine Taschen und findet eine Schachtel mit Tabletten, sackt aber zusammen, bevor er sie öffnen kann. Er liegt auf dem Bauch, mit starrem Blick auf die Dielenbretter, und fragt sich, ob er gerade einen Herzinfarkt erleidet. Michèle beachtet ihn nicht weiter, wie gebannt starrt sie auf die Presse und überlegt, ob sie hinunterlaufen soll. Aber was, wenn *sie* auch sie in den Bottich werfen?

»Thando ist angerannt gekommen«, fährst du mit heiserer Stimme fort. »Er ist zu Gadhla gelaufen, aber es war zu spät. Ein Loch im Herzen, stell dir vor.« Ein Schluchzer erstickt dich, du brauchst einen Moment, um Luft zu holen. »Dann hat er Jacobs Beine in der Weinpresse gesehen. Sein Kopf war zermalmt, doch die Beine bewegten sich noch. Ein Reflex, weißt du, wie die Hähne, wenn sie weiterlaufen, nachdem man ihnen den Kopf abgetrennt hat. Dann …«

Dann beobachtet der achtjährige Samora von Graças Fenster aus, wie sein Vater das Gewehr vom Boden aufhebt. Thando sieht Jacobs zerquetschten Kopf. Er hat verstanden, es ist das Ende. Aber die sich bewegenden Beine … Er schießt.

»Thando hat Großpapa von seinem Leiden erlösen wollen. Er glaubte, dass er noch Schmerzen hätte. Ich hingegen bin überzeugt, dass er schon tot war. Du kannst dir vorstellen, dass

Michèle anderer Meinung ist! Sie erzählt überall, dass man ihn hätte retten können!«

Du hältst inne, um dich zu beruhigen. Mit Trauer in der Stimme sagst du: »Es gab nichts mehr zu tun.«

Und du, in der ganzen Zeit hast du gedrückt und gedrückt. Noch nie seiest du so verstopft gewesen.

»Kobus war für ein paar Tage nach Namibia gefahren. Und weil das Telefon gestört war, war Wilhelm morgens losgefahren, um den Arzt zu holen – für mich.«

Wilhelm kehrt mit dem Arzt im Auto zurück. Als er durch das Tor von Terre'Blanche fährt, ist er vor Sorge um dich fast außer sich. Das Auto fährt den Weg hinauf, vorbei an dem kleinen Haus, bis zur Farm. Bestürzt entdecken Wilhelm und der Arzt einen Toten in einer Blutlache. Etwas weiter entfernt den zerquetschten Großvater in der noch laufenden Weinpresse. Und auf dem Rand der Presse sitzt ein versteinerter Thando, mit einem Gewehr im Arm; Samora hält seine Hand.

»Thando stand unter Schock. Samora streichelte seine Hand und sagte ihm immer wieder, dass er das Richtige getan hatte. Graça war bei den Straußen. Sie hatte nichts gesehen und nichts gehört.«

Als er im Schlafzimmer seiner Eltern den Körper seines Vaters entdeckt, mit dem Gesicht nach unten, erleidet Wilhelm einen Nervenzusammenbruch. Sein Vater ist tot. Michèle hat es noch nicht begriffen oder will es einfach nicht zur Kenntnis nehmen. Also beleidigt sie ihn, schimpft ihn einen Schlappschwanz und brüllt ihn an, endlich etwas zu tun.

Du stöhnst, dass es mir beinahe das Herz zerreißt.

»Als sie gekommen sind, um mich rauszuholen … da lag ein totes Baby in der Kloschüssel! Deine Schwester hat eine Totgeburt in die Toilette befördert! Ich wusste nicht einmal, dass ich schwanger war! Ein Monster, Wolf! Deine Schwester ist ein Monster!«

Meine Seele zerspringt. Ich höre dich weinen und mich sagen: »Manchmal möchte ich einschlafen … aufwachen und unser Leben von vorn beginnen.«

»Es wäre immer das Gleiche, Wolf! Wir wären wieder Vertriebene …«

»In den Zeitungen ist das Foto des alten Weißen, hast du's gesehen? Als wenn er der Beweis wäre.«

»Der Beweis wofür, Naledi?«

»Dass die Schwarzen die Weißen nicht nur ablösen, sondern ausrotten wollen.«

»Wenn ich so einen Blödsinn höre, juckt es mir in den Fingern, Naledi ...«

»Er ist schon zu weit weg. Dr. Malema hat mit dem Team darüber gesprochen, die Geräte abzuschalten.«

»Er hat Glück gehabt, überhaupt behandelt zu werden. Das kann man von Samora Sisulu nicht sagen!«

»Sisulu? War es denn nicht seine eigene Entscheidung, sich zu töten, nachdem er den alten Mann erschossen hatte?«

»Sisulu ist ein Held, Naledi ... Haben die weißen Farmer das Land zurückgegeben? Sie vertreiben uns mit Bulldozern, von dort, wo unsere Vorfahren begraben sind. Sie reißen die Kreuze von unseren Gräbern. Und du sorgst dich darum, dass wir den da von den Geräten abschalten! Das wird ihnen eine Lehre sein, uns wie Tiere zu behandeln!«

Ein Gewehr lehnt an einer Wand, die mit Blumentapete tapeziert ist.

Es ist ein großer Raum mit niedriger Decke und einer Wand mit zwei Fenstern ohne Gardinen, die von außen durch Gitterstäbe geschützt sind. Sie gehen auf eine Allee hinaus, wo Hunde an der Leine ihrer Herrchen und Kinder an der Leine ihrer Mütter umherspazieren. Sie gehen an einer Betonwand entlang, die mit Stacheldraht bewehrt ist. Es ist ein Gefängnis, in das sich die Menschen freiwillig eingesperrt haben. Darüber ist der Himmel blau.

Auf einem Tisch befinden sich eine Flasche Wein, ein Glas und eine Schere. Der Tisch steht mitten im Raum, neben einem kleinen, an die Wand geschobenen Bett, auf dem ich mit angewinkelten Beinen sitze. Meine Haare sind zerzaust, ich trage einen Bart, sehe abgespannt aus und habe tiefe Ringe unter den Augen. Ich muss etwa vierundvierzig Jahre alt sein. Mein Bett ist klein, zu klein.

In meinen Händen halte ich Geschenkpapier mit Herzchen, ich packe eine Puppe ein. Der Fernseher läuft. In Farbe, er ist klein, hat aber ein sehr großes Rückteil. Auf dem Bildschirm spricht eine Frau mit bezaubernder Stimme. Ich spitze die Ohren und hebe den Kopf. Ihr Haar ist schwarz, ihre Haut dunkelbraun, und an ihren Ohren hängen zwei Ringe in Form eines Edelweiß.

Mich überkommt eine unendliche Zärtlichkeit für sie.

Sie wird von Mikrofonen umringt, den gleichen, die uns auf dem Bahnhof in Hannover bedrängt haben. Unter dem Bombardement von Fragen erklärt sie: »Thando Sisulu büßt seit acht Jahren in einer Zelle, in der man sich nicht ausstrecken kann, für ein Verbrechen, das er nicht begangen hat. Erfreulicherweise haben wir erreicht, dass seine Todesstrafe in eine lebenslange Haftstrafe umgewandelt worden ist. Aber das reicht nicht.«

Ihre Edelweiß-Ohrringe hypnotisieren mich. Sie will weitergehen, doch die Mikrofone versperren ihr den Weg.

»Warum vertreten Sie, eine indische Anwältin, einen verurteilten Afrikaner?«

»Meine Papiere weisen mich als Kapmalaiin aus. Was mich nicht …«

Ihr wird das Wort abgeschnitten, und das Bild wechselt zu einer geschminkten Frau, die vor einem Schreibtisch sitzt, ein Blatt Papier in der Hand, und euch in die Augen schaut, damit euch keines ihrer Worte entgeht.

Ohne sich an jemand speziell zu richten, spricht sie zu jedem: Jacob Terre'Blanche, der Ehrenvorsitzende der Bruderschaft, ist vor acht Jahren Opfer eines politischen Mordes geworden. Der Verbrecher Thando Sisulu, Ehemann von Zandile Sisulu, einer Aktivistin des Afrikanischen Nationalkongresses, ist aufgrund der Aussage von Michèle Schultz, der Tochter des Verstorbenen, zunächst zum Tode verurteilt worden. Seine Strafe ist herabgesetzt worden … Er verbüßt sie im Hochsicherheitsgefängnis auf Robben Eiland. Wie seine Genossen hatte er bis 1982 Gelegenheit, sich von den Terroristen Mandela und Co indoktrinieren zu lassen. Der kommunistische Terrorist Goldberg hingegen sitzt im Zentralgefängnis von Pretoria. Es ist jedoch kaum vorstellbar, wie das Verfahren gegen Thando Sisulu unter diesen Umständen wiederaufgenommen werden konnte und dass seine Freilassung nicht die öffentliche Ordnung gefährden wird.

Betroffen hält die Frau eine Sekunde inne, um ihre Emotionen zu unterdrücken, und fährt dann fort. Die eigenen Enkel des Opfers, zwei nach dem Zweiten Weltkrieg adoptierte deutsche Waisenkinder, haben die Revision beantragt. Zur Erinnerung, Barbara und Wolfgang Schultz (sie betont jede Silbe) sind vor einigen Jahren *selbst* in Haft gewesen. Rechtsanwältin Patel gehört einer Familie an, deren Untergrundaktivitäten für den Indischen Nationalkongress seit Langem bekannt sind. Lassen wir uns nicht täuschen ... Hier steht die Unabhängigkeit Südafrikas auf dem Spiel, ebenso seine Widerstandskraft gegen den internationalen Druck, der ...

Die geschminkte Frau spricht von drei Kammern, einem Referendum und einer Verfassung. Die Weißen haben sowohl der gemischten Bevölkerung als auch der indischen eine Kammer gegeben, den Schwarzen aber keine. Weil es im Parlament nur drei Kammern gibt. Also verbleiben die Schwarzen, wie mir scheint, in Bantustans. Und Thando im Gefängnis. Ich bin zurück in Südafrika.

***

Ich gehe langsam quer über ein Brachland, auf dem Bauschutt aufgehäuft ist. Der Wind pfeift darüber hinweg, und in der Ferne rauchen die Schornsteine der Schiffe, die auf einem silbernen Ozean dahingleiten. In gebeugter Haltung, mit vernebeltem Blick, eine Folge des Alkohols, fürchte ich, halte ich mein Geschenkpaket mit den Herzen in der Hand.

Vor einem großen, baufälligen, zweistöckigen Gebäude bleibe ich stehen. Der Buchladen im Erdgeschoss ist geschlossen. Seine Tür grenzt an eine andere, an der ein Klingelzug baumelt. Ich zögere zu klingeln.

Ist das nicht Frances' Haus? District Six? Aus einem offenen, mit Luftballons geschmückten Fenster im oberen Stockwerk dröhnt Musik.

*Daddy, daddy cool!*

Verunsichert zögere ich zu klingeln.

*We Won't Move* ist mit roter Farbe an die Fassade geschrieben. Ich zögere immer noch.

*She crazy about her daddy.*

*Oh, she believes in him*

*She loves her daddy*

Das bedeutet, dass sie verrückt nach ihrem Papa ist. Und dass sie an ihn glaubt. Weil sie ihn liebt. Eine Luftschlange landet auf meinen Kopf, ich schaue hoch, sie muss aus Versehen aus dem Fenster gefallen sein. Ich wage es immer noch nicht zu klingeln, *daddy, daddy cool,* ich stehe vor der Tür, ein Idiot, der zittert und alles verschwommen sieht.

Nach einer Weile höre ich Schritte eine Treppe hinter der Tür herunterkommen. Ich höre Frances' Stimme: »Du gibst der Lehrerin die Sandwiches für die Kinder, die keine mitbringen können. Hast du mich verstanden?«

Mein Herz schlägt bis zum Hals. Es will zerspringen, als die Tür einen Spaltbreit geöffnet wird. Sie schließt sich wieder, weil Frances vergessen hat, die Kette auszuhaken. Ich kann nicht mehr atmen. Da, es ist offen. Ein kleines Mädchen mit braunen Teint stürzt heraus und rennt los. Mein Blick ist immer noch verschwommen, aber ich mache die Umrisse der Plastiktüte mit den Sandwiches aus, die an ihrer Hand hin- und herschaukelt, bestimmt sind die Brote mit Erdnussbutter bestrichen.

Frances mag Erdnussbutter. Inzwischen steht sie auf der Stufe, die sie vom demolierten Bürgersteig trennt, und ist verblüfft, als ihr Blick auf mich fällt. Sie ist immer noch schön. Vielleicht sogar schöner als früher. Ich fühle mich jämmerlich. Gerührt stottere ich: »Das ist tolle Musik.«

»Boney M.? Ja. Ein Coup von Franz.«

»Franz?«

»Reuther. Der bei Hansa Records der Star war, als ich …«

»Ist das der, der singt?«

»Ja. Aber er hat ein Double. Für diese Art Musik brauchte man einen Schwarzen. Mit Sixto Rodriguez war es genauso. Wäre er weiß gewesen, hätte man gemerkt, dass er besser war als Bob Dylan. Und ich, ich hätte … Ich meine, wenn ich wie Sarah Vaughan oder Frank Sinatra ausgesehen hätte … Und du? Was willst du?«

Ich stottere vor mich hin. Sie wirft mir einen abschätzenden Blick zu und mustert mich von Kopf bis Fuß. »Hast du getrunken?«

Ungeschickt halte ich ihr mein Geschenkpaket hin. »Das ist für Rosie …«

Frances bleibt auf ihrer Stufe stehen, stumm, mit Fragezeichen in den Augen. Hinter ihr tut sich ein großer Raum auf, den ein Spruchband mit der Aufschrift *Happy Birthday* schmückt. Darüber hängt ein anderes, verblasstes Transparent, das verkündet: *Die Freunde von District Six kämpfen für die Rückkehr der Vertriebenen: We won't move!*

Hinter Frances kommt jemand die Treppe herunter. Als sie die Schritte vernimmt, wird sie unsicher und steigt eine Stufe höher, um die Tür zu schließen. Eine Kinderstimme dringt durch die Tür: »Ist das Papa?«

Frances schrickt zusammen und dreht sich um: »Schon gut, Rosie, geh wieder hoch, ich komme gleich nach!«

Mein Verdacht ist eher, dass Rosie unten stehen bleibt und ihr Ohr an die Tür hält. Frances scheint genauso zu denken, sie flüstert: »Letztes Jahr bist du nicht gekommen. Das Jahr davor auch nicht. Und auch vorher … nichts.«

Rosie klopft an die Tür. »Papa! Bist du das?«

Glaub es, wenn du willst, ich bin nicht imstande zu antworten …

Und warum traut sich Rosie nicht raus? Um sich selbst davon zu überzeugen. Hat sie Angst vor mir?

»Man kann sich nicht auf dich verlassen«, wirft Frances mir vor, bevor sie sich der Tür zuwendet: »Geh nach oben. Ich bin in fünf Minuten da!«

Ich sage nichts. Irgendetwas lähmt mich und hindert mich zu reagieren. Ich höre Rosies Schritte die Treppe hinaufsteigen. Eine dumpfe Wut überkommt mich.

»Ich zahle dir Unterhalt bis auf den letzten Penny!«

»Weil der Richter dich dazu gezwungen hat!«

Ich halte ihr mein Geschenk mit den bunten Herzen hin. Sie schüttelt den Kopf, sie will es nicht.

»Ich war ein schlechter Vater, aber …«

»Du bist überhaupt kein Vater, Wolf! Rosie macht gerade Anstalten, dass sie darüber hinwegkommt … Sie isst fast wieder normal. Mach nicht alles kaputt!«

Letztes Jahr, das Jahr davor und die anderen bin ich nicht gekommen, hält mir Frances noch einmal vor. Rosie wartete auf mich. Dieses Jahr haben sie nicht auf mich gewartet. Und sie werden nicht mehr auf mich warten. Ein Anflug von Traurigkeit umspielt Frances' Lippen. Sie dreht sich um. Ich gehe.

***

Thando muss jetzt siebenundvierzig Jahr alt sein, doch man würde ihn zwanzig Jahre älter schätzen. Nicht nur wegen der Brille, sondern auch wegen der roten, entzündeten Augen, die blinzeln, wenn das Licht ihn blendet. Der Himmel ist aber grau und der Tag müde. Seine Haare sind länger, sie sind weiß geworden; seine Stirn ist voller Falten.

Ketten an seinen Knöcheln und Händen fesseln ihn an andere Männer, alle mit dem gleichen qualvollen Gesicht, schwarz, braun, beige. Sie sitzen in einem Boot, sehen zu einer Insel, die sich am Horizont abzeichnet. Bis auf einen Jungen, der zum

Ufer auf der anderen Seite starrt. Es ist so weit weg, dass man es für ein Spielzeug halten könnte. Der Junge fragt sich, ob er zum Festland zurückschwimmen könnte, wenn er von seinen Ketten befreit würde. Ich an seiner Stelle würde es nicht wagen.

Robben schwimmen um die Insel herum. Die Wellen brechen sich an den Steinen. Das Boot landet. Die Strömung ist stark. Du könntest nicht zum anderen Ufer zurückschwimmen, nein, die Strömung würde dich auf den Grund ziehen, noch bevor du den ersten Kilometer geschafft hättest.

Sie gehen durch eine Tür, einen schmalen Korridor entlang und werden von weißem Wachpersonal durchsucht. Thando erhält eine kurze Hose, ein kurzärmeliges Hemd und Sandalen. An die weniger Schwarzen werden geschlossene Schuhe und eine lange Hose verteilt. Thando geht weiter, er ist mit dem Kopf woanders, er denkt an nichts Besonderes. Ich bin müde, sagt sein ganzer Körper, müde, müde, müde. M-ü-d-e.

Nun ist er in einem Steinbruch, einer großen Senke voller Strafgefangener, die mit Hacken Felswände abschlagen. Der Fels ist so weiß, dass er glitzert. Thando ist davon geblendet, seine Augen schmerzen. Manchmal bleibt er stehen, aber nur kurz, weil die Wächter, Sonnenbrillen auf der Nase, aufpassen. Einen Moment ruht er seine Augen aus und spuckt den Staub aus, den er heruntergeschluckt hat. Er atmet nicht, er röchelt.

Sie hacken schon eine ganze Weile.

Ich glaube, es ist Kalk.

Vielleicht haben sie diese Senke, die einem Krater gleicht, selbst gegraben. Je tiefer sie hacken, desto mehr brennen die Augen, desto mehr trocknet die Haut aus, desto mehr Staub dringt in ihre Lungen, desto mehr erlischt ihr Blick. Bis auf einige wenige. Ein paar Träumer.

Da ist er wieder. Diesmal sammelt er Vogelscheiße. Es macht ihm nichts aus. Es ist weniger schlimm als der Kalk. Doch er hustet immer noch, und seine Augen sind rot und trocken.

Am Strand sind Fischernetze angespült worden. Mit ein paar Freunden sammelt er zwei oder drei ein.

Er ernährt sich von Brei. Andere bekommen zusätzlich Suppe oder Reis. Ihre Haut ist heller, also erhalten sie auch einen Kaffee. Das steht an einer Wand angeschlagen. Je schwärzer du bist, desto weniger Anrecht auf Konfitüre hast du. Gleiches gilt für Butter, Zucker, Kaffee … Aber Thando ist das egal. Selbst dass er dem Tod entronnen ist, ist ihm egal. Wozu leben? Es wird immer einen Terre'Blanche geben, der ihn in den Hintern tritt oder ihm Blei in den Hintern schießt. Gegen Michèle wird sein Wort niemals Gewicht haben. Wie hofft diese Anwältin, ihn hier rausholen zu können? Und Zandile … oh, sie hat Samora zwar zum Prozess mitgebracht, aber das war nur dazu gedacht, ihn Hass zu lehren. Er hat nicht einmal die Kraft zu hassen. Manchmal bedauert er das. Wenn Graça ihm beigebracht hätte zu hassen, hätte er vielleicht die Kraft, sich aufzulehnen?

Weil …

Niemand weiß, wie man sich fühlt, wenn man in einem Hundezwinger in Isolationshaft gehalten wird. Was Sobukwe umgebracht hat. Und dann eine Grube ausheben, um darin begraben zu werden, und sich von den Wächtern anpinkeln lassen. Danach darfst du dich nicht waschen.

Er hat es gesehen. Aber man hat es ihm nie angetan. Weil er schweigt.

Um in Ruhe gelassen zu werden, reicht es, wenn man nicht existiert. Thando löst die Knoten seines Fischernetzes. Er macht sich einen Nylongürtel. Mit Leder. Er hat genug abgetragene Sandalen, um so viele Gürtel anzufertigen, wie er will.

Er pinkelt in einen Eimer, legt sich auf ein altes Stück Stoff und winkelt seine Beine an. Seine Zelle muss etwa drei Quadratmeter groß sein. Er spricht ein Gebet, aber es klingt eher wie ein Gedicht.

*In der Dunkelheit, die mich umgibt,*
*Schwarz wie ein Brunnen, in dem man ertrinkt,*
*Danke ich Gott, wer er auch sei,*
*Für meine unbesiegbare Seele.*

Er wiederholt es mehrmals. Glauben kann er es nicht.

***

Der Abend ist angebrochen, und ich sehe mich durch die Gitterstäbe, die das Fenster eines beleuchteten Raums schützen. Ich sitze in einem Wohnzimmer, ein Gewehr auf meinen Knien, einem Mann gegenüber. Er poliert einen Pistolengriff, als würde er das Tafelsilber auf Hochglanz bringen: »Warum diese Scheiße wieder aufrühren?«

»Welche Scheiße?«

»Spiel mir nicht den Klugscheißer, Schultz. Der Typ, der deinen Großvater umgelegt hat.«

»Er wollte ihn von seinen Schmerzen erlösen.«

»Das weißt du nicht, du warst nicht dabei.«

»Aber meine Schwester.«

»Wann denn? Während sie ihren Säugling in der Latrine ertränkt hat?«

Ich widerspreche nicht. Trotzdem brenne ich darauf, ihm ins Gesicht zu spucken. Aber das darf nicht sein. Er holt Patronen aus einer Schachtel und bietet mir ein paar an. Ich lehne ab.

»Du bist mir einer ... sie haben zu den Waffen gegriffen. Ist dir das bewusst?« Entgeistert zieht er weitere Patronen aus seiner Tasche und lädt damit seine Pistole. »Wie naiv du sein kannst, Schultz. Du schießt in die Luft, mit Platzpatronen ... Du glaubst den Lügen deiner Schwester, wo doch deine Mutter das Verbrechen von ihrem Fenster aus mit angesehen hat. Der Junge sagt, dass sein Vater wie ein Held gehandelt hat ... und er ist sehr überzeugend. Und du, hast du nichts Besseres zu tun, als diese Anwältin mit dem Fall zu beauftragen?«

»Sie ist selbst bei meiner Schwester vorstellig geworden. Wegen des Jungen … Samora war acht Jahre alt, als er verhört wurde. Was sollte er sonst sagen? Vermutlich hat ihn seine Mutter beeinflusst. Natürlich wollen sie daraus eine politisch motivierte Tat machen.«

Seine Lippen bewegen sich murmelnd, als würde er ein Gebet vor sich hin sagen. »Es sind Gerüchte im Umlauf … Dass deine Schwester eine Lesbe sein soll?«

Ich zwinge mich zu lachen: »Lass die Leute reden! Und das mit dem Kind, das wusste sie nicht.«

»Was?«

»Dass sie schwanger war.«

Er fängt an zu lachen. »Wer's glaubt, wird selig, Schultz! Mach die Augen auf!« Er runzelt die Stirn, lädt seine Waffe weiter und erhebt sich dann oder, besser gesagt, streckt sich aus, denn sein Körper ist lang und dünn, er sieht aus wie ein Strichmännchen. »Trotzdem … hat eure Familie nicht schon genug im Scheinwerferlicht gestanden?«

Wir verlassen seine Wohnung, er schließt die Tür, verriegelt vier Schlösser, eines raffinierter als das andere. »Du kennst mich, Schultz. Ich bin da entspannt.« Er verschließt ein Gitter vor der Wohnungstür, dreht zwei Schlüssel in einem Schloss um und stellt eine Kette ein, die sich mit einem vierstelligen Code öffnet und schließt. Er nimmt den Faden wieder auf: »Aber andere Leute …«

»Die würden ihre Gewehre gern auf mich richten. Das weiß ich.«

»Solange du dich an die Regeln hältst …« Er befestigt seinen Schlüsselbund, sieben oder acht Kilo Eisen, an seinem Gürtel. Er ist abgenutzt, hält dem Gewicht aber stand.

Wir gehen durch die Alleen der Wohnanlage – meiner –

und schwatzen weiter. Wir laufen an kleinen zweistöckigen Gebäuden vorbei, die alle gleich aussehen. Wo Familien wohnen, ist daran zu erkennen, dass die Fenster mit Vorhängen oder Gardinen versehen sind und Blumentöpfe die Fensterbänke schmücken.

Alleinstehende Männer leben, meist im Erdgeschoss, hinter kahlen Fenstern: keine Frauen, keine Blumen, keine Vorhänge. Draußen führen einander ähnelnde Herren ihre ihnen gleichenden Hunde aus wie wir unsere unterschiedlichen Waffen.

Ehefrauen, die ihre Kinderwagen in die Garage und ihre Kinder in die Küche bringen, grüßen uns respektvoll. Alles ist ruhig, Vögel schlafen in ihren Nestern ein, und in den Büschen zirpen Insekten. Überall hängen Schilder am Stacheldraht, die die draußen warnen und die drinnen beruhigen: Achtung, bissige Hunde, bewaffnete Milizen. Ich bin einer von ihnen. Von den Milizen. Daher das Gewehr, die Pistole des Strichmännchens und die fünf Typen, die vor einem Haus auf uns warten. Nr. 357. Man schüttelt sich die Hände, klopft sich auf die Schulter, tauscht Neuigkeiten aus.

Wir gehen los, sieben Männer, die die Alleen durchkämmen.

Auf einmal bleibt die Spitze des Zuges mit einem Ruck stehen, der Rest dahinter und auch ich, ich erstarre zu Eis. Aus einem Gehölz kommt ein seltsames Geräusch, deutlich vernehmbar. Es hört sich an, als ob sich darin etwas bewegt. Ich schieße in den Himmel. Das Strichmännchen ruft mit gedämpfter Stimme: »Nicht jetzt! Sonst entwischt er uns!«

Die Pistole gezückt, marschiert er auf den Busch zu, hält ihn in Schach, greift hinein, schüttelt ihn hin und her … nichts. Drohend ruft er: »Komm raus! Ich bin bereit!«

Niemand antwortet ihm. Bis plötzlich eine winzige Gestalt, die einen Schwarm Leuchtkäfer aufscheucht, sich einen Fluchtweg durch die Büsche bahnt. Überrascht von diesem Winzling, schießt das Strichmännchen, aber daneben, und dann feuert ein anderer Patrouillengänger eine Salve ab, auch er kein Meisterschütze. Die Übrigen zittern, ich auch, den Finger am Abzug. Sie sind kurz davor zu schießen, verkneifen es sich aber. Ich eingeschlossen.

Der Kerl haut ab. Er ist schneller als die Kugeln und verschwindet durch ein Mauseloch in einem Gitterzaun.

Und das Strichmännchen erteilt uns einen Rüffel: »Was habt ihr euch dabei gedacht? Seid ihr hier angewachsen, oder was?«

Kleinlaut senken die Männer den Kopf, aber einer von ihnen protestiert: »Woher willst du wissen, dass er nicht bewaffnet war?«

»Er war nicht bewaffnet«, antworte ich. »Nicht einmal mit einem Kieselstein.«

»Du, Schultz, hältst besser deine Klappe.«

Denn bei Typen wie mir, erklärt er, wird verständlich, warum Deutschland den Krieg verloren hat.

***

Ich sitze am Steuer eines Autos, ein wunderschönes Lederlenkrad, die Sitze sind ebenfalls aus Leder, das Auto ist bordeauxrot, der gleiche Wagen, der seine Tage bei den Zulu vollendet hat.

Vielleicht sind seine Tage damals doch nicht zu Ende gegangen.

Auf jeden Fall glänzt es, die Wolken spiegeln sich auf der Motorhaube, und auch die Sonne lässt sich erahnen. Mein Haar ist sehr kurz, ich bin glatt rasiert, mit kantigem Kinn. Die Schatten um die Augen sind nicht verschwunden, ebenso wenig wie die vom Alkohol aufgedunsenen Tränensäcke. Ich fahre auf dem Weg, der zum Ausgang von Terre'Blanche führt.

Es beginnt leise zu regnen, ein dünner Vorhang. In der Ferne läuft eine Frau am Straßenrand in die gleiche Richtung wie ich. Mit einem Aktenkoffer in der Hand und in hochhackigen Schuhen beeilt sie sich, die Bushaltestelle zu erreichen, bevor sie klatschnass wird. Ich halte auf ihrer Höhe an, drehe mein Fenster hinunter und schenke ihr mein schönstes Lächeln: »Miss Patel.«

Klack, klack, klack, ihre Absätze klappern auf der Straße, sie achtet kaum auf mich. Ich fahre langsam neben ihr her, ohne mein Lächeln aufzugeben, von dem ich überzeugt bin, dass es charmant ist: »Sie kennen mich nicht … Ich bin der Bruder von Barbara Schultz, der Sie Ihre Dienste angeboten haben.«

Ohne stehen zu bleiben, sagt sie frostig: »Ah. Ja, das sehe ich. Sehr erfreut.«

»Kann ich Sie irgendwo absetzen?«

Sie schüttelt den Kopf: »Nein danke. Mein Bus kommt gleich. Ein bisschen weiter unten.«

»Es regnet, Miss.«

»Ein leichter Regen, machen Sie sich keine Sorgen.«

Bei diesen Worten hallt ein Donnerschlag über unseren Köpfen. Der Himmel öffnet seine Schleusen. Ein Platzregen rauscht herab! Meine Lippen beben vor lauter Lächeln. »Wollen Sie sich nicht in Sicherheit bringen?«

Sie strengt sich an, freundlich zu sein, zwingt sich, mir zu danken, aber es ist sinnlos, neben ihr herzufahren, sie nimmt lieber den Bus, vielen Dank, bemühen Sie sich nicht weiter.

Der Platzregen wird zur Sintflut. Genau über ihrem Kopf geben die Wolken alles, wirklich alles, was sie können. Für dieses eine Mal sind die Elemente auf meiner Seite. Klatschnass sieht sie sich um, sucht den Horizont ab, aber weit und breit kein Bus, und das Dach des Wartehäuschens fliegt weg. Es ist beängstigend: »Steigen Sie ein, Miss. Das Auto ist ein deutsches!«

Als ob das eine Sicherheitsgarantie wäre.

Ich öffne ihr die Tür. Missmutig gibt sie den Annäherungsversuchen des Beifahrersitzes nach. Er ist trocken, er ist aus

Leder, und ich bedanke mich, als sie die Tür zuschlägt. »Wo kann ich Sie absetzen?«

»Die nächste Bushaltestelle passt mir sehr gut, Sir.«

»Um wohin zu kommen?«

»Paarl. Ich fahre zurück nach Paarl.«

Auf geht's!

Eine Weile sprechen wir kein Wort, doch es ist sehr schön, denn der Regen singt auf der Motorhaube, die Edelweiß tanzen an ihren Ohren. Aber ich spüre, dass sie sich nicht wohlfühlt.

»Wie geht es mit Thandos Fall voran? Hm … falls Sie nicht an die Schweigepflicht gebunden sind.«

Sie zögert. »Ich war auf dem Rückweg von Ihrer Mutter, als sich unsere Wege gekreuzt haben.«

»Sie kommen nicht von meiner Schwester?«

Zaghaft legt sie die Hände auf ihre Schenkel und räuspert sich. »Es ist Ihre Mutter, die man überzeugen muss.«

»Wovon?«

»Ihre Zeugenaussage zu ändern.«

Ich lache auf. Die Anwältin lacht nicht. »Die Bestrafung von Mister Sisulu beruht allein auf ihrer Aussage. Ich habe versucht, sie davon zu überzeugen, dass Monsieur Terre'Blanche bereits tot war, als Mister Sisulu geschossen hat, in dem Glauben, ihn von seinem Leiden zu erlösen. Die Sache ist klar, es gab nichts, was man hätte tun können, um ihn zu retten.«

»Sie predigen dem Falschen, Miss Patel.«

»Das weiß ich. Aber das Gericht … das ist eine andere Sache.«

Ich breche in Gelächter aus: »Michèle Schultz auch! Ich wünsche Ihnen viel Durchhaltevermögen!«

»Ich gebe nicht auf, Mister Schultz.«

»Nennen Sie mich Wolf.«

Verlegen kräuselt sie die Nase, klammert sich an ihren Aktenkoffer. Ihre Anwesenheit macht mich glücklich. Selbst wenn sie nichts sagen würde und wir bis ans Ende der Welt fahren müssten, ich wäre nicht weniger glücklich. So sehr, dass ich sie nicht höre, als sie mir sagt, dass *links von mir die nächste Bushaltestelle ist.* Ich halte nicht an, sondern fahre weiter.

Ihre Hände klammern sich fester an ihren Aktenkoffer. Sie ist angespannt.

Der Regen lässt nach, ein Sonnenstrahl bricht durch eine Wolke, mein Auto kommt an eine Kreuzung, wo es links nach Stellenbosch und Kapstadt und rechts nach Paarl und Wellington geht. Ich biege rechts ab. Verwirrt merkt Arya an: »Das ist ein verdammter Umweg ...«

»Wie kommen Sie darauf?«

»Sie arbeiten in Kapstadt in der Versicherungsgesellschaft, die Ihrem Bruder gehört, und Sie leben in Somerset. Nicht in Wellington ... oder in Paarl ... soweit ich weiß.«

»Sie sind gut informiert.«

»Ich studiere meine Fälle bis ins kleinste Detail, Mister Schultz.«

»Nennen Sie mich Wolf.«

Ich werfe einen Blick auf den prall gefüllten Aktenkoffer, der immer noch auf ihren Knien liegt, aber sie hat ihn losgelassen und hält sich mit der rechten Hand am Griff über dem Fenster fest. Ich lächle sie immer noch selig an. »Und wie wollen Sie Madame Schultz dazu bringen, ihre Aussage zu widerrufen?«

»Sie nennen Ihre Mutter *Madame*?«

»Ich dachte, Sie kennen meinen Fall?«

Sie weicht meinem Blick aus, das macht mich mutig und dreist: »Sie müssen noch einige Nachforschungen anstellen, nicht wahr?«

Sie senkt den Kopf: »Ich will den Freispruch für Thando Sisulu. Seine Aufgabe ist es, einen Sohn zu erziehen ... Falls es zu einem Vergleich kommt, werde ich nicht mehr als zwei Jahre akzeptieren. Er hat schon acht hinter sich. Acht, können Sie sich das vorstellen? Er ist ein gebrochener Mann.«

Mein Herz zieht sich zusammen. Ich sehe Thando vor mir, wie er, nachdem er mich aus der Garage befreit hatte, versucht hat, uns alle drei zum Hafen zu bringen. Das verfluchte Schiff, das nie gekommen ist, um uns abzuholen. Wie er sich auf der Bank den Rücken mit Farbe beschmiert hatte. Die Fußtritte in den Hintern, die Tracht Prügel, die ihm verabreicht worden ist.

Zwei Jahre zusätzlich zu den acht, die er abgesessen hat? Das ist zu viel, ja.

Wir fahren hinein nach Paarl. Arya leitet mich zu den großen Hallen, wo Stoffe, Gewürze, Früchte und Gemüse verkauft werden. Eine Frau von siebzig Jahren, die aber zehn Jahre jünger wirkt und eine echte Schönheit ist, steht vor einem Stand mit Melonen. Ein Foulard umrahmt ihr Gesicht. In leicht autoritärem Ton gibt sie Befehle an Männer, die Anhänger beladen, Lastwagen entladen, Waren zu den Ständen bringen, Auslagen neu ordnen …

Als sie Arya kommen sieht, ruft sie aus: »Warum kommst du erst jetzt nach Hause? Weißt du nicht, dass wir jeden Abend um die gleiche Zeit essen?«

Die strenge Anwältin wird zu einem kleinen Mädchen, das sich von seiner Mutter ausschimpfen lässt. Die Hände in die Hüften gestemmt, beugt sich die Mutter zum Auto hinunter, um zu sehen, wer für die Verspätung verantwortlich ist. Sie wirft einen erstaunten Blick auf Arya, die schuldbewusst den Kopf senkt, wie man es tut, wenn man einen streunenden Hund und seine Flöhe mit nach Hause gebracht hat. Die Mutter beäugt mich noch einmal, und da ich nicht allzu räudig aussehe, lädt sie mich zu einem Saft ein. Hund, möchtest du, dass ich dich adoptiere? Nichts wünscht sich der Hund sehnlicher. Er wedelt mit dem Schwanz.

***

Die Mutter ist warmherziger als die Tochter. Dass ich auf der anderen Seite der Erde geboren wurde, gefällt ihr. Deshalb lädt sie mich ein, es mir auf den ausladenden Kissen bequem zu machen, die im ganzen Wohnzimmer auf dem Boden liegen. Sie bietet mir ein Glas dickflüssigen Saft an, bevor sie ihre Tochter bedient und dann sich selbst. Aus eigener Herstellung, sagt sie stolz. Mit dem Glas in der Hand redet sie ohne Unterlass und macht nur eine Pause, um Luft zu holen. Sie trinkt ihren Saft und zupft dabei ständig ihren Foulard zurecht.

Lachend erzählt sie eine Geschichte von einem Kamel – sehr hoch, sehr schön und sehr weiße Zähne –, das vor langer Zeit ans Kap kam. Eigentlich hätte es nur ein Zwischenstopp sein sollen, aber als es sein Schiff nach Australien verpasste, hat sich das Kamel – und natürlich auch sein Herr – am Kap niedergelassen. Die Leute werden neugierig – noch nie hat man am Kap ein Kamel gesehen, und so macht es schließlich einen Beruf daraus, die Neugierde von Menschen an Stränden, auf Jahrmärkten und in Zirkussen zu befriedigen. Schritt für Schritt häuft sein Herr ein Vermögen an.

»Mein Großvater hat schließlich den ganzen Indian Plaza in Johannesburg gekauft«, sagt sie.

Aber später kam es zu Enteignungen, die Inder wurden verjagt, der Platz wurde umbenannt.

»… dann ist er in den Afrikanischen Nationalkongress eingetreten.«

Auf der anderen Seite, der mütterlichen, verlässt die gesamte Familie zu jener Zeit Gujarat. Gujarat liegt in Indien. Sie sind viele, also verteilen sie sich zwischen der Insel La Réunion und Kenia. Ein paar landen zufällig am Kap. Wir landen hier immer nur zufällig, wissen Sie. Nichtsdestotrotz steigen sie im Laufe der Jahre von Indern zu Kapmalaien auf. Das vereinfacht es, an Reisegenehmigungen zu kommen. Sie mischen sich mit den Griqua, einer Bevölkerung gemischter Herkunft, den …

»Ich bin in Franschhoek geboren worden, in der Nähe einer großen Farm, die …«

Arya unterbricht sie: »Du langweilst unseren Gast mit deinen Geschichten.«

Ich versichere ihnen, dass das ganz und gar nicht der Fall ist, und ermutige Aryas Mutter, weiterzuerzählen. Ich finde es spannend. Aryas Gesichtsausdruck verdunkelt sich, ich frage mich, warum.

»Mein Vater ist schließlich von Franschhoek fortgezogen«, sagt die Mutter. »Ich war noch ein Baby. Zum Glück«, fährt sie fort, »hat er sich in Paarl eine neue Existenz aufgebaut. Im Handel mit Früchten, Gewürzen und Stoffen. Alles, was Sie dort sehen, ist …«

»Mama …«

Arya bringt diese Unterhaltung in schreckliche Verlegenheit. Sie murmelt etwas in einer mir unbekannten Sprache. Und wirklich versteht der Mann, der Mutter und Tochter gegenübersitzt, kein Wort. Aber ich begreife alles.

*»Mama, das ist der Enkel von Terre'Blanche.«*

Die Mutter verharrt eine Sekunde lang im Schockzustand. Dann schenkt sie mir ein Lächeln, das falsch aussieht.

*»Weiß er es?«,* fragt die Mutter die Tochter.

*»Bist du verrückt?«*

Arya blickt aus dem Fenster, um mich nicht ansehen zu müssen. Die Mutter dreht sich zu mir hin, richtet ihren Foulard und sagt: »Arya hat immer davon geträumt, nach Europa zu reisen … Sie hat es sich nie leisten können.«

Arya hebt das Kinn, aber ich merke, dass sie empört ist. Ihre Mutter lässt nicht locker: »Seit du auf zwei Beinen stehst, hast du immer nur die Nase in die Bücher gesteckt. Du bist eine gute Anwältin, aber …«

Sie beugt sich zu mir und wechselt in einen vertraulichen Ton: »Wir haben Verwandte in Europa. Mein Cousin von La

Réunion hat sich in Bordeaux niedergelassen und beabsichtigt, südafrikanische Weine zu importieren. Nicht einfach bei der politischen Lage. Sie kommen nicht weit von Bordeaux her, nicht wahr?«

»Deutschland liegt nicht gerade um die Ecke, Mama.«

Die Mutter lässt sich nicht im Mindesten aus der Fassung bringen und reckt sich, um sich anders hinzusetzen. »Es kann nicht weiter entfernt sein als Paarl von Pretoria«, sagt sie und nimmt im Damensitz auf dem Kissen Platz. »Nicht?«

Ich antworte, dass ich es nachschauen werde, räume aber ein, dass Frankreich und Deutschland Nachbarn sind. »Was sie aber nicht davon abgehalten hat, oft Krieg gegeneinander zu führen.«

»Ich verstehe nicht, dass man sich so entzweit«, sagte die Mutter ernst, »wenn man demselben Volk angehört.«

Arya ist erstaunlich still. Peinlich berührt und aufmerksam zugleich, lässt sie ihre Mutter nicht aus den Augen, belauert ihre Gesten und misstraut ihren Worten. Die Mutter schaut auf ihre Uhr, erwähnt einen Ehemann, der bald nach Hause kommen wird, woraufhin ich mich erhebe und mich mit allem Respekt von ihr verabschiede. Als ich auf die Tür zusteuere, um hinauszugehen, höre ich die beiden Frauen hinter meinem Rücken flüstern. Die Mutter meint: *Du hast neben ihm gesessen und kein Wort gesagt, aber ich kann dir sagen, er hat dich mit seinen Augen verschlungen, meine Tochter, und ohne dir wehtun zu wollen, du bist keine Schönheit, so eine Gelegenheit darfst du nicht verpassen.*

Wir kommen an der Türschwelle an, Arya verabschiedet sich höflich von mir, ihre Mutter schließt mich in die Arme. Von mir aus könnte sie mich gleich adoptieren. »Auf Wiedersehen, Madam, bis bald, hoffe ich!«

»Nennen Sie mich Rabia, Wolf. Bis bald, ja.«

Sie hat die Tür noch nicht geschlossen, ich bin noch nicht weg, als sie zu ihrer Tochter sagt: »*Er ist zwar nicht beschnitten, aber …*«

Die Tür fällt ins Schloss und ich gehe zu meinem Hochglanzauto zurück, ich bin im siebten Himmel. Hinter meinem Rücken wird weiter über mich geredet.

*Die Mischehe ist nach islamischem Recht nicht verboten, Arya. Endlich interessiert sich mal ein Mann für dich! Denk darüber nach! Mit zweiundvierzig Jahren ist es an der Zeit, dass du das Leben entdeckst!*

***

Mein Stolz ist mir abhandengekommen, als ich auf dem Untersuchungstisch liege, eine weiße Haube auf dem Kopf, Patientenschuhe an den Füßen, mein Körper mit einem Laken bedeckt, bis zu dem, was du als das Ding bezeichnen würdest. Meine Güte, was für ein Bild. Haare, die fast bis zu meinem Bauchnabel reichen. Ein paar sind schon weiß. Ich nicke zu den Worten eines Mannes, der auf einem hohen Hocker sitzt.

»Nach dem, was mir mein Assistent gesagt hat, haben Sie Ihr Glaubensbekenntnis abgelegt, um eine Frau heiraten zu können, die Ihren Heiratsantrag aber abgelehnt hat.«

»Wenn ich mich beschneiden lasse, nimmt sie den Antrag bestimmt an.«

»Hat sie Sie darum gebeten?«

»Sie weiß nichts davon, ich möchte sie überraschen.«

Er seufzt und kündigt mir an, dass sein Assistent mich gleich rasieren wird. Ich halte meinen Atem an.

»Der Koran verpflichtet Sie nicht dazu, wissen Sie.«

»Ich weiß. Aber da ich nicht in den Islam hineingeboren worden bin, muss ich eine Bewährungsprobe bestehen. Das ist überall so.«

Der Assistent, ein junger Mann im weißen Kittel, kommt herein, mit allem ausgerüstet, was er für eine Rasur braucht.

»Das ist irreversibel, wissen Sie?«, sagt der Mann, der mich beschneiden wird.

»Es ist auch hygienischer, nicht wahr?«

Der Assistent waltet seines Amtes. Ich verziehe das Gesicht, spreche mir Mut zu für das, was kommt. Der Beschneidungshelfer legt Elektroden an mein Herz und eine weitere an mein Gesäß. Das ist zum Kauterisieren, erklärt sein Vorgesetzter. Lächelnd zieht mir der Helfer eine Manschette über den Arm. Um meinen Blutdruck zu messen, murmelt er.

Alles ist gut. Er drückt mir eine Kanüle unter die Haut meines Oberarms und bewegt sich unhörbar von mir weg. Der Mann, der mich beschneiden wird, stößt einen tiefen Seufzer aus. Und ich fühle mich plötzlich sehr müde. Seine Stimme kommt aus weiter Ferne: »Wenn Sie das jetzt tun, sind Sie nach dem Gesetz nicht mehr einer der Ihren … Ist Ihnen das bewusst?«

»Ich bin nicht einer der *Ihren*, Sir. Ich bin Deutscher.«

Er verschränkt die Arme, die Beine und erklärt, dass ich ihn in einen echten Gewissenskonflikt bringe: »Haben Sie eine Ahnung, was das bedeutet? *Colored* in Ihrem Personalausweis? Schluss mit der Bewegungsfreiheit. Und Ihre zukünftigen Kinder, haben Sie an sie gedacht? Wollen Sie sie in den Slums von Hanover Park aufwachsen sehen?«

»Sie werden in Deutschland aufwachsen. Ich bin nicht von hier. Ich bin vertrieben worden. Nach meiner Heirat ziehe ich mit meiner Frau nach Deutschland. Meine Familie hat dort eine Böttcherei.«

»Eine Böttcherei …«

Er scheint sich zu fragen, ob die Religion mit Böttchereien vereinbar ist. Ich spüre es, also gebe ich damit an, dass ich mit dem Alkohol aufgehört habe: »Ich habe in meinem früheren Leben viel getrunken. Ich habe vollständig damit aufgehört. Ich halte mich an die Gebote.«

Dennoch fühle ich mich ein wenig betrunken. Durch die Kanüle in meinem Arm gelangt wohl irgendetwas in meine

Venen. Nachdenklich macht sich der Mann daran, die Haut um mein Ding herum einzupinseln. Dann zieht er es durch ein Stück Stoff, steril, wie er sagt, und legt es ab. »Ich kenne eine muslimische Familie, die Wein anbaut«, erzählt er mir. »Keine große Sache, aber ... soweit ich weiß, ist der Weinhandel nicht verboten.« Er zögert, greift nach einer Spritze. »Man müsste die islamischen Gelehrten befragen«, erklärt er und klopft auf die Nadel.

»Ist eine Betäubung notwendig? Ich würde es lieber ... spüren.«

Er lacht leise. »Kein Grund zur Besorgnis! Nach der Operation werden Sie mehr als genug spüren!«

Anscheinend sind die ersten sieben Tage die schlimmsten, da man nur mit gespreizten Beinen laufen kann. Aber, so erklärt er mir, nach vier bis sechs Wochen wird das Gehen leichter. Ich habe den Eindruck, dass er mir Angst machen will. Ich lasse mich nicht verunsichern. Selbst wenn es bis zur vollständigen Vernarbung acht Monate dauert. Mindestens dreißig Tage nicht beim Pinkeln anfassen. Die *Funktion* kommt langsam wieder, rechnen Sie mit zwölf bis vierzehn Wochen, bis alles wieder in Ordnung ist. »Sie und Ihre Verlobte müssen sich in Geduld üben ...«

Ich habe Probleme beim Schlucken. Er massiert meine Hoden, um den nächsten Schritt vorzubereiten.

»Man kann nicht sagen, dass Sie nicht motiviert sind«, meint er bewundernd. »Leiden auf sich nehmen, um vor dem zu fliehen, der Sie sind ...«

Er sticht in mein Ding, unten, tief und über die ganze Länge. Ich flüstere, unter Schmerzen: »Ich laufe nicht vor dem weg, der ich bin, Sir ... au ... Ich suche meinen Platz. Und ... au ... ich bin ganz nah dran, ihn zu finden.«

***

Arya erstrahlt in einem langen, glänzenden Satinkleid, das mit einem breiten Stoff, einem Sari, veredelt ist. Goldene Armbänder klirren an ihren Handgelenken, in ihren Händen hält sie einen Strauß aus rosa und weißen Blumen. Sie trägt eine Halskette aus den gleichen Blumen, die auch an ihrer Krone und in der Brusttasche eines Herrenjacketts stecken.

In meiner.

Die Farbe meines Jacketts ist nicht sehr schön. Man könnte an Gänsekacke denken. Darunter ein weißes Hemd und eine Krawatte. Mein Bart ist grau. Sehr grau. Ich lächle, meine Lippen beben, weil mein Glück zu groß ist für meinen Mund.

Du bist da, an Wilhelms Arm, im Kreise der Familie und der Verwandten. Deine Schläfen sind grau, du hast kurze Haare und eine schlaffe Haut, doch ein funkelndes Lächeln. Wilhelm, in seinen Dreißigern, hat langes, wuscheliges Haar, das im Kontrast zu seiner gut geschnittenen Kleidung und den untadeligen Schuhen steht. Unter den Gästen sieht er sich suchend nach jemandem um. Du nimmst seinen Arm und flüsterst: »Finde dich damit ab, Wilhelm, Mama kommt nicht.«

»Hat Wolf sie überhaupt eingeladen?«

»Aber sicher. Weil er wusste, dass sie nicht kommen würde.«

Wilhelm schweigt einen Moment und betrachtet eingehend die Braut. »Arya ist sehr schön. Aber dass sie sich von meinem großen Bruder nach Deutschland schleppen lässt …«

Ihr kichert.

Später gibt es ein großes Dinner mit runden Tischen und weißen Tischdecken. Die Gerichte sind einfach, aber voller Farben, Aromen und Düften. Arya hat sich umgezogen, sie trägt ein grünes Seidenkleid mit Stickereien, und in meinem Anzug, über meiner Krawatte, lächle ich immer noch verliebt, auch wenn die Blumen in meiner Brusttasche fast verwelkt sind.

Meiner Frau und mir gebühren die Ehrenplätze, ich halte ihre Hand und fühle mich, als schwebte ich über einer Wolke, die unter mir dahinzieht. Du sitzt neben mir, vor Freude aufgeblüht. Ich denke nicht, dass du in Arya verliebt bist, nein. Hast du eine Elsa gefunden? Entzückt schenkst du allen um dich herum ein Lächeln, bis dein Blick an Wilhelm hängen bleibt, der sich auf der anderen Seite des Tisches mit Aryas Mutter unterhält.

Die Hände auf der Brust, lacht sie laut in das Stimmengewirr hinein. »Als der Bräutigam zu mir gekommen ist und um Aryas Hand angehalten hat«, vertraut sie Wilhelm an, »ist er wie eine Ente gewatschelt. Er hatte sich gerade beschneiden lassen.«

Ihr Lachen ist ansteckend, aber Wilhelm weiß nichts über Beschneidungen und hat sich eben an einer scharf gewürzten Speise den Mund verbrannt. Rabia erzählt weiter: »Er hat zu mir gesagt: Kann ich Ihre Tochter heiraten? Ich habe ihm geantwortet: Wenn man miteinander geht, *kann* man nicht heiraten, man *muss* es! Sonst ist es eine Sünde.«

Wilhelm nickt lächelnd, er lebt nicht in Sünde. »Meine Mutter macht sich Sorgen, weil ich nicht verheiratet bin«, feixt er und unterdrückt einen Hustenreiz. »Ich warte auf die seltene Perle«, erklärt er schamhaft.

Sicherlich ist es für Wilhelm nicht einfach. Seine krausen Locken missfallen vermutlich vielen, außer in Kreisen, in denen er sich nicht verheiraten kann.

Rabia amüsiert sich über Wilhelms Schüchternheit. Ist er immer so zurückhaltend?

»Es liegt nicht in der Familie, Madam.«

»Nennen Sie mich Rabia«, bittet sie ihn charmant.

»Rabia …«, wiederholt Wilhelm. Das sagt ihm etwas. Mehrmals wiederholt er den Vornamen in Gedanken, er ist ihm vertraut.

»Wie heißen Sie?«, fragt Rabia.

»Ich bin Wilhelm.«

Das sagt ihr nichts. Aber Wilhelm erinnert sie an jemanden.

***

Einen Hut mit Vogelfedern auf dem Kopf, sitzt Graça gelassen zwischen zwei Frauen, die mindestens genauso alt sind wie sie. Es ist immer noch meine Hochzeit. Die Älteste verrät das Geheimnis ihrer ewigen Jugend, während sie mit ihrem Finger in einem Zahn bohrt: »Ich trinke jeden Morgen ein Glas warme Milch mit einem Löffel Zucker.«

Graça muss fast neunzig Jahre alt sein, doch sie sieht zwanzig Jahre älter aus. Mit einem nostalgischen Lächeln beobachtet sie die Kinder, die um die Tische herumlaufen. Ab und zu seufzt sie auf.

»Wie ich gehört habe, muss dein Sohn noch zwei Jahre abbrummen?«, fragt die Alte mit dem Glas warmer Milch.

Graças Pupillen weiten sich, man könnte meinen, sie schämte sich. »Ein bisschen weniger, ja.«

»Freu dich nicht zu früh!«, ruft die Alte.

Graça zuckt mit den Schultern, die anderen beugen die Nase wieder über ihre Teller.

*Eines Tages werden sie dich töten*, hatte sie ihn gewarnt.

Trotzdem hat er sich dem Löwen zum Fraß hingeworfen. Was hat sie in seiner Erziehung versäumt, dass er Jacob getötet hat? Sie scheint ihren Sohn für schuldig zu halten. Sie weiß genau, warum Michèle nach dem Prozess ihre Aussage widerrufen hat. Warum sie zugegeben hat, dass ihr Vater schon tot war, bevor Thando auf ihn geschossen hat. Jedenfalls hätte er unmöglich überleben können, das hat sie bereitwillig eingeräumt. Arya hat ihr kaum eine andere Wahl gelassen.

Graça seufzt so tief, dass es wie eine Klage klingt, und erinnert sich an einen heiklen Moment im Prozess, im ersten, als Michèle zum Richter gesagt hat: »Meine Kinder sind es nicht wert, angehört zu werden.«

Und ihr Sohn, ist er es wert …? Thando ist eine Enttäuschung. Lebenslange Haft, das erste Urteil. Samora war dabei, in Begleitung seiner Mutter. Sieh nur, wie sie uns hassen, flüsterte Zandile ihm ins Ohr. Dein Vater wird als Held sterben. Samora war erst acht Jahre alt. Wer will schon, dass sein Vater stirbt? Er stößt dich weg, wenn du ihm zu nahe kommst und ihm einen Kuss geben willst. Er wirft sich in Graças Arme, weint mit ihr, dann nimmt Zandile ihn zu sich, sie gehen fort, entfernen sich, man sieht sie nicht mehr, sie sind verschwunden, und Thando verschwindet im Gefängnis.

Ist mein Sohn es wert zu leben?, fragt sich Graça. Sie liebt ihn so sehr. Und Michèle. Sie ist die Erste, der sie die Brust gegeben hat. Die Frucht einer schönen Liebe, Michèle, auch wenn sie ehebrecherisch war.

Armer Großpapa Jacob.

Arme Michèle ... Was für ein Schock muss es für sie gewesen sein, als Arya ihr gedroht hat, alles öffentlich zu machen. Graça, sie weiß es, und sie ist die Einzige. Zusammen mit Arya.

Die alte Frau erinnert sich an Michèles Tränen im letzten Prozess. Mit hasserfülltem Blick auf Thando zwang sie sich zu sagen: »Ich weiß nicht ... Vielleicht war er schon tot.«

Arya triumphiert im Stillen. Aber wie! Und nach alledem bekommt Michèle eine Einladung zu ihrer Hochzeit?

Graça sieht mich einige Sekunden lang voller Sorge an, dann Arya, die mit ihrem Lachen um sich wirft und sich von mir küssen lässt. Liebt sie mich, fragt sich die alte Amme, oder heiratet sie mich, um Michèle den Rest zu geben? Und ich? Wo stehe ich?

Graça wendet sich Rabia zu und plaudert mit ihr. Sie hat sie nicht sofort erkannt, nein. Wie einen Säugling wiedererkennen, ein kleines Mädchen, wenn es zu einer alten Frau geworden ist? Rabia war noch so klein, als Jacob ihren Vater aus dem kleinen Haus vertrieb. Er hat es nicht nur wegen des Gesetzes getan, wegen der Enteignungen und all dem.

Er hat es getan, um Maria zu behalten.

Er hat es getan, um sich an Paul zu rächen.

Armer Großpapa Jacob.

Er wollte immer glauben, dass Michèle von ihm war. Friede seiner Seele. Der Allmächtige möge bewirken, dass Noah und er dort oben versöhnt sind. Dass sie ihre Verbundenheit aus der Anfangszeit, als sie noch Karten spielten, wiedergefunden haben.

Ein Stück entfernt sind Rabia und Wilhelm in ein lebhaftes Gespräch verwickelt. Graça würde viel darum geben, wenn sie hören könnte, was sie sich erzählen.

Es ist vor allem Rabia, die spricht. Wilhelm hört aufmerksam zu. Rabia weiß immer noch nicht, dass er zur Familie Terre'Blanche gehört. Bei seinem Teint? Wie alle anderen hat sie in der Zeitung gelesen, was ihm vor knapp zwanzig Jahren widerfahren ist. Über die Geschichte mit der Reklassifizierung und dem Foto des nahezu kahl geschorenen Kindes auf der Titelseite hatte sie herzlich gelacht. Aber zu denken, dass es eben dieser Sohn Schultz ist, der jetzt neben ihr sitzt … Zwanzig Jahre älter, lange Haare und ein gebräunter Teint. Nicht wiederzuerkennen.

Wilhelm hingegen erinnert sich: Rabia war der Name des Babys, das er in seinem Traum bei den Zulu gesehen hatte … das Kind von Paul Noah. Das ist also sie? *Mein Glückstag*, denkt er. Denn er hat es nie geschafft, seiner Mutter oder sonst jemandem die Würmer aus der Nase zu ziehen und das Geheimnis um Noah zu lüften. Und nun lernt er auf der Hochzeit seines Bruders eine Frau kennen, die den Schlüssel dazu hat. Ohne es zu wissen. Das ist lustig.

»Ursprünglich«, zieht Rabia ihn ins Vertrauen, »waren die beiden nicht füreinander bestimmt.« Sie schaut sich nach allen Seiten um, um sich zu vergewissern, dass niemand zuhört. »Arya wollte unser Haus zurück, das kleine Haus, in dem ich geboren wurde … Sie wissen schon, am Ende des eingezäunten

Wegs? Deshalb ist sie Anwältin geworden.«

Wilhelm nickt interessiert.

***

Eine andere Zeit, eine andere Jahreszeit.

Michèle sitzt in einem Rollstuhl mitten in einem Zimmer voller Kartons und voller Wäsche, die über den Boden verstreut ist. Ihr Bett ist ungemacht, die Laken sind zerknüllt.

Ihr Haar ist ganz weiß, in ihr Gesicht sind Falten eingegraben. Sie schaut aus dem Fenster, wo Landarbeiter über Bretter laufen und andere große Schubkarren voller Bauschutt schieben. Sie werden in Container gekippt und auf Lastwagen abtransportiert, die laut rumpelnd in den Sonnenuntergang fahren.

Beim Anblick der Stein- und Holztrümmer und der Staubwolken spürt Michèle, wie ihr die Tränen in die Augen schießen. Sie hält sie mit aller Kraft zurück. Der Staub und der Schutt, das ist ihr Leben, das vor ihr zerbröckelt.

Die Container hinten auf den Lastwagen, das sind ihre Erinnerungen. Mit schniefender Nase bewegt sie sich auf eine Kommode zu. Im Gegensatz zum Rest des Zimmers ist sie in tadellosem Zustand, auf ihr stehen Fotos und brennende Kerzen. Es sind die gleichen Bilder und Kerzen wie im Mausoleum, dem Zimmer, in dem sie geboren wurde, wo Maria starb und wo Wilhelm zur Welt kam. Es ist zu Staub zerfallen, wie das ganze Haus.

Michèle hat das Zimmer ihrer Mutter in diesem neu renovierten Raum mit weißen Wänden, weißen Fliesen und grauen Kartons wieder aufgebaut.

Keine Seele. Aber es riecht nach Farbe und Lösungsmitteln.

Sie redet vor sich hin, man könnte meinen, sie spräche mit sich selbst, in Wirklichkeit aber redet sie mit den Toten, die auf der Kommode aufgereiht sind. Die Toten, sie sind immer einer Meinung mit dir. Sie können dir nicht antworten, sondern dir nur von ihren Gräbern oder von ihren Fotografien aus zustimmen.

»Der Sohn Schultz lässt Bauarbeiten in großem Stil durchführen. Acht Generationen Erinnerungen auf und davon!«

Ihre Stimme ist heiser vor Kummer. Es ist seltsam, sie so eingefallen zu sehen. Sie ist um die Hälfte ihrer Größe und drei Viertel ihrer Pracht geschrumpft. Ihre Traurigkeit berührt mich. Fast hätte ich ihre Bosheit vergessen. Doch davon hat sie noch genug, um am Leben zu bleiben. Aus dem Fenster sieht sie zu, wie die Vorschlaghämmer, die Hacken und Hämmer auf die alten Steine von Terre'Blanche niedersausen. »Wilhelm Schultz baut uns ein provenzalisches Landhaus anstelle der Farm! Die Architekten haben sich mit Begeisterung an die Arbeit gemacht! Sie bauen sogar ein Restaurant gegenüber der Tränke, wo er einen Teich ausheben und Seerosen pflanzen will!«

Ein krankhaftes Lachen kommt ihr über die Lippen. »Hier ein Käseladen! Auf der anderen Seite eine Schafzucht. Um Ziegenkäse herzustellen? Ja, Papa … alles, was du aufgebaut hast, alles, was unsere Väter geschaffen haben … auf und davon!«

Ich glaube nicht, dass sie mit ihrem wirklichen Vater spricht. Was Paul Noah aufgebaut hat, seinen Handel mit Stoffen und Gewürzen, den gibt es noch. Nein, sie spricht mit Jacob. Hat sie vergessen, dass er sie in Pauls Haus umgesiedelt hat? Wo sie sich heute befindet, denke ich, weil ihre Beine sie nicht mehr die Treppen hinauftragen.

Michèle nimmt das Hochzeitsfoto ihrer Eltern und küsst sie, bevor sie es wieder zurückstellt. Sie verliert sich in ihren Gedanken. Auch sie wurde vertrieben. Nicht so weit weg von dem Ort, wo sie geboren ist, aber abgesehen von der alten Weinpresse, die Wilhelm aufbewahrt, ist die Farm nicht mehr da.

Es fühlt sich für sie genauso an wie für mich, als ich vor dem Parkplatz stand, wo früher das Waisenhaus war.

Genauso wie für Abdul, Frances' Freund, vor dem Brachland von District Six.

An einem Tag hast du ein Haus. Am nächsten Tag hast du nichts mehr.

Michèle bleibt noch das Zimmer, das du für sie eingerichtet hast. Vielleicht schaut Noahs Geist von Zeit zu Zeit vorbei. Ich frage mich, was er wohl von seiner Tochter denken würde. Plötzlich bricht es aus ihr heraus: »Er hat sich auch an den Pinotage gewagt! Den Pinotage!«

Sie beugt sich vor, um ihre Eltern um Verzeihung zu bitten: »Wenn ihr wüsstet, welche Vorwürfe ich mir mache! Alles ist durch meine Schuld zerstört!« Ihre Augen füllen sich mit Tränen. »Könnt ihr mir jemals verzeihen?« Tränen laufen ihr über die Wangen. Sie bemüht sich, sie wegzuwischen, aber es nützt nichts, weil sie immer mehr werden. Das Schluchzen nimmt ihr den Atem, sie bekommt einen Schluckauf. Arme Michèle! Vielleicht hat sie ja doch ein Herz. Eins, das verletzt ist.

»Möge Gott mich erhören, sie müssen bestraft werden!«

Kaum hat sie den Satz ausgesprochen, zerreißt draußen ein Schrei die Luft. Michèles Herz beginnt wieder zu schlagen. Sie rollt zum Fenster, öffnet es weit, beugt ihr tränenfeuchtes Gesicht vor und entdeckt mitten in den Trümmern eine Silhouette, die sich vor Schmerz krümmt.

Niedergesunken, von Krämpfen geschüttelt, stößt die Gestalt schrille Laute aus, Arbeiter, Frauen und Kinder eilen von allen Seiten herbei und hocken sich vor dem Häufchen Elend auf den Boden. Nichts kann die Frau beruhigen. Michèle empfindet beinahe so etwas wie Freude. Dieses endlose Jammern zu hören, tröstet sie. Plötzlich erkennt sie ein verzerrtes Gesicht.

»Graça?«, wundert sich Michèle. Sie spitzt die Ohren, um die abgehackten Worte zu verstehen, die sich aus den Schreien herauslösen. Zuerst hört sie nicht richtig, doch dann begreift sie, dass es um Thando geht. Thando? Vor ihr wird das interessanteste Schauspiel aufgeführt, das sie je gesehen hat. In ihren Pupillen blitzt ein Licht auf. Hat Gott sie erhört? Hat er eine ihrer Bitten erfüllt?

Ja, sie hat richtig gehört. Thando ist tot. Er ist im Gefängnis gestorben.

Mit einem Schlag fühlt sich Michèle wie verjüngt.

Es war an der Zeit, ja, dass Gott sie erhört.

Thando hat bekommen, was er verdient hat.

Und die Intrigantin, die mich geheiratet hat, hat ihre gerechte Strafe erhalten. Mit der Erpressung ist es vorbei.

***

Es ist sein Körper, aber es ist nicht er. Es sind seine Gesichtszüge, aber es ist nicht sein Gesicht. Ich erkenne das verkrampfte Antlitz nicht, den hängenden Mund, die eingefallene Nase.

Ich habe nie zuvor einen Toten gesehen. Schon gar nicht einen Toten, den ich gekannt habe. Thando ist im Kreis seiner nächsten und entfernten Verwandten aufgebahrt. Er hätte es nicht für möglich gehalten, dass sich jemals so viele Menschen um ihn versammeln würden.

Du weinst, wie so mancher.

Wie manch anderer kann ich es nicht.

Niedergeschlagen sehe ich ihn mir an und frage mich, wie das Leben aus seinem Körper entweichen konnte. Und sein Lächeln, wie konnte es von seinem Mund entschwinden?

Arya steht neben mir und betrachtet ihn mit Zärtlichkeit. Er hatte noch weniger als zwei Jahre im Gefängnis abzusitzen. Aber es war unerträglich. Er ist einen langsamen Tod gestorben. Eine Flamme, die allmählich verlöscht ist.

Es ist nicht zu glauben, dass er tot ist. Wenn du den Glauben an dich selbst verlierst, stirbst du. Und an dem Kalk natürlich, an dem du erstickst.

Graça kniet am Kopfende und streicht ihm sanft über die

Wange. Sie weint sich die Augen aus. Eine Frau stellt sich hinter sie und umarmt sie zärtlich. Ab und zu drückt sie Graça einen Kuss auf den Nacken, doch die bewegt heftig den Kopf, als wolle sie einen Albtraum abschütteln. Aber alles ist wahr. Dieser Augenblick ist so wahr, dass niemand ihm entfliehen kann: Thandos Tod ist wie ein Hochsicherheitsgefängnis. Die Frau, die sich an Graças Rücken schmiegt, blickt suchend durch ein Fenster. Es ist mit einem ausgefransten Stück Stoff verhängt. Ich glaube, sie hält Ausschau nach Licht. Für unsere Herzen, in denen gerade Finsternis herrscht.

Arm in Arm mit Arya, fühle ich plötzlich etwas Schleimiges auf meiner Wange. Jemand hat mir ins Gesicht gespuckt. Es ist ein junger Mann mit einer sternförmigen Narbe auf der Stirn.

»Ihr habt ihn getötet!«, ruft er und wischt sich den Mund ab.

Du unternimmst den Versuch, Samora in den Arm zu nehmen, aber der junge Mann, der vielleicht fünfzehn oder sechzehn Jahre alt ist, stößt dich brutal von sich. Du kannst es nicht fassen. Er, der friedlich in einer Wiege am Fußende deines Bettes geschlafen hat. Als er klein war und es nicht besser wusste, wollte er unbedingt dein Sohn sein. Jetzt ist es etwas anderes. Er verflucht uns.

»Diebe! Mörder!«

Wie gelähmt hörst du ihm zu, während ich dich, um dich zu schützen, instinktiv zu mir heranziehe. Mit gebrochener Stimme gebietet Graça ihm zu schweigen, und die junge Frau tritt hinter ihrem Rücken hervor, um die Situation zu beruhigen.

Ihr Name ist Masechaba, sagt sie. Sie bedauert Samoras Verhalten. Man muss ihn verstehen. Ihr beide, ihr tauscht einen langen, sehr langen Blick aus.

Nur ich kann erraten, was er sagt.

Du hast es noch nicht begriffen.

Masechaba auch nicht, glaube ich.

Du entschuldigst dich. Ich entschuldige mich. Und dann halten wir es für das Beste, uns zu entfernen, du, Arya und ich.

»Ich denke, Sie sollten sich von ihm verabschieden …«

»Dieses Wort will ich nicht hören, Doktor. Wir warten. Mein Vater wird aufwachen.«

»Seine Werte sind besorgniserregend, Marianne … Seine Vitalfunktionen geben zu keiner …«

»Mein Vater wird nicht sterben. Er hat nie das getan, was von ihm erwartet wurde.«

»Vielleicht kann er nicht … vielleicht will er nicht …«

»Ich verbiete Ihnen, so etwas zu sagen. So wahr ich Marianne Schultz heiße, meine Tochter und ich, wir werden das Zimmer meines Vaters nicht verlassen, solange er nicht das Schlimmste überstanden hat. Nicht wahr, Louise?«

»Sie haben ihm, glaube ich, sehr deutlich gesagt, dass ihn keine Schuld trifft. Vielleicht hat er das verstanden? Vielleicht hat er seinen Frieden gefunden?«

»Frieden? Nun, dann soll er aufwachen! Ich muss Ende des Monats wieder in Paris sein. Sorgen Sie dafür, dass er innerhalb von acht Tagen wieder auf den Beinen ist.«

Ich fliege über gleissende Wolken. Ich sitze neben Arya und halte einer Stewardess ein leeres Glas hin. Sie füllt es mit Saft.

Meine Haare, die grau waren, sind jetzt braun. Ich bin aber nicht jünger geworden. Ich färbe mir die Haare. Mein Bart ist gestutzt, auch braun. Ich hätte mir das Haar auch blond färben können, meine natürliche Haarfarbe, aber ich wollte weniger arisch aussehen.

Das bleibt.

In meinen hohen, ausgeprägten Wangenknochen, meinem kantigen Kinn (es hat ein Grübchen), meinen breiten Schultern, so breit, dass Arya ihren Kopf, ihren Hals und ihre Schulter darauf bettet.

Das Flugzeug fliegt über schneebedeckte Gipfel, ich denke an Frau Pfefferlis Postkarten aus der Schweiz. Die Wolken sind immer noch weiß, wie aus Sahne, könnte man meinen, und sie machen Lust, davon zu kosten. Der Flugzeugrumpf glänzt in der strahlenden Sonne. Ein blauer Streifen, von einer Linie durchzogen, ziert die Fenster. Es heißt Air France, Boeing 747. Es befindet sich jetzt im Sinkflug hin zu einem riesigen Kreis, der einer fliegenden Untertasse gleicht, von der acht Arme abgehen. Hinter mir ruft eine Kinderstimme: »Der Camembert!«

Acht dreieckige Gebäude liegen in den Armen des Camemberts. Zwischen den Betonplatten wächst Rasen, daneben

Flugzeuge, die an die Gebäude angedockt sind. Weiße Linien verlaufen im Zickzack über den Boden.

Das Flugzeug landet und bremst mit aller Kraft auf einer sehr breiten Piste. Auf der einen Seite sind Felder und Kaninchen, die uns beobachten. Auf der anderen Seite ist der Camembert, eher ein Oktopus, mit acht Armen. Kleine Fahrzeuge sind in alle Richtungen unterwegs, am Steuer sitzen behelmte Männer.

Das Flugzeug parkt ein und folgt den Anweisungen eines Mannes, der ihm gestenreich Zeichen gibt.

*Paris Charles de Gaulle* steht auf dem Hauptgebäude.

Arya streckt sich: »Nur noch eine Zwischenlandung … dann haben wir es geschafft.«

Aus dem Oktopusarm ragt ein Schlauch heraus und hängt sich an das Flugzeug. Ich löse den Sicherheitsgurt. In vollem Ernst sage ich: »Während des ganzen Flugs habe ich gehofft, dass die Maschine in Bremen landet.«

»In Bremen gibt es keinen Flughafen«, antwortet Arya belustigt. »Und Bordeaux ist nur neunhundert Kilometer entfernt. Das ist weniger weit als …«

»Pretoria von Paarl aus, ich weiß.«

Die Passagiere bewegen sich langsam zwischen den Reihen in Richtung Ausgang. Leute, die über ihren Sitzen Gepäckfächer öffnen, bremsen uns aus. Auch ich verursache einen Stau, weil es mir nicht gelingt, mein eigenes aufzuklappen. Eine Frau, die mit dieser Art des Reisens vertraut ist, eilt mir zu Hilfe und entriegelt es in weniger als drei Sekunden. Arya dankt ihr mit einem Lächeln. Wir stehen in der Schlange, die sich vor dem Ausgang bildet. Nachdem wir die Tür passiert haben, befinden wir uns nicht unter freiem Himmel, sondern im langen Oktopusarm, der zu dem dreieckigen Gebäude führt. Wir laufen endlose Gänge im Neonlicht entlang, stellen uns auf Laufbänder und schauen auf Riesenschilder an den Wänden, die für Uhren, Zigaretten und Schmuck werben. Wir kommen zu Schaltern, an denen Polizisten die Pässe kontrollieren.

Unsere Papiere in der Hand, warten wir brav. Arya ist begeistert, ich brumme: »Du musst zugeben, dass das paradox ist.«

»Was?«, fragt Arya, die einen kleinen Koffer rollt.

»Südafrikanischer Wein? In Frankreich? Wenn man Muslim ist?«

»Das sieht man dir nicht an.«

»Deshalb soll ich für deinen Cousin den Afrikaaner spielen.«

»Der *gute* Afrikaaner. Ich habe gehört, dass man in Bordeaux sehr gut isst.«

Unvermutet steht eine junge Polizistin vor Arya. Sie zeigt auf ihren Pass und weist sie in eine andere Reihe: »Mit nicht europäischem Pass«, sagt sie sehr höflich, »müssen Sie sich in die andere Schlange stellen, Madame.«

Arya wirft mir einen hilflosen Blick zu. Ich will ihr folgen, aber die Polizistin hält mich zurück: »Nicht Sie, Monsieur. Sie stehen in der richtigen Reihe.«

»Aber sie ist meine F…«

»Sie haben einen deutschen Pass, wie ich sehe. Das ist hier.«

Sie bedeutet mir, dass ich mich einreihen soll. Arya zögert, tritt dann den Rückzug an und entschuldigt sich bei den Passagieren, die sie beiseitedrängt. Sie nehmen es ihr nicht übel, es tut ihnen leid, aus ihren Blicken spricht mitfühlende Ohnmacht. Arya verschwindet und mischt sich unter die Nichteuropäer.

Ich bin verloren.

Dann – niemals hätte ich gedacht, dass ich so etwas tun würde – stecke ich meinen deutschen Pass in meine Tasche, ganz nach hinten, ich begrabe den Pass, den ich haben wollte, den ich bekommen habe. Dann öffne ich meinen Handkoffer und nehme einen anderen Pass heraus, den Pass, der mich auserwählt hat, ohne mich zu fragen. Er liegt noch unten in meinem Koffer, weil ich ihn dort vergessen habe. Aber er gibt mir die Möglichkeit, mich in die nicht europäische Schlange einzureihen.

Hier bin ich ein afrikaanser Winzer.

In der Schlange mit den europäischen Passagieren fragt eine Frau die Polizistin: »Sie sind aus Guadeloupe, nicht wahr?«

»Nein«, antwortet die Polizistin gekränkt. Sie streicht sich mit der flachen Hand die Haare glatt. Wie Wilhelm zu Zeiten seines ständigen Haarebürstens.

***

Ein fahles Licht erhellt einen kleinen Raum mit niedriger Decke und Wänden aus grauem Stein. Es ist kühl, ein einziges Fenster trennt ihn vom angrenzenden, im Augenblick leeren Restaurantbereich.

Ein Mann mit kräftigem Hals, rotgesichtig, sitzt auf einem Barhocker, der sich hinter einem edlen Holztisch erhebt. Der Mann sieht aus wie ein gekochter Hummer. Mitten auf dem Tisch stehen Gläser und daneben kleine Silbernäpfe. Ein Karton mit der Aufschrift *Joli Merle, made in South Africa,* wartet darauf, geöffnet zu werden.

Hinten im Raum sind entlang der Wände Regale aufgestellt. In den Fächern lagern Weinflaschen, aber auch Bücher. Die Flaschen schlafen in staubigen Gewändern. Seit Langem warten sie auf den Kuss eines Märchenprinzen.

Ich sitze dem Mann gegenüber.

Meine Beine berühren den Boden. Seine baumeln zwanzig Zentimeter darüber. Der Mann sieht mir dabei zu, wie ich den Karton auspacke und drei Flaschen Wein mit dem Etikett *Joli Merle* herausnehme. Ich gehe behutsam mit ihnen um, weil sie etwas Magisches an sich haben. Der Mann räuspert sich und schlägt seine Ärmel hoch. Eine stilvolle Uhr ziert sein Handgelenk.

»Hier ist also Ihr Schatz«, sagt er mit einer hellen Stimme.

»Heute Morgen aus Kapstadt gekommen, Monsieur Andrieu, mit dem Schiff.«

Monsieur Andrieu folgt nachdenklich meinen Bewegungen. »Mit dem Wein«, sagt er, »verhält es sich wie mit der Literatur: Das Markenzeichen ist Exzellenz. Flaschengärung nach der Champagner-Methode, sagten Sie?«

»Für Schaumweine, ja. Zwei Gärungen in der Flasche, achtzehn Monate lang Schaumbildung.«

Erstaunt, aber auch mit Bewunderung sieht er zu, wie ich den Korken entferne und den Schaumwein in sein Glas und dann in meines gieße.

»Dies ist eine Assemblage aus Chardonnay und Pinot Noir.«

Neugierig greift Monsieur Andrieu nach seinem Glas. Er hebt es, runzelt die Stirn, lässt den Wein sanft kreiseln und mustert ihn: »Stroh … gelbe Perlage.«

Er hält die Nase über das Glas, riecht, schwärmt: »Wir haben grünen Apfel … knackig … auch feine Himbeeraromen.«

»Mit einem Hauch von Limette«, ergänze ich, als ich meinerseits die Nase über das Glas halte.

Er führt sein Glas zum Mund, ich auch. Ich auch?

Noch merkwürdiger ist das Geräusch, das Monsieur Andrieu mit seiner Zunge erzeugt, als er den Wein kostet und hinunterschluckt. Schlürf, schlürf, schlürf, lässt sich Monsieur Andrieu vernehmen. Ich meinerseits lasse den Wein in meiner Mundhöhle kreisen. Dann spucke ich ihn in den silbernen Napf.

Monsieur Andrieu fuchtelt mit den Händen über seinem Kopf: »Im Mund erzeugt er die gleichen Empfindungen wie in der Nase«, staunt er. »Mit einem cremigen, frischen Nachgeschmack. Noch sehr jung, das stimmt, aber vielversprechend.«

»Er eignet sich hervorragend als Aperitif, Monsieur Andrieu, oder zu einem Gourmetfrühstück.«

»Mir gefällt auch sein Geruch nach Brot. Ein außergewöhnlicher Schaumwein. Er würde auch zu einem Blaubarsch passen, wissen Sie. Die stehen hier ziemlich oft auf der Speisekarte.«

Ein Lächeln umspielt seine Lippen. »Verkosten wir noch einen?«

»Unbedingt, Monsieur Andrieu.«

Ich öffne eine zweite Flasche. »Sie werden sehen, dieser hier hat Beerenaromen und eine Hefenote im Abgang.«

Er blickt prüfend ins Glas. *Reich an Schaum!* Er weitet seine Nasenlöcher. *Wintermelone?* Er schmeckt, wobei seine Zunge das gleiche Geräusch erzeugt wie eben. »Zitrusfrucht am Gaumen, abgemildert durch eine süße Note. Kräuter. An Himbeere angelehnte Lebendigkeit. Langer Abgang. Das ist erstaunlich … Ich meine … Es ist französisch und doch nicht französisch. Es erinnert mich an die Antillen, verstehen Sie? Ganz und gar atypisch.«

»Sehr wahr, Monsieur Andrieu.«

»Verschnitt in Fässern.«

»Absolut.«

Um ehrlich zu sein, verstehe ich seine Bemerkungen und Fragen nicht immer. Aber *sehr wahr* und *absolut* sind Antworten, die stets passen.

»Außerordentlich«, schwärmt Monsieur Andrieu weiter. »Ihre Weinberge sind jung, aber bereits von einer solchen Eleganz …«

»Unsere Farm stammt aus dem 17. Jahrhundert. Sie befindet sich in Paarl.«

»*Joli Merle* ist ein hübscher Name.«

»Das Weingut heißt *Terre-Neuve. Joli Merle* ist der Firmenname.«

»Der eine hübsche Handelsmarke hergeben wird. *Terre-Neuve* ist auch sehr ansprechend.«

Er streicht über das Etikett, das einen Winzer zeigt, einen

Afrikaaner, der mit einem Lächeln die Trauben von der Rebe pflückt. Den Eindruck, dass der Wein aus Afrika kommt, vermittelt es nicht.

»Und Ihr berühmter Pinotage?«, fragt Monsieur Andrieu und reibt sich genüsslich die Hände.

»Das Beste kommt zum Schluss.« Ich entkorke die letzte Flasche und tausche einen verständnisinnigen Blick mit Monsieur Andrieu aus. Der Wein ergießt sich langsam in ein neues Glas.

»Diese Rebsorte ist eine Kreuzung, Monsieur Andrieu, zwischen Pinot Noir und Cinsault.«

»Die berühmte autochthone Kreuzung«, sagte er leise, mit heiserer, andächtiger Stimme.

»Ganz richtig, ja. Die Signatur von Südafrika, absolut.«

Er schaut, riecht, kostet, setzt das Glas wieder ab und verzieht leicht das Gesicht. »Das hat etwas ... Wildes, oder? Pfeffer, würde ich sagen. Ich weiß nicht, ob der französische Gaumen bereit ist, das ...«

»Sie müssen wissen, dass sich *Terre-Neuve* für den Pinotage mit *Terre'Blanche* zusammengetan hat, dessen Begründer 1688 aus Poitou zu uns gekommen ist.«

»Zugegeben ... Der Wein und die Literatur sind unsere Markenzeichen für exzellente Qualität. Wir haben so unsere Gewohnheiten, aber ... wir müssen mit der Zeit gehen, da haben Sie recht.« Er überlegt einen Augenblick und greift dann freundschaftlich nach meinem Arm: »Diesem Wein fehlt aber die Finesse eines Saint-Emilion Grand Cru. Die Finesse von Bordeaux, doch in Südafrika.« Er hält sein Glas am Stiel und schwenkt es leicht hin und her, ohne mich loszulassen. Mit seiner freien Hand zeichnet er Arabesken in die Luft. »Abgesehen davon, eine schöne Farbe. Intensiv, fast schwarz. Mit einer Abstufung, die in Richtung Rosa und Orange geht.«

»Sehr wahr.«

Wieder bewegen sich seine Hände in seltsamen Gesten über

seinem Glas: »Brillanz, samtig, recht fett. Komplexität in der Nase … Noten von kandierten Früchten … schwarze Johannisbeere … Kirsche …«

Er kostet, um noch andere Kriterien zu testen: »Schokolade, ja, das habe ich mir gedacht … Tabak …« Er probiert noch einmal: »Die Gewürze …«

»Absolut.«

»Aber es ist zu sinnlich, verstehen Sie? Zu genussbetont … Das heißt, man spürt die Sonne, immerhin. Die exotische, orientalische Seite, die einen wissen lässt, dass man nicht in Frankreich ist. Hier, sehen Sie …«, fährt er fort und weist auf sein Bücherregal, »das erinnert mich an Maryse Condé, eine Schriftstellerin, die ich sehr schätze … aber man kann nicht, wenn Sie so wollen, alles miteinander vermischen. Nicht wahr?«

»Ganz richtig, Monsieur Andrieu. Ich würde sagen, wir sind in den Bergen, im südafrikanischen Hinterland.«

Mit meiner Antwort habe ich ihn überrascht, er zieht die Augenbrauen leicht hoch und kostet noch einmal, ich denke, um zwischen all der orientalischen Exotik die Berge auszumachen.

»Er ist rund, kommt mit Fülle in den Mund … steigendes Volumen. Das sind die schwarzen Früchte … In Ordnung. Die Lakritze … Okay. Und … Oh!« Er hebt die Arme gen Himmel und strahlt: »Veilchen!«

»Absolut!«

»Und auch Minze!«

»Absolut!«

Auf seiner Stirn bilden sich Falten. »Das ist Spitzenklasse, Monsieur Chouze.«

»Schultz. Es heißt Schultz. Spitzenklasse, ja, absolut.«

»Ja, ja, Spitzenklasse, aber nicht wie üblich. Diese Cuvée, Monsieur Chouze, ist etwas eigenwillig.«

»Absolut, Monsieur Andrieu.«

»Pablo, nennen Sie mich Pablo.«

»In Ordnung, Pablo. Aber dieser Wein passt zu Fleisch mit Soße oder zu Wild. Und die südafrikanische Cuvée wird bald in Mode kommen.«

***

Zwischen Himmel und Dächern, auf einem Schornstein, bauen zwei Störche an einem Nest. Sie häufen Zweige, Blätter und Unrat auf das Nest, das schon drei- oder viermal so groß ist wie sie selbst. Der größere verbirgt seinen Hals unter dem Flügel, als er unter dem Dach, in einem Fenster, den Kopf eines Mannes bemerkt. Neugierig schaut er auf meine leicht kahle Stirn, während ich die Hand über mein braun gefärbtes Haar gleiten lasse und nach unten blicke, auf die andere Straßenseite, in einen großen Innenhof.

Er ist oft hier, dieser Mann, und beobachtet den von hohen Mauern umgebenen Hof, in dem sich Kinder tummeln. Sie sind zwischen sechs und zehn Jahre alt und spielen dort unter freiem Himmel. Erwachsene beaufsichtigen sie, vor allem Frauen und ein paar langhaarige Männer. Die Mauern sind so breit und hoch, dass es trotz der Bäume und Bänke ein Gefängnishof sein könnte.

Dieses Hochsicherheitsgefängnis ist eine Schule. Hier sollen die Kinder sich zu freien Menschen entwickeln und denken lernen. Sie finden es also normal, dort eingesperrt zu sein. Nebenbei gesagt, benehmen sie sich wie kleine Kriminelle.

Ein Junge ist damit beschäftigt, einen anderen zu verhauen, während ein Mädchen ihn an den Haaren zieht. Was hat er verbrochen? Er ist gegen den Schulstreik. Natürlich darf er seine Meinung frei äußern. Aber wie kann man gegen einen Schulstreik sein?

Manche rennen kreischend hintereinanderher, andere springen lachend Seil.

Ein paar hantieren mit bunten Zauberwürfeln, etliche beißen in ihre Pausenbrote. All dies geschieht unter der Aufsicht der Wächterinnen und Wächter im Kindergefängnis, die von Zeit zu Zeit ihre Stimme erheben.

Ich beobachte das Schlachtfeld mit entzückten Blicken. Ich finde sie reizend, diese kleinen Monster. Diese liebenswerten Diktatoren. Und ich? Ich bin alt geworden. Ich erkenne mich nur schwerlich wieder.

»Jonathan hat seinen Zauberwürfel in weniger als einer Minute gelöst!« Das rufe ich jemandem zu, der mir nicht antwortet. »Arya?«

Sie sitzt in einem rosa gefliesten Badezimmer auf dem Badewannenrand und kann mich nicht hören. Die Tür ist verschlossen. Selbst wenn die Tür offen stünde, hätte Arya mich nicht gehört. Sie ist mit ihren Gedanken woanders, ihre ganze Aufmerksamkeit richtet sich auf einen Streifen, den sie zwischen ihren Fingern hält. Aus der Ferne dringt meine Stimme durch das Schlüsselloch in den Raum: »Wir sollten es wagen, oder?«

Arya hebt kurz den Kopf und richtet ihn wieder auf den Streifen, wo zwei rosafarbene Striche sichtbar werden. Erschrocken hält sie sich die Hand vor den Mund, um nicht aufzuschreien. Meine Stimme dringt durch die Tür: »... weil mir bewusst ist, dass ich Rosie ein schlechter Vater gewesen bin.«

Noch an das Fenster gelehnt, drehe ich mich zum Wohnzimmer hin: »Meinst du nicht, dass wir uns damit beschäftigen sollten?«

Ich kehre dem Schulhof den Rücken zu und begebe mich in den großen, hellen Raum, in den die Sonne hineinscheint. Die Wände sind orangefarben, bis auf eine, die ganz weiß ist und an der ein Glasschrank steht, der das eine oder andere Objekt vor Staub schützt. Ganz oben thront ein alter Koran, ganz unten dämmern Weinflaschen vor sich hin. *Joli Merle.* In der Mitte Fotos von unserer Hochzeit, eine alte Petroleumlampe und zwei winzige Bilder, die miteinander in Beziehung stehen. Auf dem einen Bild füttert eine Bauersfrau mit blonden Haaren zwei Gänse vor einem Wasserlauf, im Hintergrund eine Windmühle. Auf dem anderen schwenkt ihr Mann, ein Holzfäller mit Mütze auf dem Kopf, ein Taschentuch, um ein Segelschiff zu begrüßen, das irgendwo am Meeresufer anlegt.

»Das kann nicht sein!«, schreit Arya hinter ihrer Tür. Der Schlüssel dreht sich im Schloss, und ich sehe, wie sie in Panik aus dem Badezimmer kommt. Sie läuft ins Schlafzimmer, lässt sich auf das Bett fallen und fragt mich, als ich nach ihr das Zimmer betrete: »Wie konnte das passieren?«

Sie vergräbt ihren Kopf in dem Kissen, das sie zwischen ihren Händen zusammenballt. Besorgt setze ich mich neben sie und streiche ihr übers Haar. Es ist von wunderschönem Schwarz, aber ich frage mich, ob sie es nicht auch färbt, weil es ins Bläuliche übergeht. Zwei Nachttische aus Holz stehen neben dem Bett, mit den gleichen Lampen und einer Sammlung der wundersam bunten Zauberwürfel.

Arya wirft mir einen ängstlichen Blick zu, wendet sich dann von mir ab. Ich will ihre Hand ergreifen, aber sie weicht aus und schaut zum Kleiderschrank. Eine ganze Weile starrt sie auf die drei Koffer, die dort oben, der Größe nach geordnet, stehen. »Ich kann doch nicht zu den ein Prozent gehören, die …« Erschrocken hält sie inne: »Ich dachte, dass …«

Ich presse ihre Hand in die meine, die eiskalt ist. »Sprich mit mir …«, bitte ich leise. »Was ist denn los?«

Sie stammelt: »Ich dachte, es wäre wegen der Menopause!«

Das ist es also! Ihre Mutter hatte ihr erzählt, dass die Menopause in ihrer Familie vorzeitig eintreten und das Haar früh grau werden würde. Sie hatte sich also keine Gedanken gemacht, als ihre Periode ausblieb, aber … Während sie mit mir redet, mustere ich ihr bläulich schimmerndes Haar, als hoffe ich, dort Anzeichen für eine *vorzeitige Menopause* zu finden.

Nicht die geringste Spur von silbernen Fäden. Sie bläst immer noch Trübsal. Da ihr in letzter Zeit schwindelig war … da sie sich übergeben musste … hat sie diesen Test gemacht.

»Und da haben wir's!«

Sie ist schwanger!

Sie nimmt ihre Brüste als Beweis, wiegt sie in der Hand. Sie sind doppelt so groß wie sonst. Ist mir das nicht aufgefallen? Sie dachte … die Menopause! Habe ich das verstanden? Die Brüste ihrer Mutter sind ja auch üppig. Ist mir klar, was uns erwartet?

Arya ist verzweifelt, während ein Freudenschauer mich erbeben lässt. Eine heiße Welle überkommt mich, und ich schäme mich dafür. Das Sonnenlicht durchflutet meinen Körper, der im hellen Widerschein erstrahlt. Ich umarme Arya, denn dieses Licht und dieses Glück möchte ich mit ihr teilen. Ich liebe sie so sehr, sie, die mir die Chance gibt, wieder Vater zu werden, die Chance, ein guter Vater zu werden, nachdem ich bei Rosie gescheitert bin. Eine solche Gelegenheit ist selten und kostbar. Aber ihr Körper liegt schlaff in meinen Armen. Verzweifelt nimmt Arya den Kopf zwischen die Hände und schüttelt ihn. »Auf gar keinen Fall! Auf gar keinen Fall! Auf gar keinen Fall!«

Auf gar keinen Fall also. Ein Schwall meist sinnloser Worte strömt aus ihrem Mund: Dreiundvierzig Jahre, da ist es zu spät, um Mutter zu sein, ganz abgesehen davon, dass ich fünfundvierzig bin? Wir sind alt, sagt sie.

Mit gesenktem Kopf greife ich nach einem der Zauberwürfel auf dem Nachttisch. Arya hüllt sich in Schweigen und sieht mir zu, wie ich die Seiten drehe, um die verschiedenen Farben des Puzzles zusammenzufügen. Sie blickt mich überrascht an, fassungslos darüber, mich wie ein Kind spielen zu sehen, obwohl es gerade um so ernste Dinge geht. Dann nimmt sie ihre Gedanken wieder auf: Was wird aus diesem Kind in Südafrika werden? Als was werden sie es klassifizieren? Ich sage immer noch kein Wort und denke auch an nichts mehr. Ich vertiefe mich in den Würfel, dessen sechs Seiten ich mische, um die Farben danach wieder zu vereinen: weiße Felder mit weißen Feldern, gelbe Seiten mit gelben Seiten und die grünen gegenüber den blauen, die orangen gegenüber den roten. In weniger als dreißig Sekunden reihe ich sie aneinander. Jonathan, der Junge vom Schulhof, ist geschlagen. Ich bleibe der Champion.

»Und du wärst Vater …«, sagt Arya zärtlich. »Seit deiner Kindheit lebst du im Exil.«

Sie erhebt sich, geht aus dem Zimmer, und ich wage es nicht, ihr zu folgen, aus Angst, dass sie mir wieder vorwirft, dass ich im Jahr 1948 gefangen bin. Meinen Zauberwürfel noch in der Hand, höre ich, wie Arya den Telefonhörer abnimmt. Die Wählscheibe dreht sich, und sie wählt eine Nummer. Sie wartet, bis jemand antwortet, und ich bringe meinen Würfel zurück in die Ausgangsposition. Plötzlich bittet sie mit vermeintlich fröhlicher Stimme um einen Termin bei Dr. Baroz-Mao. Sie räuspert sich. Peinlich berührt sagt sie: »Nein, für einen Schwangerschaftsabbruch.«

Sie folgt aufmerksam den Erklärungen am anderen Ende der Leitung. Ja … Ja … Ach so? Natürlich, ja … Der Arzt … nicht … Ja? Aber ist das … ja … ja … ja. In Ordnung.

Ein Stift kritzelt etwas auf ein Blatt Papier. Ort und Uhrzeit ihres Termins, nehme ich an. Ihres Termins, der für sie so wichtig ist. Weil ich in alldem … Mein Zauberwürfel fällt zu Boden.

Zwischen Himmel und Dächern bauen die Störche an ihren Nestern und vor dem offenen Wohnzimmerfenster sprühen die Kinder vor Lebenslust.

***

Mein Bruder,

lieben Dank für deinen langen Brief und deine Einladung, für ein paar Tage zu euch nach Bordeaux zu kommen.

Bald, das verspreche ich, aber im Augenblick bin ich zwischen Masechaba, Terre'Blanche und dem ganzen Rest hin- und hergerissen.

Masechaba legt Wert darauf, dass wir zusammenleben. Ich bin seit Elsa nicht mehr so verliebt gewesen, aber sie fordert immer noch mehr. Sie ist viel radikaler als ihre Schwester, weißt du. Für Zandile ist diese Beziehung ein schwerer Schock. Emanzipation ja, aber nicht für Lesben, wenn du verstehst, was ich meine.

Ich frage mich manchmal, ob Masechaba in mich verliebt ist oder in das, was ich repräsentiere. Wenn wir unsere Beziehung bekannt machen würden, würde es ihre Beweggründe ins Rampenlicht rücken. Ich bevorzuge das Geheimnis, die Intimität. Deswegen habe ich nie jemandem von Elsa erzählt, außer dir. Du hast meine Neigungen immer gekannt. Kurz gesagt, Masechaba verlangt ständig Beweise von mir. Aus diesem Grund bin ich vor Kurzem ihrem Afrikanischen Nationalkongress beigetreten. Ist das nicht ein ausreichender Liebesbeweis?

Lass mich dir auch etwas von Mama berichten, selbst wenn du nie nach ihr fragst. Es geht ihr relativ gut, aber sie sieht nur noch auf einem Auge. Das passierte ganz plötzlich, nachdem Masechaba mich in Terre'Blanche besucht hatte. Es war die Zeit von Mamas Mittagsschlaf, also dachte ich …

Aber sie hat von ihrem Fenster aus gesehen, wie wir uns hinter dem Straußengehege küssten. Ich hatte sie nicht bemerkt. Masechaba, ja, sie hat sie erspäht. Mir ist klar, dass sie mich der Provokation wegen geküsst hat. Aber ich kann es ihr nicht verübeln, selbst wenn unser Kuss sich in Mamas Augen eingebrannt hat. Masechaba ist das Schönste, was mir seit … passiert ist. Ich kann ihr nichts abschlagen.

Mama geht es also relativ gut. Wenn sie nicht gerade ein Nickerchen macht, unterhält sie sich mit alten Fotos von Jacob und Maria. Oder sie sitzt stundenlang vor dem Glaubensbekenntnis des Vorfahren: Théophile Terre'Blanche, der Pastor von Poitou, du erinnerst dich? Wilhelm hat sein Geschwafel über Mamas Bett aufgehängt. Ich glaube, sie hat dir auch geschrieben. Hast du ihren Brief erhalten?

Wilhelm ist hochbeglückt über den 2 CV, den du ihm hast schicken lassen, auch wenn er uralt ist. Er ist ein Arbeitstier. Wenn er nicht auf der Baustelle für das Restaurant ist, in der Molkerei, bei seinen Ziegen, in seinen Olivenhainen, bei seinem Pinotage … oder nicht mit seinem Projekt beschäftigt ist, die Arbeiter am Gewinn zu beteiligen, fährt er mit seinem Auto über die Domäne und hört dabei Musik. Ab und zu macht er mit Graça einen Ausflug (Mama weigert sich, das Haus zu verlassen).

Graça kommt nicht über Thandos Tod hinweg. Und Samora hat jeden Kontakt abgebrochen. Du kannst dir nicht vorstellen, wie schmerzlich das ist. Samora, das war, als ob das tote Kind, mein totes Kind, wieder zum Leben erweckt worden wäre.

Samora, das ist mein Fleisch. Masechaba, die seine *richtige* Tante ist, hat auch nichts von ihm gehört. Ich hoffe, dass er nichts von ihr und mir weiß. Ich schäme mich, das zu sagen, aber es würde mir schwerfallen, mich ihm gegenüber dazu zu bekennen.

Wir hatten Besuch von Rosie, weißt du? Wie sehr sie dir ähnelt, als du im selben Alter warst, ist verrückt. Sie ist etwa zehn oder elf Jahre alt. (Ich habe sie nicht zu fragen gewagt, wie hätte ich dann dagestanden!) Ihre Mutter hat sie zu uns gebracht, weil sie sich nach dir gesehnt hat. Wie konntest du nach Frankreich fahren, ohne ihr etwas davon zu sagen? Rosie war enttäuscht, dass du nicht da warst, aber sie ist nicht unglücklich darüber, dass sie eine Tante und einen Onkel gefunden hat. Sie kam zur Weinlese und kommt seither jedes zweite Wochenende auf die Farm. Ihre Leidenschaft ist es, beim Käsemachen zu helfen. Auch die Geschichte von unserer Adoption schlägt sie in ihren Bann. Sie ist in Deutschland geboren, für sie ist das ganz normal. Aber sie hat keine Erinnerung daran.

Es scheint, als würde es ihr fehlen. So wie dir. Aber nicht ganz. Du vermisst nicht die Orte oder die Bindungen. Es ist die Zeit. Unsere acht Jahre, die Zeit, die in Lahn geblieben ist. Aber Rosie ist noch zu jung, um nach Deutschland zu reisen, nicht wahr? Und sie hat keinen Thando, der ihr beim Ausreißen helfen könnte! Wir tun unser Bestes, um ihr ein schönes Leben zu bieten.

Endlich geschafft! Das provenzalische Landhaus ist fertig. Es ist imposant, mit der alten Weinpresse, die Wilhelm aufbewahrt hat, und dem neuen Weinkeller im Untergeschoss. Ich habe so etwas wie eine Suite mit einem Badezimmer, das auf den Landschaftsgarten hinausgeht. Rosie auch. Mama wollte nie einen Fuß (ich meine den Rollstuhl) in das Haus setzen, obwohl Wilhelm die alte Vorderansicht bewahrt hat. Zurzeit denkt er darüber nach, einen Golfplatz zu bauen … Jacob würde sich im Grab umdrehen.

Geht es Arya besser? Hat sie es mit Rinderleber probiert? Auf jeden Fall muss sie viel trinken. Ich hoffe, dass sie sich daran gewöhnt, auch wenn es im Moment normal ist, dass ihr davon schlecht wird. Ich kann mir vorstellen, wie verunsichert sie ist: Wenn du feststellst, dass du im vierten Monat schwanger bist, eigentlich aber dachtest, du seist in der Menopause, und nicht mehr abtreiben kannst, muss das ein Schock sein. Ich weiß, wovon ich spreche.

Ich gebe zu, dass ich von deiner Idee, ihre Pillen durch Zuckerperlen zu ersetzen, nicht begeistert war. Man kann eine Frau nicht zwingen, schwanger zu werden, Wolf. Ich weiß, wovon ich spreche … Freu dich wie ich darüber, dass ihre Schwangerschaft auf »natürlichem« Weg und ohne einen Trick deinerseits entstanden ist! Arya hat ein paar Monate Zeit, sich damit auszusöhnen. Das wird ein schönes Weihnachtsgeschenk für euch. Andernfalls könnt ihr das Baby zur Adoption freigeben! (Ich scherze.) Gib Arya einen dicken Kuss von mir, ja?

Ich bin jedenfalls froh, dass du gut in Form bist, trotz deiner Schwierigkeiten, gewisse Sommeliers von den Vorzügen von *Joli Merle* zu überzeugen.

Du sagst mir auch, wie sehr dich der Gedanke, nach Hause zurückzukehren, abstößt. Umso mehr, da du noch keine Gelegenheit gehabt und auch noch nicht den Mut gefunden hast, Bremen einen Besuch abzustatten. Mach dir keine Sorgen, du hast noch ein paar Jahre Zeit, bevor dein Vertrag mit *Joli Merle* ausläuft. Und wenn du zurückkommst (was ich hoffe), dann glaub nicht, dass Südafrika immer noch der Albtraum ist, den wir erlebt haben. Der Wind beginnt sich zu drehen. Bis in die Reihen der Nationalen Partei wird gegen die Apartheid angekämpft. Der Enkel von Verwoerd distanziert sich von seiner Familie. Von da aus ist es nur ein kleiner Schritt, bis er dem Afrikanischen Nationalkongress beitritt ... Übrigens ist Nelson Mandela kein Mensch mehr. Er wird zu einer Ikone. Zugegebenermaßen auf Kosten einiger anderer.

Vielleicht nehme ich das alles zu ernst. Aber es ist an der Zeit, dass wir uns versöhnen. Ein Hoch also dem Unernst und lebe in Frieden, mein lieber Bruder. Vor allem mit dir selbst!

Deine Schwester

***

Jahre sind vergangen. Ich habe noch mehr Haare verloren, viele, schlagartig. Und plötzlich sind sie vollends grau. Meine Augenlider hängen herab. Ich bin Mitte fünfzig und benehme mich wie ein kleiner Junge: Hinter einer Tür versteckt, belausche ich Arya, wie sie mit ihrer Mutter telefoniert. »Marianne geht es gut, sehr gut, sie ist ein kleines Biest, Wolf lässt ihr alles durchgehen. Und ich bin die Böse.«

Arya wedelt mit mehreren Blatt Papier in der Hand. Es ist

offenbar ein Brief, an mich adressiert, aber ich darf nichts davon wissen.

Es hat den Anschein, als hätte Arya ihn abgefangen und seit Langem vor mir versteckt. Sie möchte es mir sagen, weiß aber nicht, wie. Rabia am anderen Ende der Leitung wundert sich. Schuldbewusst räuspert sich Arya und liest ihr den Inhalt laut vor.

*Wolfgang …*

Ich spitze die Ohren, das kannst du mir glauben. Der Ton ist nicht gerade angenehm, finde ich. Hinzu kommt, dass Arya diesen Brief vor mir versteckt hat. Das macht mich traurig. Um mich herum ist es still. Hinter meiner Tür lausche ich Arya, die weiter vorliest.

*Ich danke dir für deine Einladung zu der Zeremonie, die ich nicht als Hochzeit bezeichnen kann.*

Arya unterbricht sich, weil ihre Mutter ihr am anderen Ende der Leitung das Wort abschneidet. Wie lange hat sie diese Post schon vor mir verborgen? Viel zu lange, um Wolf davon zu erzählen, sagt Arya. Er würde es ihr nicht verzeihen. Und dann sechs Jahre später erfahren, dass … das ist mehr, als er ertragen könnte!

Mir hinter meiner Tür bleibt die Luft weg. Aber ich höre umso intensiver zu.

*Diese Hochzeit ist eine Beleidigung für das Gesetz, die Bibel und deine Familie. Du wirst verstehen, dass ich nicht daran teilnehmen werde. Im Übrigen kenne ich dich gut genug, um zu wissen, dass du dir genau das erhofft hast. Aber ich verüble es dir nicht. Gott ist mein Zeuge, eine Mutter verzeiht alles. Sie ist immer eine gute Ratgeberin.*

Arya unterbricht sich, um sich ein wiederholtes Mal zu rechtfertigen: Diesen Brief hat sie mindestens fünfzigmal gelesen. Je öfter sie ihn las, desto weniger konnte sie ihn mir geben! Sie liest weiter vor: *Erinnerst du dich an die Sonntagsschule, die Predigten des Pastors und das, was ich euch in der Klasse gelehrt habe?*

*Erinnerst du dich an Hendrik Verwoerds Blut, das nie von seinem Sitz abgewischt wurde? Adam, Noah und David, sie sind unsere Familie, deine Familie, und sie fordern von uns, dass wir uns fortpflanzen. Aus Gehorsam ihnen gegenüber und um ihrer würdig zu sein, haben Lothar und ich euch adoptiert. Ihnen zu Ehren sind wir Wilhelms Eltern geworden. Dass dein Bruder sich gegen uns gewandt hat, gegen mich, ist eine ewige Wunde, aber dass du dein Volk, deine Religion, deine Mutter verraten hast, indem du dich mit Mohammed verbündest!*

*Hast du deinen Großvater vergessen?*

*Alles war vorbereitet, damit du seine Nachfolge antreten konntest. Jacob hatte all seine Hoffnungen auf dich gesetzt. Aber du, du hast nur Deutschland im Sinn! Du lässt es zu, dass Rosie dort zur Welt kommt, und entreißt sie uns! Du stimmst der Scheidung zu und lässt meine Enkelin bei ihrer Mutter, einer Kommunistin, für die nur Jazz und die »Vertriebenen« aus District Six zählen!*

*Und du bist vernarrt in die Anwältin, die den Mörder meines Vaters verteidigt! Du gehst zu einem Scharlatan und lässt dir die Geschlechtsteile beschneiden … Du heiratest nach islamischem Recht?*

*Du hast den Verstand verloren.*

*Gott ist mein Zeuge, ich habe alle Opfer gebracht, die ich bringen konnte. Aber du kannst noch gerettet werden. Was ich dir anzuvertrauen habe, wird dich vielleicht aus den Klauen Satans reißen.*

Rabia unterbricht ihre Tochter erneut, ich glaube, um loszuwerden, dass Michèle eine Schreckschraube ist. Arya nickt, ja, ja, sagt sie und fährt fort: *Wisse also, mein Kind, dass diese Frau nur in unser Leben getreten ist, um uns zu berauben. Sie ist zu mir nach Hause gekommen, stellte sich als Enkelin von Paul Noah vor und setzte mich unter Druck, dass ich meine Aussage widerrufen müsste. Wenn ich nicht von ihr bedroht worden wäre, hätte ich nie ausgesagt, dass mein Vater bereits tot war! Gott ist mein Zeuge, dass Papa noch lebte, als Thando Sisulu ihn getötet hat! Dessen bin ich mir sicher! Ich bin fest davon überzeugt, dass er hätte gerettet werden können! Wenn ich meine Aussage nicht widerrufen würde, drohte mir Arya Patel, näh-*

*me sie mir das sogenannte Haus von Paul Noah weg und würde die Verleumdung publik machen, dass ich seine Tochter sei! Dass meine Mutter, Friede sei mit ihr, mit diesem Mann, der unser Land illegal in Besitz nahm, eine uneheliche Beziehung eingegangen sei!*

*Gott sei Dank sind Paul Noah und seine Familie aus unserem Leben verschwunden, als dein Großvater das Haus von Rechts wegen zurückerhielt.*

Arya hält inne, während Rabia weiterwettert, diesmal über die Enteignungen, die ihre Familie ihres Besitzes beraubt haben. Arya schwört ihrer Mutter, dass sie Wolf nie und nimmer hatte schaden wollen. Sie hätte nie gedacht, dass sie sich in einen Sohn von Terre'Blanche verlieben würde, nicht einmal in einen Adoptivsohn!

Angelehnt an meine Tür, lasse ich mich langsam nach unten gleiten, bis ich auf dem Boden kauere. Ich weiß nicht, was ich denken soll. Ich liebe Arya so sehr. Mein Herz zerspringt mir in der Brust. Liebe ist dumm und unbesiegbar.

Fahrig blättert Arya die Seiten dieses langen Briefes um – den sie seit unserer Hochzeit vor mir versteckt hat! – und nimmt sich die letzte Seite vor.

*Die Hand Gottes wird Gerechtigkeit walten lassen: Arya Patel wird bestraft werden, dafür werde ich sorgen. Warum hat sie dich wohl geheiratet, wenn nicht, um die Hand auf dein Erbe zu legen, zu dem auch das Haus gehört, das angeblich Noahs Eigentum sein soll?*

*Sie wird nichts bekommen. Denn ich enterbe dich. Ich tue es zu deinem Besten. Sei erlöst vom Bösen, mein teures Kind.*

*Deine Mutter, die vergibt.*

»So weit«, schließt Arya. »Wie soll ich ihm das zeigen?«

Es folgt eine lange Pause, wahrscheinlich gibt Rabia am anderen Ende der Leitung ihre Kommentare dazu ab. Arya antwortet: »Nein, auf keinen Fall, er kann es nicht wissen. Trotzdem frage ich mich …«

Ich denke, Rabia rät Arya, das Geheimnis zu bewahren. Zu

spät. Ich bin benommen, komme aber zur Besinnung, schleiche mich durch den Korridor, ziehe einen Mantel über, schlage die Eingangstür zu. Und gänzlich unbefangen erscheine ich im Wohnzimmer, gebe mir den Anschein, als sei ich gerade reingekommen.

Ich schaue auf meine Uhr und sage zu Arya: »Bist du noch nicht fertig? Beeil dich! Wir müssen Marianne abholen, bevor wir zum Flughafen fahren!«

Rosie landet in anderthalb Stunden.

***

»Monsieur de Gabriac ist ein großer Spezialist für Saint-Emilion und Pomerols.«

Das sagt Pablo Andrieu und kneift seine kleinen Augen zusammen. Sein Hals ist breiter geworden, und er hat ein Doppelkinn. Keine Falte hat es geschafft, sich in sein rotes Gesicht zu graben, aber die Jahre haben ihn dicker werden lassen. Um zwölf Kilo, würde ich sagen, und um sechs Jahre?

Die sechs Jahre, die mich wie ein Blitz trafen, als Arya mit ihrer Mutter telefonierte. Er klammert sich fest an einen zu hohen Hocker und trommelt mit den Fingern auf einen massiven Holztisch, daneben drei angebrochene Weinflaschen, vier Gläser und ein halb gefüllter Spucknapf.

Es ist derselbe dunkle Raum wie beim letzten Mal, ein Fenster trennt ihn von einem anderen ab. Auf der anderen Seite sitzen Leute an einem Dutzend Tische und genießen feine Speisen. Von Zeit zu Zeit schenken sie sich ein Glas ein.

Pablo spricht mit einem alten Bekannten: »Die Idee, weißt du, wäre, in einen Weinberg in guter Lage zu investieren. Für euren heimischen Markt und für den Export zu produzieren.«

Der alte Bekannte bin ich. Immer noch derselbe alte Kerl um die fünfzig. Ich stimme Pablo Andrieu zu: »Der südafrikanische Binnenmarkt ist schwach, das stimmt.«

»Und du? Immer noch nicht?«

»Der Wein ist kein Freund von mir. Ich trinke nach wie vor keinen Alkohol.«

»Du probierst und spuckst aus.« Pablo Andrieu denkt einen Augenblick lang nach, er lässt seinen Finger auf dem Rand des Glases kreisen, um das Kristall zum Singen zu bringen. Er wirft einen prüfenden Blick auf eine Flasche *Joli Merle* und ihr Etikett, runzelt die Augenbrauen und erklärt, das Problem sei, dass die Sorte immer noch nicht das Gefühl eines typisch afrikanischen Weins vermittle, der nach Bordeaux-Art hergestellt wird.

»Und dann dieser weiße Bauer auf dem Etikett, das erinnert ein bisschen zu sehr an Apartheid.«

Ich starre ihn an, frage ihn im Stillen: Wer ist er, dass er mich der Apartheid beschuldigt? Er senkt den Kopf und fährt mit Leidenschaft fort: »Der französische Geist in der Gegend von Stalin Boche, wäre das denkbar?«

»Stellenbosch? Ja. Paarl auch … Simonsberg …«

Wir könnten neue Regionen erschließen, uns bis in den Süden ausdehnen, wo der Ozean Kühle bringt, bis zum Kap Agulhas.

»Monsieur de Gabriac möchte außergewöhnliche Cuvées und Jahrgangsweine keltern. Es ist immer besser, wenn man einen reifen Wein hat.«

Aus dem anderen Raum, in dem Weine zu Fleisch und Fisch mit erlesenen Soßen, Blauschimmelkäse und Schokoladendesserts serviert werden, dringt schallendes Gelächter zu uns herüber.

»Das Ende der verdammten Apartheid«, nimmt Andrieu seine Überlegungen wieder auf und füllt sein Glas, »kommt bald, habe ich recht?«

Meine Augenlider flattern leicht, und ich erröte. Ich bin fast so rot wie Andrieu. Er nimmt einen Schluck und fährt fort: »Das Ende der Apartheid wird eine Erneuerung im südafrikanischen Weinanbau zur Folge haben. Wusstest du, dass der Vin de Constance in Tausenden von Hektolitern von Kapstadt aus exportiert wurde? Napoleon war ganz versessen darauf.«

»Das ist ein Wink mit dem Zaunpfahl, ja.«

»Die Leute von Monsieur de Gabriac denken schon über Noten von … Papaya, Mango … Birne nach.«

»Papaya …« Andrieu verblüfft mich.

»Interessant, nicht wahr?«, sagt er. »Was meinst du dazu? Monsieur de Gabriac denkt an eine Assemblage aus Cabernet, Merlot und Syrah, mit einer schönen Farbintensität. Das würde sich im Gaumen wie reiner Samt anfühlen. Sehr rund. *Made in South Africa.*« Pathetisch hebt er sein Glas gen Himmel. »Das Etikett würde an das authentische Afrika erinnern: für den Rotwein ein Löwe. Für den Weißen eine Giraffe.« Er trinkt sein Glas aus, schenkt sich nach und stößt auf unseren zukünftigen Erfolg an.

Andrieu und ich sind etwa gleich alt. Er hätte als Arier in einem Deutschland im Krieg geboren werden können und sich in einer Herde Waisen wiederfinden können, die fürs Kap bestimmt waren … mit dieser Herzensangst vor Löwen … vor Giraffen. Man könnte weinen vor Lachen. Ich lächle gequält. Eine absurde Idee kommt mir, so absurd, dass sie komisch ist: »Für den Roten, Pablo, würde ich eher einen Zulu-Krieger als einen Löwen empfehlen.«

»Ach«, sagt er, sehr ernst. »Warum einen Zulu?«

»Sie leben auch in Südafrika. Zusammen mit den Löwen und Giraffen.«

»Die Zulu? Südafrikanische Stämme?«

Er denkt nach, und ohne eine Miene zu verziehen, erklärt er: »Ein Löwe oder eine Giraffe wäre konsensfähiger.«

Im positiven Sinne ist wohl gemeint: Es würde allen gefallen. Und selbst denjenigen, die nicht gern reisen.

Was mich betrifft, so mag ich das Reisen auch nicht. Mir

steht das hübsche Gesicht eines kleinen Reisenden vor Augen, des Knirpses, der sich im Bahnhof von Hannover, vor unserer Zugfahrt, das Mikrofon gegriffen hatte. Er hatte einem Reporter von der Sonne erzählt, von der Sonne, die in Afrika immer schien, von den wunderbaren Orangen, den köstlichen Bananen. Seine Augen funkelten wie die von Andrieu. Aber er, er hatte Angst. Eine echte, die dich gelb in deine weiße Hose pinkeln ließ. In Afrika werde ich die Affen daran hindern, die Ziegen zu fressen. Er meinte die Löwen.

Ich blicke zur Decke, als suchte ich dort nach einer Inspiration. Diese Situation ist absurd. Dann sage ich: »Diesen Wein könnten wir *Okoma* nennen! Das bedeutet Durst auf Zulu.«

»Okoma – aber ja! *Okoma, der Rotwein, der Sie nach Südafrika bringt!*«

Er richtet sich zu seiner vollen Größe auf und verschränkt die Arme: »Das ist ein Wagnis. Aber der französische Gaumen muss sich den neuen Geschmackswelten öffnen.«

Er dreht sich zu seinem Wandregal um, auf dem sich die Bücher seit dem letzten Mal vermehrt haben. Sie nehmen nun zwei volle Reihen ein. Oben sind es eher weiße Schriftsteller. Unten sehe ich keine Autorenfotos, aber die Bücher haben schöne Namen wie Maryse Condé, Raphaël Confiant, Léopold Sédar Senghor ... Pablo fährt fort: »De Gabriac dachte daran, etwas auf die Beine zu stellen – die Domäne von Marie-Antoinette. Die Überlegungen laufen noch. Würdest du eine Partnerschaft in Erwägung ziehen? Er ist bereit, nach Stalin Boche zu reisen, sobald Monsieur Terre-Neuve Zeit für ihn hat.«

»Stellenbosch. Es heißt Stellenbosch. Und es handelt sich nicht um Monsieur Terre-Neuve, sondern um Monsieur Gabru, ein angeheirateter Cousin, der sich mit meinem Bruder zusammengetan hat.«

»Gabru«, wiederholt er, als würde der Name ihn verwundern. »Ist das Holländisch?«

Ich öffne den Mund, aber eine Kinderstimme kommt mir von der Treppe her zuvor. »Papa?«

Auf der obersten für uns sichtbaren Stufe dieser schmalen Treppe ohne Geländer tauchen weiße, völlig verschmutzte Schuhe auf. Dann kommen zwei Beine in einer Hose. Ohne die Flecken wäre sie wohl blau. Ein schwarzes Oberteil mit langen Ärmeln und ein kleines Händchen, das sich an der Wand abstützt. Es ist ein Mädchen, ungefähr sechs Jahre alt. Sie läuft zu mir hin und wirft sich an meine Brust. Ich nehme sie in die Arme. Eine Wärmewelle umflutet mich, ich fühle mich geborgen. So fühlt es sich an, wenn man Kinder hat und sie liebt.

»Das ist also deine Arbeit?«, fragt sie, überhaupt nicht schüchtern, und blickt Andrieu in die Augen.

Andrieu lächelt sie gutmütig an. »Guten Tag, kleines Mädchen.«

»Guten Tag. Wie heißt du?«

»Du kannst Pablo zu mir sagen. Und wie heißt du?«

»Ich, ich heiße Marianne, Monsieur. Marianne Schultz.«

Sie streckt ihm die Hand entgegen, Andrieu schüttelt sie, sein Blick bleibt kurz auf ihrem sehr braunen Teint und ihrem sehr lockigen Haar haften, dann hebt er seine Augen und sieht mich erstaunt an: »Sie ist bezaubernd. Wo hast du sie adoptiert?«

Ich erröte, werde immer dunkelroter, und als mein Gesicht sich violett verfärbt, explodiere ich: »Ich habe sie nicht adoptiert! Sie kommt aus meinen Eiern!«

Marianne ist nicht schockiert. Sie wundert sich auch nicht. Sie weiß ja, dass sie aus meinen Eiern stammt. Und dass man sich darüber wundert.

***

Da ist eine Bäckerei, in der Kunden darauf warten, dass sie an die Reihe kommen, und denen beim Anblick der Patisserien in der Vitrine das Wasser im Mund zusammenläuft. Alle sind gut gelaunt, das Brot riecht gut, die Sahnebonbons zergehen auf der Zunge. Die Bäckerin nimmt sich Zeit und lässt die Kinder, die in Begleitung ihrer Eltern sind, die Backwaren aussuchen. Windbeutel, Pain Suisse, Croissants, Schokocroissants, Schokowindbeutel – sie haben die Qual der Wahl.

Marianne schiebt sich an der Hand ihres Vaters und eines Mädchens, das sie an der Schulter festhält, in der Schlange voran. Das Mädchen ist unglaublich hübsch, blond, hochgewachsen und trägt weiße Söckchen. Sie strahlt eine große Freundlichkeit aus. Ihr Kindergesicht ist blass, aber frisch. Sie hat den gleichen kleinen Mund wie Marianne, mit dem Kinn ein kleines bisschen vorstehend. Ihr Anblick berührt mich, ich habe das Gefühl, dass eine riesige Leere sich plötzlich füllt. Rosie. Ich habe sie seit dem Augenblick nicht mehr gesehen, als Frances Deutschland den Rücken gekehrt hat, an jenem unheilvollen Tag, als meine Zwillingsschwester eine Totgeburt hatte, du weißt, wo … Dann habe ich Rosies Stimme erst wieder hinter einer Tür in District Six gehört. Sie feierte ihren Geburtstag, Boney M. sang *Daddy Cool*, und Frances hatte mein Geschenk zurückgewiesen. Aber inzwischen …

Was ist inzwischen passiert? Was geht in meinem Kopf vor?

Manchmal ist es ganz dunkel darin.

Hier nun sind Rosie, Marianne und ich in einer französischen Bäckerei, und meine Älteste scheint länger bleiben zu wollen. Kleine Rosie, du bist da, und dann bist du wieder fort, kommst zurück und wirst wieder fortgehen? Ich bin so glücklich darüber, dass du zu uns kommst, meine kleine Fee. In kurzer Zeit bist du älter geworden und viele Zentimeter gewachsen. Lächelnd füllt die Bäckerin eine Tüte mit Gebäck.

»Grüß dich, Marianne! Wie war die Mathearbeit?«

»Neun von zehn Punkten. Die Lehrerin hat mir einen Punkt abgezogen, weil ich eine 6 und eine 9 vertauscht habe. Zu blöd.«

»O ja, zu blöd.«

Die Bäckerin wendet sich der Demoiselle zu, die sich an Mariannes Schulter klammert. »Und die Große, was bekommt sie?«

Rosie stottert vor sich hin. Marianne übernimmt mit leicht überlegener Miene und in autoritärem Tonfall: »Geben Sie ihr ein Pain Suisse, Madame Loiseau. Bitte.«

Ich schäme mich, dass ich Vater einer kleinen Tyrannin bin. Meine Töchter und ich gehen Seite an Seite auf dem Bürgersteig. Marianne fasst mich um die Taille und spielt meine kleine Frau. Rosie wagt es nicht, sich bei mir einzuhaken. Sie will sich nicht aufdrängen. Sie spricht sehr leise: »Bevor wir dich gefunden haben, Marianne und ich, sind wir … in einem Schreibwarenladen gegangen.«

Marianne stößt einen empörten Seufzer aus: »In *einen* Schreibwarenladen.«

»Ich habe ihr eine Tagebuch gekauft.«

»Ich habe ihr *ein* Tagebuch gekauft.«

»Ja! Und du bist gerannt weg!«

»Und du bist *weggerannt*!«

Ich spiele den Vater, einen Vater, der seine Tochter halbherzig ausschimpft: »Marianne … Du rennst nicht weg. Ob ich es bin, deine Mutter oder Rosie, du gehst an der Hand und gehorchst. Einverstanden?«

»Nicht einverstanden«, ruft sie kopfschüttelnd.

Marianne wirft ihrer Schwester einen bösen Blick zu, und ich merke endlich, dass Rosie ein wenig ins Abseits geraten ist. Ich strecke ihr meinen Arm entgegen. *»Jy vat nie pappa se arm nie, Rosie?«*

Sie lässt sich nicht lange bitten und klammert sich an meinen Arm. Marianne ist wütend: »Ihr sprecht afrikanisch, damit ich es nicht verstehe, oder?«

»Das ist keine Afrikanisch«, protestiert Rosie. »Afrikanisch, die gibt es nicht.«

»*Kein* Afrikanisch … Afrikanisch, *das* gibt es nicht.«

Später in der Küche schälen fünf Paar Hände Kartoffeln und Kürbisse. Die kleinsten sind die von Marianne. Ihr Tagebuch liegt neben ihr. Es ist ungefähr hundert Seiten dick und mit einem Vorhängeschloss versehen. Zwei Mädchen, die wunderbarerweise Marianne und Rosie heißen, schmücken den rosafarbenen Pappeinband. Ich höre Marianne, wie sie stolz damit prahlt, dass sie zwölf Seiten in ihrem *Buch* geschrieben hat. So nennt sie ihr Tagebuch. Ich sehe auch Aryas Hände, ihren Ehering und ihre Uhr. Sie ist diejenige, die am besten mit der harten Kürbisschale fertigwird. Die sehr langen und sehr dünnen Hände gehören Rosie: zu grazil für die Küche. Die hässlichsten, überall Adern und Haare, sind meine … Es ist nicht schön, alt zu werden. Das letzte Paar Hände schält geschickt die Kartoffeln, die Handgelenke sind kräftig, mit Falten. Nicht mehr ganz junge Hände. Auf den ersten Blick könnte man nicht erkennen, ob sie einem Mann oder einer Frau gehören.

Rosie, ihre Stimme und ihre Hände, alle tun dasselbe kund: Mandela ist aus dem Gefängnis entlassen worden … ist das nicht ein Wunder? Die Apartheid wird enden, es ist Zeit, dass wir ans Kap zurückkehren. Und ich, glaube ich nicht an die Versöhnung?

Wortlos stehe ich auf und begebe mich eiligst auf die Toilette, wo ich mich für einen Augenblick einschließe. Augenscheinlich gibt es Themen, die mich aufbringen. Ich setze mich auf die Kloschüssel, höre sie diskutieren und dann lachen. Die Atmosphäre hat sich entspannt, ich kann zurückkehren. Ich komme wieder zum Tisch, den Händen, den Schalen. Ich kann die Gesichter immer noch nicht sehen. Eine raue, aber gleichzeitig weibliche Stimme, die deine, spricht von Mauern, die in den Köpfen der Menschen errichtet worden sind. Diese, sagst du, sind am schwierigsten einzureißen. Es ist komisch, dass deine Stimme der von Frau Pfefferli ähnelt … Die Falten an deinen Handgelenken sind deine Narben. Von deinen Verstümmelungen ist nicht mehr viel zu sehen. Alles heilt. Du hast dein Versprechen gehalten, du bist nach Bordeaux gekommen. Das berührt mich. Einen geschälten Kürbis in den Händen, freut sich Arya: »Ein französisches Weingut will mit Terre'Blanche und Terre-Neuve zusammenarbeiten. Ich glaube Monsieur de Gabriac, Wolf?«

»Wilhelm und sein Cousin«, fügt sie hinzu, »verstehen sich schon sehr gut. Warum nicht Monsieur de Gabriac dazunehmen?« Ich antworte, scheinbar zustimmend: »Wir werden einen Zulu-Wein mit Papaya und Löwenkopf kreieren. *Marie-Antoinette* oder so ähnlich. Das ist eine französische Königin. Sie kam aus Österreich, aber dazwischen war sie von einer Zulu-Familie adoptiert worden, die mit Löwen zusammenlebte.«

Wir lachen alle, außer Marianne, die sich windet: »Warum lacht ihr?«, fragt sie.

»Weil die idiotisch ist«, antwortet Rosie und hebt die Hände zum Himmel.

»Weil *das* idiotisch ist«, korrigiert Marianne und schlägt auf den Tisch.

Eine geschälte Kartoffel springt hoch. Arya steht auf und gibt Zwiebeln und Gewürze in einen großen, dampfenden Topf.

***

»Eine Bombe und sechs Meter breit?«, erschrickt sich Marianne.

»Nein«, beruhigst du sie. »Sie waren viel kleiner. Aber sie haben riesige Krater gerissen.«

Ich sitze hinter dem Steuer und lächle Marianne zu, die mich im Rückspiegel beobachtet. Ihr Tage*buch* aufgeschlagen auf den Knien, füllt sie die Seiten mit einem blasslila Stift und versichert uns, dass sie ein Märchen schreibt, in dem der kleine Däumling den Weg nach Hause findet. Ein Schild zeigt die

Straße nach Metz an. Rosie lehnt den Kopf gegen die Heckscheibe, gähnt und streckt die Arme aus. »Die Bomben von heute«, sagt sie leise, »können dir die ganze Planet kaputt machen.«

Marianne hält sich entsetzt die Hände vor den Mund und denkt nicht daran, ihre Schwester zu korrigieren. Rosie zieht sie liebevoll zu sich heran. Marianne hört auf, an ihrer Geschichte zu schreiben, und zeigt am Fenster das Siegeszeichen. Ein breites Lächeln auf dem Gesicht, richtet sie es an alle Autos, die ich überhole. Ich fahre sehr schnell. Ich überschreite die Höchstgeschwindigkeit.

Wir haben viele Kilometer zurückgelegt. Man sieht mir meine Erschöpfung an. Du wirkst müde, sorgenvoll, aber du zwingst dich zu lächeln. Rosie sieht träumerisch aus dem Fenster, wo die von Kühen kurz gehaltenen Wiesen vorbeiziehen. Sie ist entzückt, dass sie hier ist, mit dir, mit mir, neben ihrer Schwester, im Auto ihres Vaters, das die Straße dahinsaust. Diese Situation ist für Marianne, die in ihr Tagebuch schreibt, alltäglich, für Rosie nicht. Es ist einer der schönsten Augenblicke in ihrem Leben. Niemals hätte sie gehofft, so mit uns zusammen zu sein. Marianne glaubt, dass Rosie mehr von ihrem Vater hat, weil sie älter ist. Das wäre, glaubt sie, logisch. Marianne ist sehr logisch. Aber in Wirklichkeit ist es umgekehrt. Marianne ist sich dessen nicht bewusst. Sie sieht nur, denke ich, dass Rosie älter ist und dass niemand sie fragt, ob ihr Vater sie adoptiert hat.

»Warum ist Mama nicht mitgekommen?«, fragt Marianne mich plötzlich.

Du seufzt und antwortest ihr: »Weil deine Mutter nicht ins Jahr 1948 zurückkehren möchte.«

Marianne runzelt die Stirn. Sie versteht nicht ganz, wie man zurückgehen kann, insbesondere, wenn das Auto den Vorwärtsgang eingelegt hat. Aber wenn ihre Tante das sagt …

Wir passieren einen Grenzübergang, wo es keine Zöllner gibt und die Schranke weit geöffnet ist. Sie hat ausgedient.

»Ich wollte es sehen, damit ich es glaube«, sage ich leise. Es fällt mir schwer, mir vorzustellen, dass es keine Grenze zwischen Frankreich und Deutschland gibt. Ein Schild zeigt die Richtung nach Hannover an. Das Atmen fällt mir schwer. Ich presse meine Lippen aufeinander. Nach einer langen Zeit biegt der BMW in kleine Straßen ein, biegt ab, biegt wieder ab und hält an.

»Sind wir da?«, fragt Marianne.

Ich drehe mich zu meinen Töchtern um. »Rosie, Marianne … Seht ihr die schmiedeeisernen Kobolde da oben an der Vorderfront? Sie wachen über die Böttcherei eurer Großeltern. Euer Onkel hat sie übernommen. Ich habe Rudi seit einer Ewigkeit nicht mehr gesehen. Erinnert ihr euch an Rudi?«

»Ja«, murrt Marianne. »Du hast uns fast die ganze Fahrt über von ihm erzählt.«

Marianne scheint nicht sehr begeistert zu sein, während Rosie neugierig zum Schaufenster schaut, hinter dem sich eine Frau vorbeugt, damit sie das rote Auto besser sehen kann, das vor ihrem Bürgersteig geparkt hat. Katja, nehme ich an, die Frau von Cousin Rudi. Ich steige aus dem Auto und winke ihr zu. Sie winkt nicht zurück.

»Erkennt dich deine Cousine nicht?«, wundert sich Marianne.

Alle drei zögert ihr auszusteigen. Ich muss die Türen für euch öffnen, mit einem einladenden Lächeln, um euch zu überreden, endlich einen Fuß auf den Boden zu setzen. Aber ich habe kein gutes Gefühl dabei. Die Sonne zeigt an, dass es Nachmittag wird. Und jäh lässt Katja den eisernen Vorhang herunter.

»Schließen sie etwa schon?«, regt sich Rosie auf.

Sie wirft uns fragende Blicke zu. Du klopfst deinen Mantel ab, um zu verbergen, wie verwirrt du bist.

»Sie freuen sich nicht, uns zu sehen, könnte man meinen …«

Rosies Miene verfinstert sich, sie ist bitter enttäuscht. Ich streiche mir über das Kinn, drehe mich um die eigene Achse. Dreimal drehe ich mich um mich selbst. Dann entscheide ich mich: »Ich werde mit ihnen reden.«

Mit geballten Fäusten nehme ich Kurs auf das Eisengitter.

***

Du hältst Rosies Hand, und Marianne blinzelt, um im Gegenlicht Katja besser ausmachen zu können, die aus dem oberen Stockwerk der Böttcherei zu mir herunterschreit. »Du schämst dich nicht, zurückzukommen!«

Aschfahl umklammere ich das Eisengitter und bitte sie, herunterzukommen oder Rudi zu rufen. Entgeistert blickt sie zum Himmel. »Er hat nie den Mut gehabt, dir zu sagen …«

Sie dreht sich um, hält Ausschau, ob jemand im Zimmer ist, aber niemand ist zu sehen, auf dem Bürgersteig nur vier Dummköpfe, du, ich, meine Kinder. Katja steckt den Kopf aus dem Fenster, damit wir sie gut hören, und brüllt: »Frieda hat uns ihre Anteile abgetreten! Hast du gehört! Du hast keinen Anspruch auf die Böttcherei.«

Ich weiß nicht, warum sie mir das sagt. Es stimmt, ein kleiner Teil der Böttcherei gehört mir. Aber deswegen bin ich nicht hier. Plötzlich schreit Rosie: »Sie haben kein Recht, mich einfach fortzuschicken! Ich habe nicht darum gebeten, aus meiner Familie gerissen zu werden! Ich habe meine Familie verloren! Es ist nicht so leicht, den Kontakt wiederherzustellen!«

Ich schaue Rosie an und begreife schlagartig, dass sie nicht nur von ihrem Vater, sondern vielleicht auch von sich selbst spricht. Was mich angeht, so bin ich hier, um mit mir ins Reine zu kommen. Aber auch sie ist verletzt. Auch sie sucht Heilung. Sie erwartet Antworten. Marianne ist ganz anders. Ihr ist das alles vollkommen egal. Sie betrachtet unsere Wortwechsel wie einen Wettkampf zwischen Fremden. Sie kann nicht mal mehr sagen, ob wir Deutsch oder Afrikanisch sprechen.

Du bist wie gelähmt und hast dich in Mariannes Arme geflüchtet. Du gibst dir den Anschein, als würdest du sie schützen, indem du sie in deinen Mantel hüllst, aber in Wirklichkeit schützt du dich selbst. Vor unserer Vergangenheit. Du, du hast immer gespürt, dass sie verstörend ist. Ich hingegen habe noch nichts begriffen.

Endlich erscheint Rudi am Fenster. Er ist älter geworden. Korpulent, hat sehr kurze Haare, einen kränklichen Teint und eine große Zyste am Hals. Er versucht, seine Frau zu beruhigen, indem er sie an der Schulter festhält, aber sie stößt ihn weg. Er stützt sich auf das Fensterbrett, hustet und stammelt. »Hör zu … du bist mein lieber … mein sehr lieber Cousin … aber …«

Sein Auge fällt auf dich, er beugt sich vor, um sich dessen zu vergewissern, was er sieht: »Gretchen? Bist du das, Gretel?«

So wie ich vor langer Zeit bist du niedergeschmettert, weil du glaubst, dass er dich für eine andere hält. Es fühlt sich an, als hätte dir jemand einen Dolchstoß versetzt. Dabei leben in diesem Haus Menschen, die dich einst geliebt haben. Und Menschen, die uns nicht mehr lieben. Ich weiß nicht, wie ich dir sagen soll, dass ich Hans heiße. Rudi geht der Atem aus. Katja übernimmt: »Warst du hier, als Rudi und sein Vater nach dem Krieg darum gekämpft haben, die Böttcherei über Wasser zu halten? War deine Mutter dabei? Deine Schwester? Ihr wart nicht da, keiner von euch! Wir aber schon!«

Ihre Stimme bricht, meine bleibt mir im Hals stecken.

»Habt ihr es euch gut gehen lassen in Afrika? Während …«

Benommen, wie ich bin, kann ich nichts sagen, gar nichts. Du bist immer noch wie gelähmt, in Mariannes Armen, die mich nicht mehr aus den Augen lässt. Sie hat verstanden, dass es mir schlecht geht. Sie bricht in Tränen aus und läuft zu mir, während Rosie in sehr gutem Deutsch plötzlich schreit: »Ich bin Ihre Großcousine! Ich denke jeden Tag an Sie, seit ich klein war! Ich bin Tausende von Kilometern gereist, um Sie kennenzulernen!«

Rudi blickt irritiert vom einen zum anderen. Er verrät seinen inneren Aufruhr, indem er den Kopf schüttelt. Ein Vulkan unterdrückter Emotionen, könnte man meinen. »Hören Sie mir gut zu, Fräulein«, sagt er so ruhig wie möglich. »Ich weise euch nicht zurück … Aber eure Mutter hat uns gesagt … sie hat gesagt, dass …« Er schluckt schwer an seinem Speichel. »Wir wussten damals so gut wie nichts. Vielleicht hat sie geglaubt … hat sie geglaubt, dass …«

»Schluss!«, sagt Katja und gibt ihrem Mann einen Schubs, damit sie das Fenster schließen kann.

Sie zieht die Vorhänge zu. Sie sind grau.

Ein Vulkan bricht aus, aber nicht bei Rudi, ich bin es. Mich packt die Wut. Ich beiße die Zähne zusammen und bitte Marianne, zu dir zurückzugehen, denn sie macht es mir unmöglich, mit meinen Fäusten zuzuschlagen. Sie weigert sich, und ich schreie sie an. Unter Tränen läuft sie zu Rosie, und endlich entlädt sich meine Wut. Mit aller Wucht stürze ich mich auf das Eisengitter und gebe mir die größte Mühe, es mit Tritten, Kopfstößen und Faustschlägen zu malträtieren.

*»Macht auf, ihr Aasgeier! Macht auf!«*

Ich benehme mich wie ein Nazi. Erschrocken über meinen Gewaltausbruch weicht ihr zurück zum Auto. Unter meinen Schlägen verbiegt sich das Gitter. Geschmolzene Lava, das bin ich.

Schließlich kommt Rosie zu mir gelaufen. Sie hat keine Angst vor den aus mir schlagenden Flammen. Sie geht über meine Glut. Sie packt mich an der Taille. Dann schmiegt sie ihren Kopf an meinen Rücken, passt ihr Atmen dem meinen an und schließt die Augen. Wir atmen im selben Rhythmus. Mein Feuer erlischt.

Den Atem meiner Tochter auf meinem Rücken zu spüren beruhigt mich.

Zu spüren, wie sich ihre Brust auf meiner Wirbelsäule hebt ... schwanger muss sich so ähnlich anfühlen. Hier ist es umgekehrt. Sie ist es, die mich trägt.

Ohne sie würde ich ersticken.

Mit sanfter Gewalt zieht sie mich zum Auto. Sie verspricht mir, sie wird mich in die Böttcherei bringen, irgendwann. Ich weigere mich wegzufahren. Ich setze mich auf den Bürgersteig. Marianne mustert mich, erkennt mich aber nicht. Sie hat ihren Vater erst in Frankreich kennengelernt, als er vierzig war. Dass er einmal acht Jahre alt gewesen sein könnte, liegt außerhalb ihrer Vorstellungskraft. Rosie hat dieses Glück oder dieses Unglück. Also setzt sie sich zu mir und verspricht mir noch mehr: Sie wird in Stellenbosch Önologie studieren. Sie wird Rudolf und seine Frau umstimmen, die Fässer werden von Bremen nach Terre-Neuve kommen, nach Terre'Blanche ... So wird Bremen nach Südafrika gelangen! Mit einer Stimme, als hättest du einen Kloß im Hals, fragst du plötzlich: »Wer ist Gretchen?«

Nun muss ich dir sagen, dass du das bist. Ich erzähle dir auch, dass dein Bruder Hans hieß, bevor er Wolf wurde. Aber er kann dir, verdammt noch mal, nicht sagen, warum. Deine Augen füllen sich mit Tränen. Rosie will ihre Schwester ablenken, indem sie ihr die seltsame Statue zeigt, die mit den vier übereinandergestapelten Tieren. Das sind die *Bremer Stadtmusikanten*, erklärt sie ihr. Sie sind von zu Hause fortgelaufen, um ihren grausamen Herren zu entkommen.

In dem Moment biegt ein junges Mädchen mit rotem Haar um die Ecke. Als sie uns auf dem Bürgersteig sitzen sieht, bleibt sie neben uns stehen, wundert sich, schaut auf das französische Kennzeichen meines roten BMW und stellt sich schließlich vor. Guten Tag, sie heißt Pola. Und wir? Wer sind wir? Woher kommen wir? Rosie erklärt etwas verworren, dass wir aus Frankreich, Deutschland, Indien und Südafrika kommen. Pola ist bass erstaunt: Sie, sagt sie ohne Umschweife, sie hasse es, Deutsche zu sein. In der Schule hat sie den Film *Nacht und Nebel* gesehen, und sie schämt sich so sehr, dass die Deutschen das getan haben. Auch in ihrer eigenen Familie gab es Nazis, brutale Nazis ... Rosie ist verblüfft, mustert sie kurz und klärt sie, wieder in sehr gutem Deutsch, darüber auf, dass wir die Böttcherei der *Großeltern Grimm* besuchen wollen. Sie zeigt mit dem Finger darauf, Pola fragt mit abschätziger Miene: Wie kann man sich für diese Böttcherei interessieren, wenn man das Glück hat, in Indien oder wo auch immer zu leben?

»Wenn es nach mir ginge«, sagt sie und hockt sich neben Rosie, »würde ich die verdammte Böttcherei wegschenken.« Und sie würde nach Amerika gehen, wo alle so nett sind, auch wenn sie weiß, dass die Amerikaner die Deutschen hassen und dass sie die indigene Bevölkerung ausgerottet haben. Übrigens ist sie die Tochter von Rudolf.

»Und du, bist du Friedas Enkelin?«, fragt sie Rosie. Sie stößt sie freundschaftlich mit dem Ellenbogen an und fügt hinzu: »Was für eine Hexe, nicht wahr?«

Ein Engel schwebt herbei, zögert weiterzuschweben. Dein Gesicht rötet sich, ich werde puterrot, meine Stimme wird heiser: »Frieda? Hast du Frieda gesagt?«

»Frieda, ja. Ich habe Frieda gesagt«, lacht Pola.

»Warum hältst du sie für eine Hexe?«

»Ich habe sie einmal gesehen, mit ihrem Mann. Sie war alles andere als nett zu mir.«

Du siehst sie an, fassungslos. Und ich, ich habe das Gefühl, dass meine Zunge am Gaumen festklebt. Mein Mund ist ganz trocken. Pola schaut uns überrascht an.

»Wie alt bist du?«, fragst du Pola.

»Vierzehn.«

Rosie kneift die Augen zusammen. Ich glaube, sie rechnet

nach. Denn ich denke, wenn die vierzehn Jahre alte Pola Frieda und ihren Mann gesehen hat, dann bedeutet das, dass Frieda und ihr Mann nicht im Krieg umgekommen sind. Oder verwechselt sie sie mit jemand anderem? Pola kratzt sich am Arm. »Sie ist absolut nicht tot. Ihr Mann ist vor zwei oder drei Jahren gestorben, aber sie lebt noch.«

Sie wohnt zweieinhalb Autostunden entfernt.

Neben der Konditorei Kaiser in Kiel.

»Das liegt ganz nah am Meer.«

***

Wassertropfen heften sich an die beschlagene Scheibe. Sie schweben vom Himmel herab oder wehen vom Meer herüber, das jenseits des Fensters tost.

Geranien in Töpfen, die geschützt im Warmen stehen, blicken nach draußen auf die wogende See. Warum ist sie so wütend? Die Blumen auf der Wandtapete denken dasselbe: Warum ist die See so aufbrausend, warum spritzt sie auf so schamlose Art gegen die Fensterscheiben?

Da ist ein Café. In sanftes Licht getaucht, durch das sich Rauchschwaden ziehen. Der Rauch von Filterzigaretten, der Dampf exotischen Tees und der Duft frisch gerösteten Kaffees. Die Gäste reden leise, sie haben weiße Haare oder tragen Dauerwelle, und der Lippenstift sitzt makellos.

Der Kuchen wird geräuschlos verzehrt, ohne Krümelspuren, außer an dem Tisch, wo Marianne Reste auf der Tischdecke zerbröselt, die sie mit Marmelade befleckt hat. Sie sitzt vor einem Stück Linzer Torte, ihr Tagebuch ist auf Seite vierzig aufgeschlagen, und ihre ältere Schwester stochert in einem Stück Apfelstrudel herum. Voller Sorge behält Rosie den Eingang im Auge und beobachtet mich.

Ich sitze allein am Nachbartisch vor einer Tasse Kaffee. Immer wieder werfe ich einen Blick auf den Eingang und über der schweren Holztür auf eine alte Uhr, die es nicht eilig hat. Warum haben wir uns nicht alle zusammen an einen Tisch gesetzt?

Fünfzehn Uhr zehn, zeigt die Uhr.

Fünfzehn Uhr zehn, noch einmal.

Fünfzehn Uhr zehn, und immer noch niemand.

Meine Knie zittern unter dem Tisch, und mit dem Fuß wippe ich auf dem Boden.

Fünfzehn Uhr elf.

In meiner Kindheit haben uns die Schultz immer erzählt, dass sie uns vor der Hungersnot gerettet haben. Vor dem Tod.

Und wenn das nicht stimmt?

Ich hatte geglaubt, alles zu wissen.

Wie habe ich glauben können, dass sie tot war?

Wie habe ich vergessen können, dass sie lebte?

Hat man sie gezwungen, uns abzugeben? Vielleicht hätten wir in Deutschland eine bessere Kindheit gehabt, ohne Gewalt, mit jemandem, der uns wirklich liebt.

Ich lächle zu meinen Töchtern am Nebentisch herüber. Ich liebe sie, wirklich. Ich liebe sie, ganz einfach.

Warum sitzen wir an zwei verschiedenen Tischen? Um ihr einen Schock zu ersparen? Seine Kinder nach über vierzig Jahren wiederzusehen, das muss ein Schock sein, ein verdammter.

Die Türglocke läutet, unsere Köpfe drehen sich um.

Es ist ein Herr …

Und du, wo bist du?

Fünfzehn Uhr siebenundzwanzig, zeigt die Uhr, und das Tischtuch hat auf Mariannes Seite noch Flecken dazubekommen, diesmal von einem Klecks Aprikosenmarmelade, der aus einem Berliner getropft ist. Marianne seufzt leise und wirft mir einen Blick zu. Mit dem Kinn deutet sie auf die Uhr, weist mich darauf hin, dass die Zeit voranschreitet. Rosie beißt sich auf die Lippen, ich glaube, sie ist angespannt. Um sich zu beruhigen, rührt sie mit dem Löffel in ihrer Teetasse herum.

Fünfzehn Uhr dreiundvierzig. Hat sie einen Verkehrsunfall gehabt?

Eine Kellnerin mit einer Schürze fragt mich, ob ich noch etwas möchte. Ich bestelle einen Kaffee. Einen koffeinfreien? Wäre der nicht vorzuziehen? Nein, ich habe Kaffee gesagt. Bitte sehr. Sie verzieht den Mund zu einem Danke und geht zu einem kleinen Tisch hinten in der Ecke, wo …

… du sitzt. Deine Finger krampfen sich um ein leeres Glas, und du hebst deinen Kopf in Richtung der Kellnerin, die dich fragt: »Möchten Sie noch etwas bestellen?« Du bestellst einen Tee. Schwarz bitte. Als die Kellnerin gegangen ist, starrst du auf die Tapete. Von Zeit zu Zeit schaust du auf die Uhr und dann zur Eingangstür. Nichts, niemand. Nur Bilder in deinem Inneren. Die Feuer am Himmel. Wir mussten fliehen, rennen. Mamas Hand lässt deine los.

Heißt das, dass sie tot ist? Aber nein, nicht doch! Warum hast du es glauben wollen? Du klammerst dich an Michèles romantische Erklärungen: der Krieg, vor dem sie uns gerettet haben, unsere toten Eltern, die sie ersetzt haben, die Abreise nach Afrika, die notwendig war.

Keine andere Wahl!

Von wegen …

Nun weißt du, dass sie noch lebt, deine Mutter. Seit sie aus ihrem Sarg gestiegen ist und du weißt, dass du mit Vornamen Gretchen heißt und dein Kosename Gretel ist, hast du das Gefühl, dass dein Leben falsch war. Dein ganzes Leben. Falsch. Nur bist du dir nicht sicher, ob du bereit für die Wahrheit bist.

Die Schultz haben dich in ihrem Sinne erzogen, sie haben dir ein Fundament gegeben, und plötzlich soll nichts davon mehr Bestand haben?

Du und ich, wir haben das Gefühl, dass wir nicht mehr existieren.

Die Geranien am Fenster freuen sich über den Sonnenstrahl, der durch die Wolken bricht. Der Regen hat aufgehört, das Meer hat sich beruhigt.

Die Tür öffnet sich. Marianne lässt sie nicht aus den Augen, Rosie setzt sich aufrecht, dir stockt der Atem.

Meine Tasse fällt zu Boden.

Die Kellnerin fegt die Porzellanscherben unter dem Tisch weg, neben schwarzen Schuhen mit hohen Absätzen. Ein grauer Rock reicht bis zu zusammengepressten Knien. Unter dem Tisch bewegt sich nichts, außer dem Besen um meine Füße herum.

Oben ein geräuschvolles Räuspern, vergeblich, sie hat den Frosch noch im Hals und sagt dann mit belegter Stimme: »Ich bin … Frau Mahler.«

Und ich bin überrumpelt. Dann in Panik. Mit tonloser Stimme, an allen Gliedern zitternd, stelle ich mich vor. Wolfgang … Grimm. Mal ehrlich, muss man sich seiner Mutter vorstellen? Nein. Folglich stottere ich. Kann nicht mehr sprechen. Es sind Silben, die keinen Sinn ergeben. Frau Mahler sagt nichts.

Rosie und Marianne beäugen ihre Großmutter. Rosie versteht nicht, warum sie sich Frau Mahler nennt und nicht Frau Grimm. Marianne versteht nicht, warum sie mir die Hand schüttelt. Mal ehrlich, schüttelt man seinem Kind die Hand? Nein. Also stammle ich.

Es ist verrückt, wie sehr ich ihr ähnele. Ihr Blick wandert über mein Gesicht, ich sehe es deutlich, sie erkennt mich. Warum zeigt ihre Miene keinerlei Emotionen? Mal ehrlich, ist es einem egal, ob man sein Kind wiederfindet?

In der hinteren Ecke des Raumes verborgen, bist auch du überrumpelt, aber nicht in Panik. Nur berührt, sehr sogar. Aus der Ferne siehst du ihre Wangenknochen nicht genau, nicht ihre mit dem Make-up-Pinsel nachgezogenen Augen. Sie trägt ihr Haar wie eine Pelzkrone und hat eine Körperhaltung wie eine Königin. Ich, ich bin ein Lakai. Meine Mutter ist eine Unbekannte für mich. Aber dir, von der hinteren Ecke des

Raums aus, erscheint das Geschehen vielversprechend. Das Herz schlägt dir bis zum Hals, während du beobachtest, wie die ältere Dame, extrem ruhig und gefasst, langsam die Kuchenkarte durchblättert. Ihre Hände sind lang und schmal, du möchtest sie dir genauer anschauen, vor allem ihre Fingernägel, sind sie lackiert? Du zögerst, dich zu erheben. Du platzt fast vor Freude, aber es ist auch eine Qual. Und jetzt versperrt dir auch noch die Kellnerin die Sicht. Sie baut sich vor unserer Mutter auf, um, wie du denkst, die Bestellung aufzunehmen.

Du hast richtig gedacht. Als die Kellnerin kommt, entspannt sich Frau Mahlers Gesicht, ein Lächeln erscheint, überaus freundlich bestellt sie eine heiße Schokolade und ein Stück Linzer Torte. Diese Herzlichkeit lässt mich aufatmen. So habe ich es mir vorgestellt. Sobald aber die Kellnerin in die Küche zurückgeht, erstarrt das Gesicht unserer Mutter. Eine Statue, in den Spiegel gemeißelt, ein sehr schönes Antlitz, in dem sich das Licht spiegelt. Sie atmet tief durch.

»Katharina … Rosa … Ludwig«, sagt sie.

Das klingt wie eine Einkaufsliste. Aber, so sagt sie, das sind die Namen ihrer Kinder. Sie vergisst zwei. Denn die Reihenfolge wäre Gretchen, Hans, Katharina, Rosa, Ludwig. Sie vergisst zwei. Warum vergisst sie uns?

Habe ich nicht ein Recht auf meinen Teil von ihr in mir? Hast du kein Recht auf deinen Teil von ihr in dir? Warum sie und nicht wir?

Die Kellnerin stellt ihre Schokolade vor sie hin und wiederum das Lächeln und die Herzlichkeit, für sie.

Ich gerate ins Stottern.

Adolf hat sie angerufen, sagt mir Frau Mahler, um sie vorzuwarnen.

Ich nicke dümmlich.

»Was die Böttcherei betrifft …«, erklärt Frau Mahler.

Rosie mustert sie wortlos. Eure Eltern machen euch, sagt

sie sich, und eines Tages wenden sie sich von euch ab. Wie ist das möglich? Sie kann es nicht fassen. Ich lasse zu, dass sie das erlebt. In diesem Augenblick, in dem ich vor Frau Mahler herumstottere, kommt mir zu Bewusstsein, wie sehr Rosie darunter gelitten hat, dass ich mich nicht um sie gekümmert habe.

Ja, bestätigt Frau Mahler, sie hat ihre Anteile an der Böttcherei an Adolfs Vater abgetreten. Ich schaue meine Töchter an. Marianne flüstert ihrer Schwester zu: »Warum ist Papa weiß wie eine Wand?«

»Er sieht aus wie eine Wand, weil das sein Mutter ist. Sein richtige.«

»Warum ist sie nicht wie eine richtige zu ihm?«

»Nicht sein richtige Mama, Marianne. Sein richtige Mutter.«

»Eine Mutter, ist das nicht dasselbe wie eine Mama?«

Rosie bedeutet Marianne zu schweigen, weil Frau Mahler am Nebentisch auf das Gespräch der beiden aufmerksam wird: Sie sprechen Französisch. Ihr Blick bleibt drei lange Sekunden an Marianne hängen. Meinem Eindruck nach nicht mit Wohlwollen. Ich glaube nicht, dass sie in diesem Gesicht Spuren von sich erkennen kann. Doch meine Töchter haben die Stirnpartie von Frau Mahler geerbt, kein Zweifel, auch das vorspringende Kinn, die vollen Lippen und die ausgeprägten Wangenknochen. Bis hin zur Form der Augen. Die Muttermale an ihrem Hals finden sich an Rosies Hals wieder. Ihre kleinen Ohren kommen bei Marianne wieder zum Vorschein. Das ist verrückt. Warum sieht sie das nicht?

Die Ähnlichkeiten sind nicht in Reichweite ihres Herzens.

Sie kann sie nicht sehen.

Etwas in ihr wehrt sich dagegen.

Ich kann mich nicht damit abfinden. Aber du, die du uns aus der Ferne beobachtest, fängst an, es zu verstehen. Weil sie nicht deine Witterung aufgenommen hat. Weil ihr Blick dich nicht gesucht hat. Dein Magen krümmt sich vor Kummer. Eine warme Flüssigkeit gleitet zwischen deine Schenkel. Sie nässt deinen Stuhl. Sie tropft auf den Boden.

Du machst dir in die Hose.

Für uns beide machst du dir in die Hose.

Das Pipi des Ariers, der nicht mehr weiß, wie er heißt.

Seit Jahren ist dir das nicht mehr passiert. Du dachtest, du seist geheilt.

Bedrückt seufzt Frau Mahler tief auf. »Nach dem Tod eures Vaters bin ich nach Lahn gezogen. Weil Ludwig dort war. Wir konnten euch nicht behalten.«

In deiner Beschämung zögerst du, nach einer Serviette zu fragen. Hat jemand bemerkt, dass du dir in die Hose gemacht hast? Musst du die Teekanne umstoßen, damit sich der Tee mit dem Urin vermischt ...? Ja, du brauchst ein Alibi. Sie umstoßen.

Frau Mahler lässt einen Wortschwall auf uns niederprasseln. Ludwig war ein guter Mensch. Friede seiner Seele. Sie hat ihn kennengelernt, als er an die Tür der Böttcherei klopfte, um ihr mitzuteilen, dass Arnold tot war. Als sie ihn in seiner schönen Uniform erblickte, musste sie sich endgültig eingestehen, dass sie unseren Vater nie geliebt hatte.

Du stößt deine Teekanne um. Die Kellnerin eilt herbei und bringt dir Papierservietten. Bist du gerettet? Natürlich wird niemand erfahren, dass die aufgesogene Flüssigkeit deine Panik ist. Aber Frau Mahler beugt sich ein wenig vor, um zu sehen, woher der ganze Trubel kommt, und ihr Gesicht drückt eine solche Entrüstung aus, dass sich dein Bauch vor Angst verkrampft. Aber du kannst nicht mehr pinkeln. Auf der Tischdecke liegt noch das Messer, mit dem du ein Brötchen mit Butter bestrichen hast. Das Brötchen hast du nicht angerührt. Aber du brennst darauf, das Messer zu berühren, es in die Hand zu nehmen, um ... Du kannst das nicht in Gegenwart von allen anderen tun. Noch weniger in Gegenwart deiner Mutter, die dich vorwurfsvoll ansieht. Und ohne dich zu erkennen? Das ist verrückt. Absolut verrückt. Und du, die du dich für geheilt hieltst.

Ich stottere. Frau Mahler spricht stockend weiter: »... als ich erfuhr, dass ich von Arnold schwanger war ... wollte ich euch abtreiben.«

Du steckst das Messer in deine Tasche. Niemand bemerkt es. Du erhebst dich.

»Ich war gezwungen, euren Vater zu heiraten«, sagt Frau Mahler. Eine Träne läuft ihr in den Augenwinkel. »Was hätte ich sonst tun sollen?«

Du betrittst die Toilette. Ich lausche begierig den Worten unserer Mutter.

»Es tut mir leid. Ich habe seinen Tod auf der Krim nicht gewollt, aber ... dadurch habe ich Ludwig kennengelernt.«

Du wählst das WC, das am weitesten vom Eingang entfernt ist. Du schließt dich ein. Ohne den Deckel hochzuklappen, setzt du dich auf die Toilette und nimmst das Messer aus der Tasche.

Du beginnst mit dem linken Arm. Und deine Mutter: »Ludwig hat sein ganzes Leben hart gearbeitet, damit wir unsere Kinder großziehen konnten. Wir sind von Lahn weggezogen, nachdem er euch in ... abgegeben hat. Wir sind nach Kiel gezogen, weil es dort Arbeit auf den Werften gab.«

Die Bilder kommen bruchstückhaft zurück. Ein Mann geht mit uns in das Waisenhaus. Er hat nur noch ein Auge, die Augenhöhle ist mit einem Verband versehen. Ludwig Mahler?

*Eure Mama hat uns verlassen.*

Das hat er gesagt. Genau das hat er gesagt ... Er hat nie gesagt, dass sie tot ist! Was hat er zu Frau Pfefferli gesagt? Wusste sie Bescheid?

Auf deinem Unterarm ist Blut. Es läuft an einer Kerbe entlang, die du dir in die Haut geritzt hast. Du fühlst dich besser. Langsam ziehst du eine zweite Linie, tiefer. Schmerzhafter. Und deine Mutter: »Ludwig wollte eigene Kinder ... Mit euren

Mäulern, die wir zu stopfen gehabt hätten, hätten wir keine Familie gründen können. Wir haben gemeint, dass ihr ohne uns ein besseres Leben hättet. Ludwig hat bei der Verwaltung eure neuen Namen durchgesetzt. Und er brachte euch nach … Das war am besten.«

Unsere Leben, falsch. Wir hätten niemals zur Welt kommen sollen.

Missgriffe. Sprachlos höre ich weiter unserer Mutter zu: »Das ist schwer zu verstehen, ich weiß. Aber ich konnte euch nicht lieben. Ich habe euren Vater nicht geliebt, folglich konnte ich euch nicht lieben.«

Natürlich ist dieses Leben falsch! In diesem Albtraum tut es dir gut, dass du Schmerzen hast. Dank diesem Schmerz vergisst du die anderen. Wenn du dich ritzt, wechselt der Schmerz seinen Platz. Und dann schmerzt es dich von Neuem. Du ritzt dich wieder. Verschaffst dir Erleichterung. Und deine Mutter: »Euer Vater war kein guter Deutscher.«

Ihre Gesichtszüge werden hart. Ihr Atem ist kalt. Deutschland, sagt sie, hat den Krieg wegen Männern wie ihm verloren. Männer, die nicht an das Reich glaubten. Männer, die nicht wollten …

Gegen meinen Willen öffne ich den Mund. »Warum hat man uns nicht wie Welpen ertränkt?«

Meine Stimme überrascht mich selbst. Aus mir spricht die Wut. Und unsere Mutter: »Man ertränkt keine arischen Kinder.«

Mir stockt der Atem. Sie greift in ihre Handtasche, holt hastig ein paar Münzen heraus und wirft sie auf den Tisch, bevor sie aufsteht. »Vergiss. Vergiss und erwarte nichts.«

Sie dreht sich auf dem Absatz um. Sie entfernt sich. Sie öffnet die Tür. Es ist vorbei.

»Ist es vorbei?«

»Am Nachmittag stellen sie die Geräte ab.«

»Sei nicht traurig, Naledi. Er hat Glück gehabt: Man hat alles für ihn getan. Du oder ich mit einer Kugel im Kopf, sie hätten uns sofort krepieren lassen.«

»Nicht Dr. Malema. Er kümmert sich um jeden.«

»Er wohnt in einem Viertel der Weißen, Naledi …«

»Man sagt, er habe sein Haus orange streichen lassen, um sie auf die Palme zu bringen.«

»Dein alter Weißer muss bald vor Gott Rechenschaft ablegen, Naledi.«

»Vielleicht. Und vielleicht urteilt Gott nicht so wie du.«

»Du sagst immer, dass es in deiner Sparte ein Krise gibt …«

»*Eine* Krise.«

»Warum gehst du dann nicht von Paris weg und kommst nach Kapstadt, wenn der Verlag auf das Schnauze fällt?«

Zwei Frauen, ein Kinderwagen und ein dreijähriges Mädchen stehen in einem Aufzug in Paris. Rosie … sie ist um die vierzig Jahre alt. Marianne zehn Jahre jünger.

»Wie aufdringlich du sein kannst, Rosie … du gehst mir auf die Nerven.«

»Ich nerve dich? Terre-Neuve, Terre'Blanche, die Freunde von District Six, die nerven dich!«

Der Fahrstuhl bleibt stehen. Jemand kommt herein. *Bonjour!*, ruft die unbekannte Frau mit roten Haaren und in blauem Trainingsanzug fröhlich. *Bonjour!*, antworten meine Töchter mit einem breiten Lächeln. Der Blick der Neuen fällt auf das kleine Mädchen, das ganz rosa, ganz blond in seinem Kinderwagen sitzt. Sie wundert sich. Begeistert schaut sie zu Marianne auf, ganz braun und so dunkel: »Hätten Sie wohl noch Platz für einen sechs Monate alten Jungen?«

Marianne zieht eine Augenbraue hoch. Rosies Gesichtsausdruck verändert sich drastisch. Die andere fährt in aller Liebenswürdigkeit fort: »Ich habe gerade meinen Mutterschaftsurlaub beendet und suche ein Au-pair-Mädchen. Arbeiten Sie in diesem Gebäude?«

Rosie räuspert sich. Man merkt ihr an, dass sie auf Ärger aus ist. Sie wird rot, bleibt aber ganz ruhig. »Sie ist nicht ihren Au-pair-Mädchen, sie ist ihren Mama.«

»*Ihr* Au-pair-Mädchen, *ihre* Mama.«

Plötzlich fühlt sich die Frau in dem Overall unwohl und wird blass.

Marianne schüttelt den Kopf: »Entschuldigen Sie meine Schwester, sie ist ein wenig empfindlich.«

Die Frau hat ihren Fauxpas bemerkt, und ich höre, was ihr durch den Kopf geht: Wie konnte sie, die sie keine Rassistin ist, wie konnte sie Marianne für eine Hausangestellte halten, nur weil sie braun ist und Louise nicht den gleichen Teint hat wie sie? Was hatte sie sich bloß dabei gedacht, also wirklich!

Also wirklich, sie hat es eilig, zum Erdgeschoss zu kommen und aus dem verdammten Fahrstuhl zu entfliehen. Sie hört gerade noch, dass meine Töchter sich beeilen müssen, wenn sie ihr Flugzeug nicht verpassen wollen. Es ist Papas Geburtstag. Es ist Mandelas Geburtstag. Sie werden achtundsiebzig beziehungsweise hundert Jahre alt. Marianne schwört Stein und Bein, dass sie nie wieder mit Ethiopian Airlines nach Kapstadt fliegen wird. Es ist billig, das ja, aber über Addis Abeba nach Südafrika zu fliegen, das ist zu blöd.

***

»Bitte, Papa, nimmst du wohl das Papier aus Louises Mund?«

Das ist Marianne, aber ich kann sie nicht sehen. Ich blicke auf einen Fernsehbildschirm, der ein unbewegliches Bild zeigt.

*FIFA Fußball-Weltmeisterschaft*
*Russland 2018*
*Finale Frankreich – Kroatien*
*Heute 18 Uhr*

Das steht auf dem Bildschirm, drum herum eine Menge unverständlicher Symbole.

Auf jeder Seite des eingefrorenen Bildes ist ein Typ in Bewegung zu sehen. Der auf der linken Seite – wahrscheinlich gemischter Herkunft – stoppt abrupt mitten in einem Lauf. Seine Lippen verziehen sich zu einem leichten Lächeln, seine Hände sind zum Zeichen des Sieges erhoben. Der rechte – vielleicht ein Weißer – stößt einen Triumphschrei aus und wirft den Oberkörper herum. Sein schweißgetränktes Haar fällt ihm in die Stirn. Die Nummer zehn ist auf ihre Trikots aufgedruckt, das eine blau, das andere rot-weiß kariert. Sie sehen so gut aus wie Soldaten.

Höhere Wesen, denke ich.

Vielleicht Götter, halb oder ganz. Diese Gottheiten zeichnen sich durch ihren stählernen Blick aus und Muskelpakete, über die sich dicke Adern ziehen. In ihrem Inneren fließt gutes Blut. Göttliches Blut. Man könnte meinen, sie würden im nächsten Augenblick zu Gladiatoren. Im Krieg würden sie Wunder vollbringen. Und die Frauen, die Göttinnen vor allem, müssen über sie herfallen wie die Fliegen. Es sind Fußballspieler. Champions, Arier.

»Louise! Du isst das Papier nicht!«

Die Götter oder Halbgötter auf dem Bildschirm atmen Macht und Ruhm. Nicht nur, dass sie Macht und Ruhm einatmen, sie geben sie auch an uns zurück.

Man muss sie nur beobachten, um zu spüren, wie einem Flügel auf dem Rücken wachsen, und um sich zu sagen: *Möge der Ruhm mit mir sein, denn ich bin der Größte unter den Größten der Großen.*

Michèle hat von diesem Menschenschlag der Sieger geträumt.

Sei's drum. Wir waren nie von dieser Wut besessen, den Feind zu zermalmen (außer wenn er Michèle heißt). Aber diese

Götter oder Halbgötter versprechen, einen Traum von Größe wahr zu machen. Michèle hat nichts begriffen … sie hätte die Fußballspieler adoptieren sollen.

Mein Blickwinkel erweitert sich auf eine Blondine, die kleine Louise, die auf dem Sofa sitzt und ein Blatt Papier isst, wofür sie von ihrer Mutter ausgeschimpft wird: »Louise! Das ist das Manuskript, das ich seit gestern Abend suche!«

Louise sitzt neben dir, und ich sehe, wie deine Hand, die so welk ist, ihr eine Weintraube hinhält. Die schwarze Frucht funkelt und glänzt, aber nichts lenkt das kleine Mädchen von dem Papier ab, auf dem sie herumkaut.

»Magst du nicht?«, fragst du. »Weintrauben schmecken besser als Papier, weißt du.«

Aber nein, Louise schmeckt ihr Stück Papier, und von Zeit zu Zeit wirft sie einen Blick auf den Bildschirm, in Erwartung des Beginns.

»Auf dem Text sind eine Milliarde Notizen von mir!«, schreit Marianne.

»Drei null …«, erwidert Louise.

Die Stimme eines alten Mannes, ja, meine Stimme, gesellt sich dazu: »Zwei für Mbappé, eins für Modrić.«

»Das Finale beginnt in zehn Minuten«, sagt deine Stimme.

»Das nervt mich an den Eierstöcken«, wirft Rosie ein, die auch da ist.

»*Geht.* Das *geht dir auf die* Eierstöcke.«

»Okay«, ist Rosie einverstanden.

Mein Blickwinkel erweitert sich erneut. Louise kaut auf der Weihnachtsfrau und Santa Claus herum. Wir. Zwanzig Jahre später. Unser Haar ist weiß, wie Schnee, aber du hast keinen Dutt und trägst keine Schürze. Mein Bart ist ziemlich kurz, mein Kopf an manchen Stellen kahl. Du naschst dunkle und helle Weintrauben, die du aus einem Schälchen pickst. Warum klingt deine Stimme wie die von Frau Pfefferli?

Absätze klappern auf dem Boden, sie nähern sich Louise. Vergeblich mühst du dich ab, dass du das dicke Blatt zu fassen bekommst, das ihr aus dem Mund hängt. Aber die Kleine presst die Zähne aufeinander und knabbert unbeirrt weiter, zudem reißt sie ein weiteres Stück Papier aus einem umfangreichen Manuskript, das sie unter ihrem Po versteckt hält. Na ja, versteckt ... Es ist noch sehr gut sichtbar.

Marianne beschwert sich, dass Louise ihr die Manuskripte ihrer Autoren stibitzt, und im Augenblick hat sie es nur auf ihre *frankofonen* Schriftsteller abgesehen. Zuletzt eine immens wichtige Algerierin und eine bedeutende Martinikanerin. Louise stibitzt sie, legt sich einen Vorrat an, zerreißt die einen und wirft die anderen über den Balkon.

»Sie tut mir das nie bei französischen Schriftstellern an. Sie ist nur hinter meinen frankofonen Autoren her ... Ich verstehe nicht, was sie mir damit sagen will.«

»Vielleicht ist dein Tochter einfach gegen die Apartheid in deinem Job?«

»*Deine* Tochter! *Deine* Tochter ist gegen die Apartheid!«

Misstrauisch kneift Louise die Augen zusammen und presst die Zähne dermaßen aufeinander, dass der Puls an ihren Schläfen pocht.

Rosie schüttelt den Kopf und das ist sehr hübsch, weil ihr Dutt dabei hin- und herschwingt. Marianne ist auch entzückend, zierlich, eine Miniatur mit Charakter.

In weniger als einer Sekunde verschwindet Louises Postütze. Sie wird fünf Zentimeter kleiner, in Blitzgeschwindigkeit, sodass sie nichts hat kommen sehen. Sie bricht in Tränen aus. Du bietest ihr eine neue Traube an, aber sie ist untröstlich und weist sie zurück.

»Sie ist nicht von Terre'Blanche«, gibst du zu. »Auch nicht von Terre-Neuve. Aber diese italienische Traube ist superlecker. Willst du wirklich keine?«

»Marianne ist gemein!«, heult Louise und verschränkt die Arme.

»Die Trauben können nichts dafür.«

Eine kleine, ganz zusammengeschrumpfte Frau nimmt zwischen mir und Louise Platz. Ihre verkrümmten Finger reichen Louise ein Stück Schokolade, das sie verschlingt, dabei flüchtet sie sich in ihre dünnen, faltigen Arme.

Aryas Finger sind arthritisch, aber ihr Lächeln ist unverändert. Ihre Haare sind so schwarz, wie unsere weiß sind. Sie hat immer noch den lebhaften, strahlenden Blick, der mich mit Wärme und Zärtlichkeit umhüllt.

Marianne setzt sich neben ihre Schwester an den Esstisch, auf dem zwei halb volle Tassen Tee dampfen. Missmutig legt sie das Manuskript beiseite, das sie gerade an sich genommen hat. *Hänsel und Gretel* ist sein Titel. Mit gedämpfter Stimme sagt sie zu ihrer Schwester: »Dass du so schlecht in Französisch bist, während Papa und Tante Barbara es so fließend sprechen, das begreife ich nicht.«

»Oh, entschuldige, dass ich nicht die Fähigkeiten der Arier besitze! Du bist arischer als ich, weil du dir Afrikaans und auch Englisch und noch dazu Hindi gelernt hast! Wenn jemand das Nazi-Gen geerbt hat, dann du!«

Marianne wirft ihr einen sarkastischen Blick zu und rühmt sich, dass sie nichts weiter als eine *gescheiterte Schriftstellerin* ist, die zu veröffentlichen niemand je den Mut aufgebracht hat.

Im Wohnzimmer belebt sich der Fernsehbildschirm, und zwei Fußballmannschaften treffen aufeinander. Ihre Flagge ist gleich, aber umgekehrt, es ist also nicht das gleiche Land. Louise verfolgt gebannt den Beginn der Feindseligkeiten und schluckt, ohne es zu merken, alle Weintrauben hinunter, die du ihr hinhältst.

»Sie sind gut, die Kroaten …«, murmelst du bewundernd.

»Ich bin für die Frankofonen«, verkündet Louise.

Sie meint die Franzosen. Unten auf dem Bildschirm steht »Frankreich«. Aber ich glaube, dass Louise noch nicht lesen kann.

***

»Obama ist im Fernsehen!« Aryas Stimme schreit aus der Küche herüber.

Obama hält im Fernsehen eine würdevolle Rede. Es scheint ihn nicht zu stören, dass er in diesem Kasten eingesperrt ist. Mit unaufgeregter Stimme sagt er: »Vor einhundert Jahren wurde Madiba im Dorf Mvezo geboren.«

Er ist von Menschen in bunten Gewändern umgeben. Sie sitzen da wie bei einer Beerdigung oder einem Geburtstag. Offensichtlich merken sie nicht, dass sie im Fernsehen gezeigt werden. Alle sind in diesem Rahmen gefangen, an dessen unteren Rand *Mandela's day* geschrieben steht.

*»Es hat eine Politik der Angst begonnen, der Ressentiments und des Rückschritts, und diese Art von Politik ist jetzt auf dem Vormarsch. Und zwar in einem Tempo, das noch vor ein paar Jahren unvorstellbar gewesen wäre. Ich bin kein Panikmacher, ich nenne nur die Fakten. Schauen Sie sich um.«*

Im Wohnzimmer stehen Bilder in Gold- und Silberrahmen auf dem Guéridon. Neben dem Fernseher nimmt Rosie einen Schluck aus dem Glas Champagner und stößt auf Mandela an. Du knabberst Cracker neben Louise, die zu mir herüberkommt. Ich, ich bin der alte Mann, der neben dem großen Fenster an der Wand lehnt. Louise wirft sich in meine Arme. Ich bin gerührt, dass ich eine Enkelin habe, die mich so sehr liebt. Denn ich hätte nie geglaubt, dass ich einmal Großvater werden würde. Zum zweiten oder dritten Mal ruft Arya aus der Küche: *Obama ist im Fernsehen!* Es stimmt, dass er immer noch in zwei Fernsehern gleichzeitig redet, der erste im Wohnzimmer, der zweite in der Küche, wo es Arya mit ihren krummen Fingern schwerfällt, Kerzen in eine Geburtstagstorte zu stecken: zwei Stockwerke, eins für dich, eins für mich. Zusammen sind wir hundertsechsundfünfzig Jahre alt. Mandela ist am gleichen Tag wie wir geboren worden: am 18. Juli.

*»Wenn wir Madibas langen Weg in die Freiheit wirklich fortsetzen wollen, werden wir härter arbeiten und klüger sein müssen. Wir werden aus den Fehlern der jüngsten Vergangenheit lernen müssen.«*

Im Fernsehen richtet sich Obama an niemanden speziell, er spricht zu jedem. Rosie sagt, sie hätte sich gewünscht, dass Madiba unser Adoptivvater geworden wäre, statt Lothar und Michèle.

»Und du wärst nie geboren worden«, sagst du zu ihr.

»Marianne auch nicht!«, sagt Rosie zu ihrer Verteidigung.

In der Küche kommt Arya nicht mit den Kerzen zurecht: Ihr Rheuma ist zu stark. Sie ruft um Hilfe: »Marianne!«

Rosie antwortet ihr aus dem Wohnzimmer: »Marianne ist im Hühnerstall und schmollt.«

Also ruft sie nach mir. »Wolf!«

Louise klammert sich an mich, und wir galoppieren in die Küche, wobei wir Geräusche von uns geben wie Pferde. Sie lacht viel, meine Enkelin. Sie lässt mich auch nicht los, als ich die Kerzen einstecke, die jeweils ein Jahr meines Lebens repräsentieren sollen. Wir beide zählen sie, Arya sieht uns belustigt zu. Achteinhalb für Deutschland, zwanzig für Südafrika, acht für Deutschland, acht für Südafrika, achteinhalb für Frankreich, fünfundzwanzig für Südafrika. Insgesamt achtundsiebzig. Das ist mein Alter.

Im Restaurant. Sehr elegant. Das Franzoseneck liegt oberhalb eines Teichs, in dem weiße Blumen schwimmen. Riesige Blütenblätter. Ringsum Talmulden mit kurz gehaltenem Rasen und Weinberge in unterschiedlichen Höhen.

Auf einer Terrasse speisen Leute in Gruppen von zwei, drei, vier oder sieben Personen, aber sie werden von dem Tisch in der Mitte übertroffen, an dem ich dreizehn Personen zähle. Sie sind sehr gut gekleidet, gehen ausgesprochen höflich miteinander um, vielleicht, weil sie sich nicht kennen, sie unterhalten sich auf Französisch.

»Mein Mann und ich feiern den vierundzwanzigsten Jahrestag unserer Ankunft in Kapstadt. Und Sie, Sie wohnen in …?«

Eine Frau mittleren Alters, mit einem Tuch um den Hals, stellt diese Frage einer Frau, die den gleichen Teint hat wie Obama. Sie weicht ihrem Blick aus, als sie antwortet: »Ich lebe in Paris. Ich bin im Rahmen eines Stendhal-Reisestipendiums am Kap.« Sie flüchtet sich in ihr Wasserglas.

Ein blauer 2 CV parkt vor dem Eingang des Restaurants unter einem Emailleschild mit verblichener Schrift. Wilhelm steigt aus. Es ist unglaublich, wie sehr er in vierundzwanzig Jahren gealtert ist … Er beeilt sich, stürmt auf die Terrasse, schüttelt ein paar Hände und lächelt nach allen Seiten.

Ein schwarzer Diener in einer Uniform mit blau-weiß-roter Tresse bringt eine Flasche Wein. Auf sein Jackett ist eine Trikolore aufgenäht, mit einem kleinen Elefanten im weißen Teil. Seine Uniform sieht eher wie eine Verkleidung aus. Er hält die Flasche hoch, präsentiert sie und sagt in einem fast perfekten Französisch: »Herr Minister, Herr Botschafter, Herr Konsul …«

Er unterbricht sich kurz, weil er befürchtet, dass er einen Titel vergessen hat, Herr Erzherzog oder so etwas, und fährt dann fort: »Meine Damen und Herren, der fünfte Jahrgang der Cuvée Okoma.«

Auch Wilhelm spricht Französisch, er hat es gelernt, aber ich weiß nicht mehr, wann und wo: »Okoma ist ein typisch südafrikanischer Wein«, begeistert sich Wilhelm, »und entschieden ein Bordeaux.«

Die dreizehn Tischgenossen tauschen ein Lächeln aus.

»Okoma«, sagt ein reizender Mann, der wie ein Inder aussieht, »ist das ein japanisches Wort?«

Ein Herr, der so groß ist, dass er selbst im Sitzen aussieht, als stünde er, antwortet ihm: »Okoma heißt Durst auf Zulu. Seit dem Empowerment wird eine Anzahl Weingüter von Afrikanern geführt, nicht wahr?«

Wilhelm räuspert sich. Sein Erfolg macht ihn verlegen, denn er verdankt ihn nicht dem Empowerment, sondern seiner Umklassifizierung, als er sechzehn Jahre alt war. Hatte er eine Wahl? Die Zulu haben rein gar nichts mit diesem Wein zu tun, der sich ein Wort von ihnen leiht.

»Okoma«, sagt er, »ist das Ergebnis einer Zusammenarbeit mit dem Gut Marie-Antoinette. Wir arbeiten seit rund zehn Jahren zusammen. Dieser Wein hier ist eine Assemblage aus Cabernet Sauvignon, Merlot, Syrah und Pinotage.«

Er ist ein Exportschlager, und es ist ihm eine Ehre, diesen 2014er-Jahrgang dem Herrn Minister, dem Herrn Botschafter und dem Herrn Konsul aus Anlass des Siegs Frankreichs bei der Fußballweltmeisterschaft und zu Mandelas hundertstem Geburtstag zu offerieren. Und, darauf weist Wilhelm noch hin, seit zwanzig Jahren sind die ehemaligen Arbeiter seines Großvaters am Kapital von Terre'Blanche beteiligt: Teilhaber, zu gleichen Teilen, fast. Er verbeugt sich und zieht sich zurück.

Ein Strauß schreitet lässig vor Wilhelms Auto her, der hupt, aber Sophies Tochter hat es nicht eilig, weil sie keine Uhr trägt und man sie besser auch nicht in die Enge treibt. Obama läuft im Radio, Wilhelm stößt tiefe Seufzer aus, ich weiß aber nicht, ob wegen Sophie II. oder Obama I. Wilhelm dreht an den Knöpfen seines Radios, bis er ein Lied findet: *A vida é doce.* Das Leben ist süß. Ebendeshalb hat es Sophie II. nicht eilig. Außerdem stammt sie von einer langen Ahnenreihe ab, einer Art Rasse, die von Menschen- und Straußenzüchtern entdeckt wurde.

Nicht weit von ihr entfernt späht eine alte Frau aus dem Fenster ihres Hauses. Wenn Verbitterung ein Gesicht hätte, dann wäre es das von Michèle. Wilhelm winkt ihr aus seinem Auto zu, das über den Fahrweg rumpelt. Er geht ihr auf die Nerven, ebenso Sophie II., die hinter ihm herläuft, anstatt im Gehege unter ihresgleichen zu bleiben. Auf Terre'Blanche herrscht Chaos. All ihre Opfer für nichts und wieder nichts.

Ich habe mich ihr in den Weg gestellt.

Paul Noah hat sich ihr in den Weg gestellt.

Wilhelm hat sich ihr in den Weg gestellt.

Ein verpfuschtes Leben, und sie muss den Rest ihres Daseins in Paul Noahs Haus fristen. Michèle versinkt tief in ihren Gedanken, ist kurz davor, darin zu ertrinken, taucht aber jäh an die Oberfläche: Sie glaubt, durch das Fenster eine Gestalt zu sehen, die durch das Tor tritt. Hat Wilhelm das Tor wieder offen gelassen? Unheimlich, die Silhouette, die kein Strauß ist, nähert sich entschlossenen Schritts.

Michèle sieht die Person nicht aus der Nähe, aber das Herz schlägt ihr bis zum Hals: Es ist ein Mensch, ja, aber es ist kein Weißer. Jacobs Worte kommen ihr in Erinnerung. *Sie werden uns alle töten.* Sie bekommt eine Gänsehaut.

Ich auch.

*Sie werden uns alle töten.*

Das ist seltsam, denn ich erinnere mich an ihn. Nicht wie ein böser Traum, der die Zukunft bestimmen würde, sondern wie eine Erinnerung an die Vergangenheit. Als ob mein Leben hinter mir läge.

Wilhelm und sein Auto kommen an eine Kreuzung. Auch er entdeckt die Gestalt. Er kneift die Augenlider zusammen, um besser zu sehen, denn er erkennt die Person nicht. Ihre Hautfarbe ist ihm gleichgültig. Aber er ist nicht beunruhigt und hat auch keine Zeit dazu: Wütend verfolgt Sophie II. ihn weiter, versetzt der Tür seines Autos einen Flügelhieb, für den ihre Art berüchtigt ist. Weiter oben ruft jemand Wilhelm zu: »Boss!«

Der Mann in Arbeitskleidung winkt Wilhelm zu, als er zu ihm hinuntersteigt. Er achtet nicht auf die sich langsam nähernde Silhouette, die man immer noch nicht gut erkennen kann.

»Hallo, Partner!«, sagt Wilhelm.

»Hallo, Wilhelm! Alles Gute zum Geburtstag für deinen Bruder und deine Schwester.«

»Ich werde es ausrichten. Und vor allem an Mandela! Sogar Obama ist dabei …«

Sie amüsieren sich darüber, und Wilhelm, in Eile, startet erneut. Beschwingt tanzt und singt er von der Süße des Lebens, während er in vollem Tempo auf das imposante Haus zufährt, das provenzalische Landhaus am Kap, das nach Théophile TERRE'BLANCHE, Pastor aus Poitou, 1688, benannt ist.

Im Wohnzimmer rückt Rosie näher an mich heran, ihr alter Vater mit dem Santa-Claus-Kopf steht am Fenster, Louise in meinen Armen. Louise gibt mich nicht frei. Sie schmiegt ihr Gesicht an meine Schulter und knabbert an Papier. Rosie reicht mir einen Fruchtsaft und flüstert mir ins Ohr: »Papa … zu deinem Geburtstag habe ich etwas gefunden …«

Meine Augen werden feucht.

»… etwas, was du dein ganzes Leben lang ersehnt hast«, flüstert Rosie. »Bremen«, sagt sie leise. »Erinnerst du dich daran?«

Der alte Mann, der ich bin, sieht nichts mehr. Die Tränen. Ich höre, wie du an meiner Stelle antwortest: »Natürlich erinnert er sich. Ein kleines Stück von deinem Vater lebt immer noch im Jahr 1948. Wenn dieser Junge aus dem Waisenhaus wüsste, was ihm alles geschehen wird, würde er es niemals glauben.«

Du sagst, dass ich mir wie in einem Märchen vorkäme, das Kindern Angst macht, oder etwas in der Art.

Auf der Terrasse des Restaurants, in der Dreizehnergruppe, greift die Dame mit dem Tuch nach ihrem Glas Okoma und ist entzückt von der purpurvioletten Farbe. Dann senkt sie ihre Nase in das Kristall und spricht von einer Frische, die nach Pfefferminz, ja sogar nach Süßholz duftet. Sie reiht lauter verrückte Worte aneinander, dann kostet sie und merkt an, dass sie von Anbeginn an ein Aroma roter Früchte geschmeckt hat. Sie weist ihre Nachbarin, die Frau mit Obamas Teint, die nur Wasser trinkt und im Rahmen des Stendhal-Stipendiums hergekommen ist, darauf hin, dass der Wein mit würzigen, ja pfeffrigen Noten den Gaumen erfreut, will sie nicht einmal probieren?

Die andere lächelt, nein danke.

An ihrem Fenster verzerrt sich Michèles Gesichtsausdruck: Die Silhouette ist ein Schwarzer, das steht jetzt fest. Aber es ist noch schlimmer. Auf dem Rücken trägt er ein Gewehr. In Panik stößt Michèle ihren Rollstuhl zurück und hält sich die Hände vor den Mund, damit sie nicht aufschreit. Wenn sie schreit, wird er sie sehen, er wird sie aufspüren, er wird kommen, um sie in seine Gewalt zu bringen, und Gott weiß, was er mit ihr tun wird, bevor er sie tötet. Aber wenn er ihretwegen kommt, denkt Michèle und erschrickt, weiß er dann nicht, wo er sie findet?

Mit Entsetzen wird ihr klar, dass sie ihr Fenster früher hätte schließen sollen. Zu spät, der Mörder ist schon so nah, er würde sie bemerken, wenn sie es wagte. Ihre letzte Stunde ist gekommen, das spürt sie. Bilder ziehen an ihrem geistigen Auge vorüber. Ihr Leben, in rasender Geschwindigkeit, ein Film in Farbe und im Zeitraffer. Nicht ihr ganzes Leben, natürlich nicht. Es gibt keine Filme, die hundertfünf Jahre dauern. Aber kleine Ausschnitte: die Menschen, die sie geliebt, die Menschen, die sie gehasst hat, die, die tot sind. Was man getan hat, was man hätte tun sollen.

Im selben Augenblick, nehme ich zumindest an, im großen Wohnzimmer, sagt Obama in Louises Gesicht: *»Fragen Sie die* *französische Fußballmannschaft, die gerade die Weltmeisterschaft gewonnen hat! All diese Jungs sehen für mich nicht wie Gallier aus. Aber sie sind Franzosen. Sie sind Franzosen.«*

Sie reißt ihre riesengroßen, blauen Augen auf, die wie meine sind. Indem sie Obama nachahmt, wiederholt sie verkehrt: »Da sind Frankofone. Da sind Frankofone!«

Ich stehe vor dem Fernseher, die Kleine in meinen Armen, und schaue irritiert aus dem Fenster, ich erblicke etwas oder jemand Ungewöhnliches. Louise kaut auf einem Stück Papier, heimlich, weil sie das immer noch nicht darf. Sie konzentriert sich auf ihr Festmahl, lässt sich aber von Obamas Worten keine Silbe entgehen. Er spricht von etwas, das er als *Rassismus* bezeichnet.

Rosie wirft ebenfalls einen Blick nach draußen, bietet mir noch einen Fruchtsaft an, und du bist irritiert, weil du siehst, dass wir es sind. Als du zu uns herüberkommst, siehst auch du den Mann, der an Michèles Haus vorbeigeht, ohne stehen zu bleiben, und dann unsere Richtung einschlägt. Du bist freudig überrascht, du flüsterst: »Aber … ist das nicht …?«

Die Haustür schlägt geräuschvoll zu. Marianne streift ihre schmutzigen Schuhe an einer Fußmatte ab. Sie kommt vom Hühnerstall zurück.

Der Mann geht weiter. Auf seiner Stirn prangt ein weißes, sternförmiges Mal. Ein umgehängtes Gewehr schlägt ihm ins Kreuz. Samora steuert mit geschmeidigem Gang auf das provenzalische Landhaus am Kap zu, Terre'Blanche, benannt nach dem Pastor aus Poitou namens Théophile, der 1693 in seinem Tagebuch Gott dafür pries, dass er ihn in die Wüsten Afrikas gesandt hatte, wo ihm sehr schwere Prüfungen auferlegt worden waren. Aber haben nicht David und die anderen heiligen Männer Gottes die meisten ihrer Lobgesänge in Wüsten und unter großen Heimsuchungen verfasst?

Samora geht weiter. Bisweilen küsst er das Kreuz, das sein

Vater als Anhänger trug. Er murmelt in seinen Bart. Mandela feiert seinen hundertsten Geburtstag. Aber Papa und Graça muss es nicht leidtun, dass sie gestorben sind. Denn nichts hat sich geändert, nein. Und es wird sich nie etwas ändern. Die Schwarzen sind hier nicht zu Hause. Sie sind nirgendwo zu Hause.

»Warten wir mit dem Geschenk, bis Wilhelm kommt?«, fragt Rosie.

Das ist delikat, sagt Arya, Wilhelm ist alles andere als begeistert. Der Gedanke, dass sein großer Bruder nach Deutschland zurückkehrt, und sei es nur für ein paar Wochen, zerreißt ihm das Herz. Wir sollten es ihm jetzt geben. Das ist falsch, sagt Marianne, als sie die Küche betritt. Rosie hält sie davon ab, mit dem Finger den Kuchen zu probieren, und verschwindet aus der Küche, Arya folgt ihr. Rosies Gesicht leuchtet auf. Strahlend zieht sie einen kleinen Umschlag aus der Tasche eines Mantels, der an einem Kleiderhaken hängt. Ein kleiner, zerknitterter, vergilbter Umschlag, wie ein alter, kranker Mensch. Ich erkenne die Schleife wieder, Insekten haben sie zerfressen. Du holst tief Luft: »Wolf hatte ein Gedicht in diesen Umschlag gesteckt, als Geburtstagsgeschenk für Michèle. Damals glaubten wir uns schuldig … Wir konnten uns nicht vorstellen, dass wir Kinder waren, die von unseren Eltern, hm, unserer Mutter, ihrem Mann und Deutschland ausgesetzt worden waren, in einem Wald … Südafrika.«

»Oder die Apartheid«, sagt Rosie. Sie fügt hinzu, dass sie eine Cousine ersten Grades des Nationalsozialismus ist.

Deine Stimme wird brüchig. »Wir wussten nicht, dass es in unserem Wald Menschenfresser, Hexen und Rabenmütter gab. Oft waren sie selbst verlorene Kinder … Michèle … nun ja, Mama, wollte nie glauben, dass Wolf dieses Gedicht geschrieben hatte. Jahrelang ging das so. Wolf hatte große Mühe, sich davon zu erholen – wenn es ihm überhaupt je gelungen ist.

Wäre diese Geschichte nicht passiert, glaube ich nicht, dass er sich so sehr danach gesehnt hätte, wieder in unsere erste Familie zurückzukehren.«

Rosie lächelt: »Hänsel und Gretel wollten doch immer nach Hause zurück, oder?«

Wir lachen alle. Du räusperst dich, und mir wird schwindlig, und wieder trüben Tränen meinen Blick. Um mich herum spüre ich tiefe Ergriffenheit. Du redest weiter: »Euer Vater und auch ich … vor allem aber euer Vater, wir haben lange Zeit die Bürde von Fehlern getragen, die nicht unsere eigenen waren.«

Marianne stößt einen langen Seufzer aus und wirft ein: »Ich habe die Nase voll von eurem Schuldgefühl.«

Du gibst ihr ein Zeichen, das bedeutet, dass die Dinge nicht immer so einfach sind. Liebevoll sagst du mir, dass du dir versprochen hast zu heilen, uns zu heilen, indem du in diesen Umschlag etwas legst, das uns mit unserem Schicksal versöhnen würde.

Draußen nähert er sich. Thandos Anhänger an seinen Lippen, bittet Samora seinen Vater und seine Großmutter Graça um Vergebung. Er hat sie nicht beschützen können, nein. Er war nicht in der Lage, sie zu retten. Verzeiht mir. Er verspricht ihnen, sie zu ehren, bevor er seinerseits fortgehen wird. Gerechtigkeit. Er wird ihnen Gerechtigkeit widerfahren lassen. Er wird diesen Mann, den Erben von Terre'Blanche, töten.

Ein Engelslächeln erscheint auf seinen Lippen, das gleiche wie das von Michèle. Sie hat begriffen, dass er nicht ihretwegen gekommen ist. Als sie sieht, wie er sich dem verdammten provenzalischen Landhaus am Kap nähert, wird ihr klar, dass er gekommen ist, um auch sie zu rächen, wider Willen. Dann wird er seinerseits ausgeschaltet werden. Einer weniger.

Louise stibitzt den verblassten Umschlag, bevor ich ihn in die Hand nehmen kann. Allgemeine Heiterkeit. Auch ich lache. Und das Lachen bringt mich zum Weinen. Diesmal kann ich mir wenigstens über die Augen wischen. Louise hilft mir dabei, es gefällt ihr, ihren Großvater zu trösten. Schließlich gibt sie mir sogar den vergilbten Umschlag. Ich öffne ihn und setze mir eine Brille ganz unten auf meine Nase.

Die Schrift ist schwer zu lesen. Aber ich verstehe, dass von uns beiden die Rede ist und von der Böttcherei in Bremen. Pola sei schwerer zu überzeugen gewesen, als sie gedacht hätte, sagt Rosie. »Aber … ich hatte es dir versprochen, oder?«

Marianne ergreift mich am Arm. »Wir saßen wie die Vollidioten auf dem Bürgersteig, während du auf das Eisengitter eingeschlagen hast. Wenn Pola nicht gekommen wäre und mit uns gesprochen hätte … Die Böttcherei, die Brüder Grimm, das gehört jetzt uns. Bremen, Terre'Blanche und Terre-Neuve, alles zusammen.«

Und Rosie: »Ein für alle Mal, Papa: Der Nationalsozialismus, das bist nicht *du*. Die Apartheid, das bist nicht *du*. Du bist nicht schuldig.«

*»Nicht schuldig«,* ruft Marianne.

Aus allen Poren bricht mir der Schweiß aus, Tränen, Schleim. Louise wischt mir mit ihren vom Speichel klebrigen Papierschnipseln sanft über das Gesicht.

In seinem Auto hört Wilhelm Radio: *»Die Vielfalt anzunehmen ist für alle von Nutzen!«,* sagt Obama.

Und plötzlich ein Schuss.

Die Vögel fliegen aufgeschreckt von den Bäumen, Glas splittert auf dem Boden.

Dann ist alles schwarz.

Ich fühle mich, als würde ich schlafen.

Aber es gelingt mir nicht, aufzuwachen.

Barbie?

Schläfst du auch?

Der Originaltitel *Les orphelins* erschien 2021 bei éditions Jean-Claude Lattès, Paris.
Der Roman wurde mit einem Stipendium der Mission Stendhal gefördert.

MIX
Papier aus verantwortungsvollen Quellen
FSC® C107574


Übersetzung: Gudrun und Otto Honke
Lektorat: Katharina Theml, Büro Z, Wiesbaden
Satz: Graphium Press, Wuppertal
Druck: UAB BALTO print, Litauen
ISBN 978-3-7795-0718-5
www.peter-hammer-verlag.de